大爱无边

周建新 著

北方联合出版传媒（集团）股份有限公司
春风文艺出版社
·沈阳·

图书在版编目（CIP）数据

大爱无边/周建新著．—沈阳：春风文艺出版社，
2022.7（2023.8重印）
ISBN 978-7-5313-6226-5

Ⅰ．①大… Ⅱ. ①周… Ⅲ．①报告文学—作品集—中
国—当代 Ⅳ. ①I25

中国版本图书馆CIP数据核字（2022）第058626号

北方联合出版传媒（集团）股份有限公司
春风文艺出版社出版发行
沈阳市和平区十一纬路25号　邮编：110003
永清县晔盛亚胶印有限公司印刷

责任编辑：崔　丹	助理编辑：平青立
责任校对：于文慧	封面设计：鼎籍文化　徐春迎
印制统筹：刘　成	幅面尺寸：155mm × 230mm
字　　数：246千字	印　　张：18
版　　次：2022年7月第1版	印　　次：2023年8月第2次
书　　号：ISBN 978-7-5313-6226-5	
定　　价：65.00元	

书写新时代恢宏史诗

滕贞甫

　　歌唱"百年华诞"的乐曲绕梁依然，迎接党的二十大的锣鼓已经敲响。这是中国人民政治生活中的两桩大事，也是关乎祖国大踏步前进、应对世界百年未有之大变局的经纬运筹。站在新的历史节点上，面对第二个百年梦想，迈开新步伐，开启新征程，各行各业中华儿女都箭在弦上，期盼着有更加骄人的作为。

　　辽宁省作家协会以深情的文字迎接党的二十大胜利召开，编辑这套反映党的十八大以来辽宁振兴发展的报告文学作品，为祖国放歌，为时代放歌，为人民放歌。

　　《大爱无边》，为省作协副主席、著名小说家周建新的报告文学集。作者用饱蘸深情的笔墨、生动的描绘、感人的情节、曲折的故事，书写了7个典型人物对党的忠诚，对祖国的热爱，对职业的敬重，对人民的深情。

　　《用理想剪裁天下》，为著名报告文学作家刘国强的报告文学集。作品以赞美大工匠和弘扬工匠精神为主题，塑造百折不挠、坚忍不拔、勇攀新峰的人物形象，讲述8个情理之中又意料之外的故事。8篇文章若8朵滴鲜带露的花，各有华姿，各具神韵。

《凤鹏正举》，为辽宁18位作家的报告文学作品集。展现了全省近年来在脱贫攻坚、乡村振兴、生态文明、工业振兴、军民情深、抗击疫情等方面做出突出贡献的先进集体，或各条战线获得省级以上荣誉称号先进个人的优秀事迹。尽管作家们手法不一，题材选择各异，却共同展现了辽宁老工业基地全面振兴、全方位振兴和高质量发展的生动画面和宏大场景。

三本书若三个取景框，联袂描绘时代风采，展现时代风貌，各有千秋。三本书的内容合起来，则是一轴长长的手卷，让各具风采的闪光人物登场，让活色生香的系列故事温暖人、启迪人、鼓舞人。这些人物虽职业各异、性格有别，但他们有着共同的精神特质：对党和祖国满怀深情，对事业孜孜以求、百折不挠，把吃苦耐劳、奋力打拼和不懈追求当成人生常态，谱写一首又一首时代壮歌。

作品付梓之际恰逢读书节款款而来，这套书在引发读者兴趣、凝聚改革力量上，将成为报告文学枝头上闪亮、抢眼的三粒红果。

期待这三本书发挥不俗的作用，成为读者精神世界的三朵温暖之花，成为振兴激情中的三叶扁舟，成为逐梦、圆梦路上的三颗启明之星。

记录新时代赶考之路，书写新时代恢宏史诗。辽宁作协将继续在"建一流队伍、出一流作品、创一流品牌、做一流贡献"上发力，继续秉持"脚踏坚实大地，眼望浩瀚星空，头顶复兴使命，书写时代华章"的作协文化理念，引领全省广大文学工作者高举旗帜，贴近时代，深入生活，扎根人民，以走心入情的妙笔，续写好民族复兴中国梦的辽宁篇章。

目录 Contents ▶

静静的鸭绿江

——记"七一勋章"获得者孙景坤

第一章　新婚别

落户山城村

让我们从公元1940年说起吧。

那时丹东叫安东，20世纪60年代才改的名。老安东的城市中心不是完全集中在鸭绿江畔，而是在元宝区，鸭绿江的支流大沙河畔。19世纪中叶，山东、河北等地难民冲破柳条边，在大沙河一带谋生。因沙河口和东尖头是木材和农副产品集散地，交易极为兴旺，市内最早的居民区就在这里形成，此地也就成了城市的发祥地。

日本占领东北后，安东连接朝鲜与日本的独特地理位置，备受关注。1935年成立的伪安东省政府，行政中心就选择在了如今的元宝区天后宫街，并兴建了伪安东省政府办公大楼。那栋大楼是三层砖木结构，在那个时代，也算是极为奢华，至今仍能使用。从此，日伪当局对安东的人民进行了残酷的压榨。

生于1924年10月20日的孙景坤，16岁开始背井离乡。那时，他们一家还没来安东，老家在300里外的庄河。尽管孙景坤和他的一个哥哥、两个姐姐、三个妹妹天天辛勤地劳作，可还是供不上一家人的嘴。

人们都说，安东是个好地方，物华天宝，棒打狍子瓢舀鱼，只要人勤，饿不着。反正房无一间地无一垄，无牵无挂，父亲孙文友一副担子挑走了全部家当，带着孙景坤的小脚母亲，向着省城安东漂泊而去，他们总以为省城会比庄河好过些。

安东也不像人们说的那样好。他们落脚在安东的四道沟，一家人又开始为生计发愁。天不亮，父亲就挑着小挑出去卖点儿小货，赚一点儿养家糊口的钱。孙景坤跟着比他大5岁的哥哥上山砍柴，赶到市里的早市上去卖。

哥儿俩最担心的事情是柴火卖不出去，柴卖不出去，就换不来钱买粮，老大不小了，总不能白吃饭，靠父亲养着。没办法，他们只能又像小时候那样，沿街乞讨，找个好心的人家混口饭吃，好有力气把柴火背回家，次天再卖，或者干脆把柴火送给舍饭的人家。

尽管那时候的安东物产丰饶，可老百姓只能看着，不能动，那些东西都归日本人所有。日常必需的粮食和生活用品，都归日本人统配，家家户户的日子越过越难，不管谁家种下的水稻、黄豆，家里一粒也不许留，留下私自吃，那就是"经济犯""国事犯"，小孩儿不懂事，馋了偷吃一口，就是犯了弥天大罪，许多人只是因为一口大米饭断了性命。有资格吃大米的只有"小鬼子"和"二鬼子"，"满洲人"的口粮是日本人配给的棒子面，吃完干燥得屎都拉不下来。

家家户户如此艰难，手脚勤快的，都是自己砍柴，买柴是奢侈的。所以，兄弟二人的柴很不好卖。

老天爷饿不死瞎家雀。饿得不行，哥儿俩就跑到海边的滩涂，抠点儿海货。

没有网具，也没有赶海的工具，兄弟二人就用柳条编个筐，权当捞鱼捞虾的工具。他们挖来的黄蚬子肥美，泥螺脂丰，捉到的飞蟹硕大，虾爬子饱满。哥儿俩反应敏捷，手脚灵活，一个退潮就能抓到很多，要费好大力气才背回家。然而，这些海货，壳太多，肉太少，一家九口人，风卷残云，吃得个个舔着嘴唇，虽然解馋了，却没吃饱，肚子照常饿。

偶尔打个牙祭还可以，可这些终究不能当成粮食吃，何况去海边的路途太远，走得太累，又太费时，不大划算，还不如给人打工换粮食。

几年过去了，卖柴、赶海、不断地换着大户人家打零工，一大家子的生活依然窘迫。那个年代，莫说是孙家这样一贫如洗的人家，就算家中有几亩地的人家，打出的粮食，还不够交"出荷粮"，日本人为了支援太平洋战争，已经把中国人算计到骨头渣子里去了。贫苦的老百姓，承受着日本人和二鬼子的双重压迫，有时，二鬼子比日本人还狠，穷人被压榨得气都喘不过来，他们却过得花天酒地。死人是常有的事儿，大人草席一卷，埋了，立个坟头。若是孩子死了，就装进粪筐里，背到山上随便扔掉。

勤劳总算换来了活着，可这种朝不保夕的日子何时是个头儿？父亲孙文友决定，搬家。穷人总搬家，越搬越穷。可不搬家，哪里才能看到生活的亮光呢？

父亲有个远房侄女，住在20里外的元宝区蛤蟆塘镇山城村，侄女家条件好一些，有个亲戚能照料一下，总比没头的苍蝇乱闯强。一进山城村，父亲就喜欢上了这里，环抱在青翠的山峦间，浩荡的大沙河绕村而走，一片平川向他敞开宽广的胸怀。父亲决定，就在这里安家了，于是，携家带口，投奔了侄女。一家九口人就这样落户在了山城村的孔家沟，租借了两间半草房，结束了漂泊的日子，总算安定下来。

孔家沟坐落在山城村前山与后山夹着的一条沟里，之所以叫孔家沟，就是因为沟里居住着一家姓孔的大地主，整个山城村的土地大部分是他家的，村里的大多数人家，都是他们家的长短工。

第一次土改

1945年8月15日，日本宣布无条件投降。一石并没有激起千层浪，被山坳和河泽包裹的山城村，消息封闭得很，村民们并不知道这是个特殊的日子，也不知道这个日子对于他们来说，意味着什么。孔大地主消息灵通，得知日本战败投降，他惴惴不安，因为他家巨大的财富都是倚仗日本人，大树倒了，他们孔家到哪里乘凉？

孙景坤感到曙光到来的日子，是在9月3日。那天，他恰巧在街里，安东市举行了盛大的游行，红红绿绿的标语，衬托着喜庆的色彩，每个人的脸上，洋溢着喜悦。21岁的孙景坤虽然不认识那些字，但大喇叭里洪亮的声音他听得懂，日本投降了，黑暗的日子过去了，抗日战争取得了最后的胜利。

安东的山山岭岭里一仗也没打，日本人就投降了，孙景坤有些不敢相信。可他亲眼看到，沿着鸭绿江的山坡上，一座座日本人的别墅，窗户都被木板钉上了，日本人缩在里边，忍受着闷热，不敢出来，才相信这不是做梦了。

还有更明显的事情，前几年只要到街里卖柴，给日本人卖命的税警必会追在屁股后边要税，卖柴的钱，有小一半要被克扣走。现在，柴市没人要税了，卖柴的钱可以全部拿到家中去换救命的粮食。

孙景坤不由自主地汇入游行的队伍中，兴奋地与喜庆的人流一起行走，庆祝抗日战争的胜利。

先来接收安东的，是苏联人。9月23日，"东北进军先遣支队"才抵达安东，这支被老百姓称为八路的队伍，是受党中央派遣。来自山东省胶东区委、胶东军区的部分武装人员乘船来到辽东半岛，在庄河靠岸，再从庄河出发。经过了6天的跋涉，他们被丹东地下党带进了城区，司令叫吕其恩。

八路刚进安东，还与苏联军队发生了误会，双方都举起了枪。吕司令灵机一动，带头唱起了《国际歌》，才让苏联人明白，前来接收安东的人马，是共产党的队伍，才被允许进入城区，驻扎下来。穷人的队伍就是与众不同，新成立的安东市保安司令部，不进高楼，不入豪宅，只是在元宝区八道沟租用了一座普通的民房。如果没人指点，谁都不相信，司令部居然这么简陋。就在这座简陋的屋子里，他们开始了清算反奸，减租减息，组织恢复生产，清剿土匪运动。

孙景坤对共产党的感情，就是从那第一眼形成的。拿枪的军队都是耀武扬威，嫌贫爱富，到处勒索，只有共产党的队伍是个特例，吃得差，穿得破，住得简单，对人和蔼，见到穷人特别亲。

听说八路到了安东，孔家大地主一家人，丢下田地和房产，带着细软，跑得无影无踪。那时，元宝区成立了第一个党支部，派出党员，组成工作队，来到山城村，组建了贫农协会。赤贫户孙景坤人好，话少，有股热心肠，被工作队相中了，吸收进村贫协组织，推荐担任贫协副会长。

工作队的第一项任务是对孔家进行反奸清算，孔家虽然没人，但东西都在，工作队开始清点孔家家产和土地，先分掉孔家的浮财和粮食，然后再进行土改。

孙景坤被吸收进土改工作队，懂得了什么叫翻身做主，他的工作热情很高。可是，土改工作进行得并不顺利，大家都有顾虑，总觉得孔家有钱有势，跑了不过是避避风头，分了人家的浮财，分了人家房产，分了人家的地，万一孔家反攻倒算就麻烦了，谁也不肯出头。何况，与安东市保安司令部同时存在的，还有一个安东市维持会，维持会的大多数成员是日伪时期留用的伪公职人员，他们明显倾向国民党，暗地里和共产党领导的八路军对着干，等待着国民党军的到来。好不容易脱离了日本人的魔爪，活着不再艰难，多事之秋，人们不想惹麻烦，只图自保。

贫协副会长孙景坤陷入两难之中。

保安司令部名声很大，人数并不多，来自山东的先遣支队没有多少人，后来从本溪支援过来的八路军冀热辽边区十六分区带来了2个步兵连，人数才有所增加。维持会经常和司令部闹摩擦。经历过一场战斗，维持会才明白，在抗日烽火中成长起来的共产党部队太厉害了，一个照面，就把以伪满警察为主体的维持会打个稀里哗啦，主要头目都被活捉，彻底地退出历史舞台。

11月初，安东市民主政府成立，这是辽东人民摆脱帝国主义、封建势力、官僚资本主义压迫，人民当家做主之后的第一个权力机构。他们枪毙了伪安东省长，追悼被日伪杀害的死难者，开始恢复和发展生产，组织织布生产供销合作社。

看到共产党站稳了脚跟，山城村的土改才轰轰烈烈地开展起来。贫协副会长孙景坤，协助工作队开始了开仓放粮，分掉孔家的浮财、农具、房产，丈量了孔家的土地，土地改革运动在村里如火如荼地开展起来。

孔家的房产虽然多，但山城村的穷人更多，按土改政策，孙景坤家属于赤贫户，可以分到住房，可是他在村里协助工作队搞土改，需要他办事公道，毫不利己，才能让土改工作深得人心。有的人家还住在地窖子里呢，孔地主家的瓦房再好，也没有打动孙景坤，即使是租住的草房，他也把自己算为有房人家。

山城村的绝大多数是无地人家，即或有地，也多是山坡薄地或者悬崖陡地，打下的粮食根本不够吃，何况还有日伪当局的苛捐杂税，想混口饭吃，只能去地主家里扛活。有的人家过年吃上一顿豆腐渣就算是改善生活了。

土改之后，贫苦大众都分到了土地，分到了牲畜、农具，山城村生产的热情高涨起来。始终在饥饿中成长的孙景坤，现在终于尝到了吃饱饭的滋味，以极大的热情投入生产运动中。

年底，山城村的土改顺利完成，第二年春，分到了土地的人们撒着欢地劳作，秋天，终于收到了自己打下的粮食，尝到了革命的成果。村里传唱起一首歌谣：共产党是大救星，领导人民闹革命，分田地来打江山，解放大众做主人。

第二次土改

1946年10月，国民党五十二军抵近安东，中共安东市委有序撤离，东满人民自卫军撤到农村开展游击战。随即，国民党成立安东警备司令部，开始在安东的反攻倒算。山城村的土改成果被推翻，贫苦的农民，好不容易有了自己的土地，辛勤劳作一年，收获却被剥夺，打下的粮食全部成了军粮。

稍稍能够得到安慰的是，孔家大地主没有回来，反攻倒算没有像别的村落那样残酷，山城村没有遇到血腥的镇压。可对村干部和贫协组织，国民党毫不手软，不"杀一儆百"，也要抓进监牢。

国民党的反攻，使刚刚舒展开眉梢的劳苦大众重新跌入低谷，而这种鲜明的对比，也让农民深刻认识到，共产党来了穷人翻身，国民党来了穷人没命。那段时间，孙景坤过起了东躲西藏的日子，只怕被反动势力抓住。

共产党领导的东满人民自卫军并没有走远，向北去了临江，再向西进入山区开展游击战，还有少数人撤退到了朝鲜境内。虽说东北民主联军的主力不在安东，但自卫军与国民党部队的零星和局部战斗时有发生。

国民党为了修筑工事，到处抓兵抓壮丁。山城村开始了鸡犬不宁的日子，加上国民党票子毛得没了边，刚刚赚到手的钱，转眼间就一文不值，村里人又过起了饥寒交迫的生活。用不着想就能明白，国民党代表大地主大资本家利益，看不到老百姓的疾苦，反倒变本加厉地剥削农民。

山城村东边的山，位于安东西部山区通往城市的制高点，国民党在山城村周边的山上修满了碉堡，以为有牢固的工事就可以一劳永逸。他们没有想到，人心才是最牢固的工事，没有老百姓的支持，碉堡只能成为自己的坟墓。

1947年5月，东北民主联军向国民党发起夏季攻势。经历过新开岭大捷，歼灭了国民党五十二军被称为"千里驹"的二十五师，第三纵队轻而易举地收复了辽东地区，被国民党占领了七个月的安东再次解放。

国民党修在山城村周边的碉堡，劳民伤财，最终却枉费了心机，成了聋子的耳朵——摆设。

重新找回了主心骨，山城村开展了第二次土改运动。这一次，山城村改贫协为农会，孙景坤担任村农会副会长，开展了反奸诉苦、摧毁封建势力、生产安家的运动。有了第一次土改经验，第二次土改更加彻底，轰轰烈烈的程度超过了第一次。

《中国土地法大纲》发布后，土改工作队再次进驻村里，将村子里所有的土地都丈量了一遍，而且还按照土地的质量划出等级，然后再按照全村人口平均分配。孙景坤办事公道，没有私心，第一次土改时就获得了好名声，第二次土改配合工作队，大家都支持他。村里无论是殷实的人家还是贫苦雇农，大家都分到了一份土地，山城村有史以来第一次真正实现了耕者有其田。

毫无疑问，从军事力量到物资装备，东北民主联军都远远落后于国民党部队，但为什么能迅速扭转局面，夺取最后的胜利？土地改革发挥了至关重要的作用。土改，代表了最广大人民的根本利益，出台的政策符合大众要求，封建土地制度从根本上被摧毁了，所以才深得广大民众的拥护。得到土地的农民纷纷支援解放战争前线。

土地革命推进了解放战争的步伐。

1947年，安东参军者达7万人，参加临时担架队、大车运输队，以及送信带路、支前的民工不计其数，可以说安东的强壮劳力全员出动，投入支援前线的战斗中。

70余年过去，站在今天，回望历史，可以毫不夸张地说，没有当初的土地改革，就没有我们最终的胜利，共产党在东北赢得了农民的支持，也就赢得了战争。安东解放区是支持我军进行解放战争的后方，土地改革对于辽沈战役的胜利，乃至全国的解放，贡献都是巨大的。

新 婚 别

山城村两次解放，令孙景坤的精神面貌焕然一新。从前，累死累活地干，还喂不饱肚子，大地主孔家的粮囤，鸽子飞进飞出，自由地啄食，却不让穷人多吃一口。从小乞讨，为了一口吃的遭人白眼，自尊心受到严重的伤害。

成为主人，能够自食其力，孙景坤的腰杆自然挺拔了起来。

本来，孙景坤就是个大高个儿，长得也帅气，腰杆挺直了，人就更精神了。24岁，在山城村算是个大龄青年，有人张罗着，给介绍对象，介绍的是本村的张家姑娘，叫张秀兰，秀兰也不小了，20岁，在指腹为婚的年代，十三四岁就出嫁的比比皆是。

秀兰的父亲是从山东日照闯关东过来的，勤劳能干，日子过得精明，渐渐地生活水平就赶了上来，置办了几亩土地，买了辆小毛驴车，除了种地，还能拉货送货，赚几个小钱。张家懂得要培养孩子谋生的本事，家中再有，不如一技在手，父亲把两个儿子送到沈阳学徒，掌握一门技术，工钱不多，也能补贴家用。所以，张家在村里也算得上殷实人家。

张家开明豁达，不保守，不让闺女秀兰裹脚，看到孙景坤话不多，很朴实，做事有板有眼，人长得也不错，孙家的父母也是老实厚道人，便认可了这个女婿。孙家曾担心过，家里太穷，会让人瞧不起。张家的父亲却说，都是一担挑子过来的穷人，只要人品好，勤劳肯干，就能白手起家，这一点比有座金山还宝贵。

亲事就这样定了下来。

虽说是媒妁之言，父母之命，两人倒也是情投意合。张秀兰不多言不多语，人长得秀气，一过门就是埋头干活儿，而孙景坤的小脚母亲走路都吃力，更莫说是干活儿了。拿自己的母亲和未婚妻比，确实是大不相同，未婚妻比男人还能干，刚好弥补了母亲体力劳动的不足。娶了这样的媳妇，就不愁没人持家干活儿照顾母亲了。

孙景坤一生最崇尚的，就是劳动。

1947年年底，孙家的茅草屋外，响过了一阵炮仗，张秀兰被娶进了孙家。婚礼很简单，只摆了几桌酒席，村里农会的青年就簇拥着他们进了洞房。

不管承认与否，孙景坤能与张秀兰结婚，也是土改带来的成果，否则，凭着张家的条件，还有秀兰的长相，提亲的人家非贵即富，她不可能和穷小子结婚。土改给山城村带来了翻天覆地的变化，自然也带来了观念的彻底更新。家家有地，没有了穷人这概念，地主成了过街的老鼠。

新婚之夜，别人的夫妻想的是子孙满堂，孙景坤却和妻子在婚前已有约定，结了婚就去参军，保卫幸福生活。

当兵，不是孙景坤一时心血来潮，老人们都说，好铁不打钉，好男不当兵，那是指过去的兵，是那种兵匪不分的兵，欺压百姓的兵，比如伪满的兵，国民党的兵。共产党的兵就不同了，人民子弟兵，处处为老百姓着想，为穷人打天下，让大家过上人人平等的日子。

此时，东北民主联军刚刚完成冬季攻势，歼灭了沈阳附近的国民党王牌部队新五军，士气正旺，部队在开进中，一面作战，一面发动群众，实行打土豪，开仓济贫的政策。毕竟一直在村里组织土改，孙景坤明白一个道理，一旦国民党打回来，劳苦大众就会重受二遍苦，再遭二茬罪，这已经被事实证明过了。

想要一劳永逸地解决这个问题，就不能只盯着家乡，要拿起武器，走向战场，彻底打败国民党，保卫革命成果，解放全中国。

孙景坤把这个决定说给家里人时，父母坚决反对。解放了，分了土地，一大家子人，活儿一大堆，主要劳动力走了，谁来干活儿？新婚的妻子挺身而出，替丈夫干活儿，替丈夫尽孝。村农会的人也站了出来，说，你们家的地，我们帮助种，只要农忙，先忙孙家。

岳父也反对，哪有新婚就抛下妻子的"负心郎"，子弹不长眼睛，能活着回来，他家姑娘是守活寡，回不来，那就真的守寡了。

土改的成果总归需要人来保护，孙景坤当着村里的农会副会长，他不带头当兵，怎能说服别人？当时的扩兵运动在安东搞得如火如荼，数以万计的青年穿上了军装，走上了战场。可山城村青年报名入伍并不积极，日本投降后，孔大地主家跑得一人不剩，村里土改的压力没有别的村那么大，也没经历过地主反攻倒算的残酷斗争。

孙景坤觉得，只有自己带头才能说服别人，调动起全村青年参军入伍的热情。

穿上军装那天，就是部队开拔的日子，那时，孙景坤刚刚结婚才6天。他履行前约，打起背包，告别亲人，舍下新婚妻子，带着村里的9名青年，跟随东北民主联军第三纵队第八师，向着沈阳以北的方向挺进，去解放更多的劳苦大众。

大部队离开安东的时候，两千多名民工随军前行，前边有人带路，中间有人运输，后边跟随着支前的民工，队伍浩浩荡荡。行军途中，到处呈现着军民鱼水情。

山城村10名入伍新兵，被分配到了不同的部队，战场上，再也没有并肩作战过。许多年过后，这些青年的家属大多成了烈属，算上孙景坤自己，回来的仅有3个人。他总是觉得对不起人家，若是自己牺牲在战场上，就什么都不用说了，活着回来，总觉得是亏欠，只有一心一意照顾好他们的家属，对他们比对自己的亲人还亲，他才觉得心安。

第二章　解放全中国

冬季攻势

孙景坤穿上军装的日子，应该在1948年元旦之前，离开安东，元旦到达部队，才算正式入伍。此时，东北民主联军已改称为东北人民解放军，孙景坤被编入第三纵队八师二十四团。部队的名称改变了，内涵也发生了变化，意味着共产党领导的人民军队从战略相持进入战略反攻阶段，奋斗的目标明确定位为"打倒蒋家王朝，解放全中国"。

孙景坤参加的第一场战斗是在沈阳的西北。

国民党新五军从新民县城出发，沿着辽河，向北进犯，企图"消灭"三纵队，减少东北人民解放军对沈阳的威胁。三纵接到的任务是从辽河北岸向公主屯以南迁回，穿插入新五军右翼，切断该军撤退新民的路。

这时，他们遇到一个难题，一场暴风雪过后，天寒地冻，平地积雪一尺多厚，是罕见的严寒。按照预定方案，绕路过去，路远，雪深，湿滑，跋涉在没膝深的雪野里，很难在规定时间内赶到指定地点。如果选择走捷径，从敌人的左、中两路的空隙间直线偷渡过去，并不遥远，但风险很大，弄不好就会暴露目标，贻误战机。

权衡再三，三纵司令韩先楚当机立断，选择了偷渡。

深夜，一轮明月高悬，部队偃旗息鼓，跋涉在雪野里。经过一夜的急行军，他们神不知鬼不觉地穿插到了新五军的背后，到达闻家台之南，切断了敌人向新民、巨流河撤退的通道。

敌人发现三纵的行踪，为时已晚，他们已像一把钢刀，插进敌人的肋骨，敌人处于欲守无能、欲退无路的窘地，成了负隅顽抗的离群孤雁。其他方向的各纵队相继向沈阳以西、以北地区穿插过来。

此时，八师二十四团已进驻公主屯以西地区，严阵以待，做好了阻击敌人的战斗准备。1月4日拂晓，敌军分两路向五家子阵地发起攻击，遭到我二十四团迎头痛击，向十里铺以南溃逃。二十四团紧追不放，将逃敌歼灭在辽滨塔、水口地区。

随后，二十四团神速攻占了南岗子，又迅速形成对敌包围圈，全团官兵喊出了"坚决歼灭新五军，活捉军长陈林达"的战斗口号。

1月6日午后，二十四团会同七师十九团由东南向安福屯、温台发起攻击，冲进村内，与敌人展开激烈巷战。当时刀光剑影，杀声震天，枪声、炮声响成一片。白天，硝烟笼罩着大地，国民党派来了飞机，对阵地狂轰滥炸。入夜，敌人不时地发射照明弹，给自己壮胆。镁粉的光亮经过白雪的折射，更加耀眼。炮弹、手榴弹爆炸的闪光，像焰火一样，映照着安福屯、温台上空。双方激战至深夜。敌人见势不好，据守无望，随即溃逃。我主攻部队急行军追赶上来，和阻击部队配合，前后夹击，歼灭逃敌。

1月7日拂晓，三纵各路部队，从四面八方包围了温台村，全歼国民党精锐部队新五军，打扫战场时，活捉了敌人中将军长陈林达。

这是冬季攻势开始后的第一个大胜仗。

初上战场，孙景坤真实地感受到了什么叫枪林弹雨。守在五家子阵地，看到晨光中黄压压的敌人踩着白雪冲上来时，孙景坤的心都跳冒烟了，开火前，他既紧张又很害怕。

碰到这么强的敌人，又是新兵，孙景坤不害怕就怪了。可等到真正打起来，他反而不知道害怕了，学着老兵的样子，一枪一枪有板有眼地打。第一次上战场，他就表现得不慌不忙，其心理素质非同一般。尤其是战场上追击敌人，一点儿都不胆怯，成熟得像个老兵。

连长特别高兴，总结表彰会上，特意表扬了孙景坤，受党教育的农会干部就是不一样，素质好，觉悟高，既表现出了英勇与机智，也懂得沉着冷静，在学会保护好自己的同时消灭了敌人。

解放四平

接下来，部队继续向北进发。

连长觉得孙景坤个子高，体力好，肯吃苦，身体又矫健灵活，特别适合当机枪手。机枪是连队的重要武器，连队的攻守，全靠机枪火力的支撑。机枪手既要懂得节省子弹，又要有效阻击敌人，一般都由有经验的老战士担当。

入伍不到一个月，孙景坤就成了三营七连三人机枪组的射击副手，行军时他扛着枪，休息时他保养枪，作战时他固定枪位。

机枪并不是所有人都会用的，它的器械构成十分复杂，要想掌握它绝非易事，就算掌握一般的射击要领，那也不是一天就能练出来的。射击是技术活儿，一个士兵未经反复训练，即使能把机枪打响，其射击的精度和效果也不可能让人满意。连发、点射、扫射，怎么打，要随着战场情况而定。

机枪射击一般是点射为主，这种打法足可以对敌人形成不间断的压制，除了减少子弹的消耗，射击精度也提高了。

一个纵队不到1000挺机枪，这挺机枪是他们七连的主要火力。孙景坤刻苦练习，虚心取经，向主射手学习，很快就掌握了机枪的构造、射击的要领、射击的节奏，还有消灭敌人的最有效的手段。

1948年3月初，解放四平的战役打响。四平是中国东北的战略要地，是兵家必争之地，这一次是四战四平，也是四平的收复战。前3次，东北民主联军血沃黑土地，战役结果并不理想。此次四平之战，事关东北全局，此前毛主席也曾电令过，化四平街为马德里，可见其地理位置的重要。

夺取战略要地四平，就是要彻底地切断沈阳与长春国民党部队之间的联系，进一步孤立长春和吉林。

国民党也下了血本，经过一年费尽心机的筹划，已将四平建成要塞化、半永久式的坚固城市。城市周边的外围工事，由大大小小的地堡和铁丝网、陷阱、地雷带、土城墙等多种障碍物组成；城区内更是碉堡林立，沟堑纵横。火力配备采用网状配备、火力交叉的方式。有人说陈明仁在防御四平的时候，利用天寒地冻的天气，叫士兵在工事上浇水，三九天工事很快就冻住了，子弹打不进去，炮弹也炸不开。

孙景坤随部队参加解放四平战役，按照战役安排，三纵八师主攻城东。此时，敌人北有长春，南有沈阳，不迅速攻下四平，东北人民解放军面临两面夹击的危险。

攻击战一开始就受到火力点的侧射，伤亡很大，突击未成。主要原因是敌地堡群和暗堡的火力点筑在城墙根附近，十分隐蔽，下面挖有地道和城内相通，每一个地堡群都是由一个中心碉堡和4至5个子堡组成，外设铁丝网、副外壕等防御工事，形成独立系统。我突击部队登城时会受到敌侧火力的阻击。

必须组织火力，掩护部队清除这些暗堡，强行突破城防。

孙景坤所在的三人机枪组是全连的主要火力，自然也成为敌人重点打击对象，主射手牺牲了，他接替上来，子弹飞蝗般密集飞来，身背后的棉袄，棉花四处飞散，等打完仗，站起身，棉袄自动脱下来，只剩下两个袖口连在身上，幸亏时节已过惊蛰，才没被冻坏。

突破到城内，二十四团攻占了七马路和晓东学校，当进至省医院大楼附近时，遭敌火力扫射，在孙景坤的机枪支持下，八连的一名班长，连送6包炸药，将大楼东南角炸开，部队随即冲入楼内，全歼守敌一个营。

攻克四平，不到半个月的时间，孙景坤换了4件棉袄。

蒋军自吹的"坚固的战略要塞"四平，不复存在了。从此，四平彻底回到了人民的怀抱。中共中央获悉四平解放，发出贺电：庆祝收复四平及在冬季攻势中取得的伟大胜利，号召东北人民解放军继续努力，为完全解放东北而战。

解放四平的战役，是我军第一次规模性大战役的胜利，七十多年过后，回想当年的战役，思考东北人民解放军为什么有如此的战斗力，依然能够看出，土改和阶级斗争教育，是战士们不怕牺牲的基础，新式整军运动，让部队发生了一次质的飞跃，提升了军事素质，奠定了打大仗、打恶仗、打硬仗的思想基础。因此，才有了战士们奋勇立功的表现。

孙景坤刚参军，就这样有勇有谋，连长喜欢得不得了。接下来的夏季，辽源练兵，依然以政治整训、军事练兵为主。诉苦运动的大会上，不善说话的孙景坤也张开了嘴，谈起了自己苦难的少年时期，地主和反动派对人民的剥削，劳苦大众如何生活在水深火热中。

诉苦运动，树立了牢固的阶级观。接下来的练兵，孙景坤更为刻苦，只有练好本领，才能学会战场生存，灵巧地躲避战火，有效地消灭敌人。他与战友没日没夜地练习爆破、射击、投弹和土工作业等技能。

包围长春时，他已经练出了一身本领。

转战辽西

1948年9月，孙景坤随部队秘密转战到辽西，乘坐火车赶到阜新，下了车，他们夜行百里，迅速包围了锦州的屏障义县，打响了辽沈战役第一枪。

义县古城，是锦州北部的重要门户，不先打下义县，打锦州就比登天还难。古城高10米，宽4米，城墙十分坚固。城内有钢筋混凝土的核心碉堡群，城外四周是密布的集团地堡，地堡外是3米深、3米宽的堑壕，壕外布置有地雷、铁丝网、鹿寨等。

如果一味地强攻，肯定伤亡惨重。为减少伤亡，战前，三纵做了充足准备，各部队开展了挖地洞战术，一直挖到城墙脚下。

那时，东北人民解放军已经有了炮兵纵队，八师配属的榴弹炮5个连，首先清除城东外围之敌，攻打东门的任务落在了孙景坤所在的二十四团。在研究如何攻打东门外的地堡群时，孙景坤发现其中有一座小碉堡，中间隔着个大碉堡，一般的炮不容易命中，商量的结果是用山炮抵近射击。

把山炮推到敌人的眼皮子底下，需要众多的机枪掩护，孙景坤责无旁贷地承担起了掩护的任务。趁着夜色，山炮连把山炮解体，扛到村西头一户人家，装好山炮，备好炮弹，在西山墙上掏出个洞，对准了那个难对付的小碉堡。

下午，一发发红色的、绿色的信号弹从我军阵地嗖嗖地飞上义县县城的上空。顿时所有的炮火，喷射着火舌，以排山倒海之势，飞向目标。打得大地颤抖，天公失色。我军如此猛烈的炮火，孙景坤还是第一次见到，彻底扭转了我军装备不如敌人的印象。

掩护山炮连的机枪打响了，敌人的子弹刮风般扑向机枪手孙景坤，敌人的炮弹也向着掩护的机枪阵地呼啸而来。一块炮弹皮崩入孙景坤的腿肚子里，他居然不知道。直到山炮连只用两发炮弹炸毁了那座难缠的小碉堡，二十四团从东门北侧突破时，他抱起机枪准备冲锋，才发现自己已经负伤，那块炮弹皮，至今还在他的小腿里，没有取出来。随后，二十四团向国民党县政府发起进攻，歼灭了东大街以北之敌。

锦州之敌的臂膀——义县，就在万炮齐轰中被斩断了。

10月1日，攻克了义县。此役，孙景坤荣立了二等功，他在战斗中迅速成长起来。

攻打义县的战斗中，一幕幕支前的场景，让孙景坤终生难忘。支前民工浩浩荡荡排在攻城部队的后面。指战员都感受到了支前的热情，伤员转送、粮秣军鞋都由他们承担，甚至攻城用的梯子，盛殓烈士的棺材，都准备好了。仅仅五天，就征兵三千多人，足以组成一个新兵团。

相比之下，国民党部队只能占据孤城，给养断绝，兵源枯竭，不得不到处抓兵抓壮丁，明显山穷水尽了。

轻伤不下火线，攻克义县后，孙景坤包扎好伤口，跟随大部队，还是夜行百里，马不停蹄地会师锦州，在城郊接替了兄弟部队的防务。由于连续几天挖掘工事和激烈的苦战，又经历了一夜的急行军，真是人困马乏，渴得嗓子眼儿直冒烟。

此时，孙景坤所在的八师，隐蔽在城北的果园里，防止敌机轰炸，也借机在此休息。正值苹果成熟的季节，红艳艳的苹果挂着晨露，在初升的太阳照耀下，鲜艳欲滴。苹果就在嘴边，抻长脖子就能吃到，馋得战士们直咽口水。人民的军队，有铁一般的纪律，一针一线都不能动，何况苹果。指导员想找老乡买，可果园的主人为躲避战火，不知道去了哪里，战士们只能望果兴叹了。

连长命令，各班将落果捡成一堆，腾出空地坐下休息。但是伤员又饥又渴，急需补充营养。指导员冒着犯纪律的风险，从怀里掏出钱，又从笔记本上撕下一张纸，写道：老乡，我们的伤员实在渴得难受，吃了您的几个落果，这钱请您收下。

孙景坤也是伤员，指导员分给他一个苹果，他觉得，那是他一生中吃过的最好吃的苹果，虽然有虫子钻到了果核，但那种饱满的汁，那种清香的甜，让他回味终生。后来，这件事登上了纵队的小报，毛主席知道了此事，专门表扬了这支部队。

10月12日凌晨，肃清锦州外围的战役打响，千百发炮弹带着呼啸之声，飞向配水池。配水池系锦州的供水处所，位于锦州城北1公里的小高地，属于钢筋混凝土建筑，战前，敌人将池内的水放掉，经过整修，成为非常坚固的堡垒，是整个阵地的核心工事。敌人吹嘘，自己的水池固若金汤，墙上大书，配水池就是第二个凡尔登，其士兵自诩，守备配水池的都是铁打的汉。

二十四团承担的任务是向城北大疙瘩之敌发起进攻，大疙瘩与配水池的敌人，相互支撑，都是亡命徒。大疙瘩的核心工事是一座钢筋混凝土的大母堡，分上下两层，由于年久积土，上面已经长满了草，从远处看，根本看不出是地堡。

激烈的战斗持续了一天，两个据点依然没有拿下来，大疙瘩名副其实地成了挡在二十四团面前的大疙瘩。看着刚刚熟悉的战友一个接一个倒下，孙景坤不顾腿上有伤，抱起机枪，火力掩护爆破组进攻西南角的地堡。

爆破组的吴班长带着两名战士冲了上去，吴班长扛起爆破筒，夹着红旗向前滚进弹坑，借着机枪的掩护，瞅准机会，向前跃进，卧倒，再跃进。忽然，几发炮弹落下，炸起了一股烟雾，等到烟雾散去，却见他们趴在地上一动不动。孙景坤的心跳到了嗓子眼儿，不动就意味着牺牲了。时间一秒一秒地过去了，每一秒都是那么漫长。忽然间，他们一跃而起，将一根爆破筒塞进了敌人的枪眼。瞬间，一股股浓烟从地堡冒出，敌人的机枪哑了。

没过多久，地堡的机枪又复活了，大母堡分上下两层，消灭了一层的敌人，并没有对另一层的敌人造成致命伤。吴班长倒在了地上，好久都没动弹。

营长刚要再次组织爆破组，忽然发现，吴班长携带上去的红旗在一点一点地移动，如果不仔细观察，很难发现。吴班长没有牺牲，而是忍受着伤痛，在向前挪，到了地堡前，突然跃起，把爆破筒塞进枪眼。敌人拼命往外推，吴班长毅然用身体堵住，最终与敌人同归于尽。剩下的最后一名战士，扛起那面红旗，跃上了地堡。

攻下了大疙瘩，八师由城北向南推进。发起锦州战役总攻时，一直打进了市中心。

许多年后，孙景坤的事迹被公布，人们称他是英雄时，他连连摇头，眼里噙着热泪说，我还活着，活着就不算英雄。是呀，像吴班长这样，倒在他眼前的英雄实在是太多了。江山是血染的，对于别人来说，是个概念，可对于孙景坤来说，是不堪回首的梦魇，他从来不愿意想起，也永远无法忘记。

解放了锦州，三纵又是马不停蹄，急行百里，参加黑山阻击战、辽西大会战，直至全歼廖耀湘兵团。

辽沈战役，孙景坤能打会拼，作战勇猛，虽然黑山阻击战时又一次负伤，他依然坚持打完整个战役，立了1个二等功，2个三等功。

平津战役

1948年11月，中央军委发布命令，统一全军编制及部队番号，东北人民解放军改编成中国人民解放军第四野战军。在锦州休整的第三纵队，改编为中国人民解放军第四十军，孙景坤隶属于一一九师三五七团三营七连。随即，这支"旋风部队"昼伏夜出，迅速从冷口秘密入关，进入冀东地区。

冀东是我党抗日战争的老根据地，部队受到了人民群众的热烈欢迎，村村户户箪食壶浆，腾房、烧水、缝补衣裳，老大娘拿出红枣、花生、鸡蛋，处处显现军民鱼水情。没多久，一一九师以迅雷不及掩耳之势进军到香河地区，切断敌人北平与天津之间的联络，随即包围了北平，完成了"切而不围，围而不打"的作战任务。

由于部队行进得神速，行动又十分隐蔽，许多敌人小股武装在与一一九师交错行动中被缴械。有的敌人直到被抓住当了俘虏，还喊着误会，根本没弄明白四野已经进关了。后来，敌人总结出了一条经验，戴着狗皮帽子的就是四野，打起仗来疯了一样。所以，只要看到戴狗皮帽子的队伍，他们便望风而逃。

12月中旬，从唐山赶往通县的路上，部队与敌人进行了一场遭遇战，孙景坤又一次受伤。这是他第三次受伤。后来，他受伤的次数越来越多，从渡江战役到打到海南岛，多得他自己都记不清了。轻伤不下火线，如果是重伤，就跟着团部的大车，走到哪儿拉到哪儿。最危险的一次，子弹贴着他的后脑勺飞过，万幸只是擦伤，但当时手一摸，全是血，他吓出了一身冷汗。

1949年1月14日，四野的500多门大炮从3个方向齐轰天津，整个天津城顿时笼罩在隆隆的炮声和弥漫的硝烟之中，成千上万发炮弹倾泻过来，落在陈长捷自认为固若金汤的城防工事上，整个大地都在颤抖，整座天津城也在颤抖，大量碉堡、暗堡被炸塌，雷场一片一片地被引爆，铁丝网也被炸得东倒西歪，国民党守军的炮火被完全压制，根本无法有效还击。

天津攻坚战，以陈长捷被俘告终，北平国民党守军25万人，陷入人民解放军的重重包围之中。傅作义响应共产党"停止内战，和平统一"的主张，率部起义，促成北平和平解放，古老的文化古都北京，以及全部珍贵历史建筑，完好地保存下来，200万北平市民的生命和财产免遭兵燹。

经过接近一个月的休养，平津战役全面打响时，孙景坤的伤基本痊愈，在参加的各次战斗中，他表现得更加机智勇敢，平津战役他立下了1次二等功。

就在北平，孙景坤迎来他的另一个生命，也就是让他终生难忘的政治生命，入伍刚满一周年，接受战火考验的他，被吸收入党，成为一名光荣的共产党员。

在指导员的领誓下，孙景坤举起了右手庄严宣誓加入中国共产党。

孙景坤不会写字，虽然入党申请书是文化教员代写的，可每个字都是饱蘸着自己的鲜血写下的，都是自己的心声，每一句话都是铮铮誓言，落地是钉，他要用一生去履行誓言。

直捣海南岛

1949年2月下旬，孙景坤随部队由北平先遣南下，攻河南、进郑州、战长沙，向华中南进军。4月初，与四十三军并肩挺进鄂北地区，牵制白崇禧集团，策应第二、第三野战军渡江作战。5月中旬，于黄冈渡过长江，堵住了白崇禧的主力第七军，全歼之。

孙景坤随部队一路南下，飞渡长江天险，解放武汉三镇，突破湘粤防线，会歼桂系兵团，移驻雷州半岛，途经9省，作为四野的先遣军，一一九师一路打头阵，所向披靡，势如破竹。

1950年年初的雷州半岛，大军云集，海边帆樯如林，十万大军集结于此。

别看孙景坤对大海并不陌生，也曾经多次赶海，捞海货，但他确确实实是个旱鸭子，不会游泳。面对惊涛骇浪，他心里发毛了。一路走来，战士们从来没有过惧战的心理，面对大海和看不见的敌人，他们心里犯起了嘀咕，海上有敌人的铁甲巨舰，空中有凶悍无比的铁鸟飞机。再看看渔民驾驶的木帆船，一会儿被浪尖送到空中，一会儿被大浪摔入谷底，不被风浪掀翻就万幸了，怎能渡过无边无际的大海？

东北虎遇到了新问题，毕竟，一直都是陆战，他们只会虎啸，打多强大的敌人也是虎入羊群，然而，他们不会龙吟，海上作战怎么打，谁都犯蒙，指挥员也不例外。陆地作战指挥员可以有个掩蔽所，海战就不同了，无论级别高低，在这里一律平等。大家议论纷纷，中华人民共和国都成立了，我们还在压后阵。

孙景坤是党员，一个连队中，党员的人数毕竟不是很多，指导员让他帮助做战士们的思想工作。大家都知道，党员经过生死考验，大家都很信服。孙景坤觉得，解决思想问题最根本的办法，就是熟悉大海，他说，当兵前，谁都没摸过枪，一辈子就不会打仗了？船咱没碰过，现在咱就开始练，扯帆摇橹，驾驶木船。

有党员带头，战士们开始向渔民借船出海，选择夜间进行航海训练，因为白天有国民党的飞机，炸沉了船，对不起渔民，只能夜间训练。更重要的是，他们习惯了夜战，打海南岛，肯定也会选择夜战。

更巧的是，四十三军的一个班，出海训练时突然风停了，遇到了敌人的铁甲军舰，周旋了几圈后，居然把手榴弹甩上了军舰，打跑了敌人，创造了小木船打跑大军舰的奇迹。这场遭遇战，被当成示范，增强了大家打败敌人的信心。

没过多久，传来了好消息，第一批渡海的一一八师成功登陆，与敌人在岛上展开了战斗。第二批渡海已经迫不及待了，否则一一八师就成了孤军。雷州半岛弯弯曲曲的海岸线，布满了大大小小的木帆船，樯橹如云，连绵数十里。

然而，万事俱备，只欠东风。战士们盼东北风，眼睛都盼蓝了。

1950年4月16日，潮流和风向都适合渡海作战，兵团一声令下，四十军的6个团和兄弟部队千帆竞渡，万船齐发，仅一一九师就有300多艘帆船。登船时，夕阳西下，余晖耀眼，辽阔的大海中碧波轻荡。战士的宣誓声、口号声也是此起彼落，慷慨激昂，令人振奋。

夜幕降临，12发红色信号弹腾空而起，木帆船同时扯起风帆，起锚摇橹的声音伴随着战士们嘹亮的歌声，使勇士出征的场面显得格外雄壮。

孙景坤在雷州半岛灯楼角一带起航，预定在海南岛博浦港一带登陆。

当渡海大军前进八九海里时，空中闪现一串照明弹。渡海行动被敌人发现了。

船队在耀眼的白光照耀下冷静沉着地继续前进，敌人的飞机在空中盘旋，不断轰炸和扫射，敌人的炮舰也不停地进行炮击和扫射，海面上一时间弹如雨下。孙景坤一面向敌机、敌舰还击，一面迅速灭掉船上的灯火。

敌舰发射的炮弹和敌机投下的炸弹不断在船队中爆炸，炮弹炸起的水柱在船的周围翻腾，颠簸的船使一些战士站立不稳。有些渔船被炮弹击中，一时间，血染海面。一些人负了伤，也顾不上包扎，拼命地划桨，向前冲锋。40艘土炮艇和机帆船组成护航大队，保护在船队的两翼，展开战斗队形，猛烈地攻击敌舰。

土炮艇冲到离敌舰只有五六十米远时，突然向敌舰猛烈炮击。敌舰指挥塔被击中，顿时燃起大火，升起滚滚浓烟。敌大型军舰再也不敢使用照明弹，以免暴露目标。其余军舰怕成为第二个被攻击的目标，窜到远方海面，盲目射击。敌飞机大概因辨不清海上目标，怕炸到自己的军舰，也飞走了。

船队通过中流后没多久，航速慢了下来，风停了。各船指战员轮番摇橹、划桨，船队继续向前推进。一弯新月高高挂在天空，在海面上投下淡淡的银光。这是战士们从来没有经过的夜晚，大家都没有说话，却都下定了决心明天要第一个登上陆岸、冲入敌阵，奋勇作战。

凌晨，战士们终于看到了海南岛，然而，他们也进入了敌人滩头阵地的炮轰距离，炫目的弹道映照着水柱纷起的海面。

激战中，孙景坤所乘小船被炸弹掀翻，瞬间解体。危急时刻，不会游泳的他，眼疾手快，迅速抓住一块木板，即便如此，枪依然牢牢地背在肩上。他一手紧紧地抱住木板，腾出另一只手，拼命地向岸上划去。

登陆的地方，与计划的登陆点有偏差，是在海南岛的临高角地区。

脚终于挨到陆地了，涉过齐胸深的海水，孙景坤回头一看，一个排的战友只剩下12个人。

只要上了陆地，东北虎的威力立刻显现出来，五连一排的船，是全团第一个扑上滩头阵地的。他们遇到了敌人的一个大地堡，阻挡住了队伍的前进。滩头全是开阔地，不迅速摧毁这个地堡，部队将面临极大的伤亡。几次爆破均未成功，一排长索性扑在敌人的枪眼上，用生命为全团开辟了一条前进的道路。

战友们高喊着："为一排长报仇！"潮水般冲了上去。孙景坤冲在全排的最前头。就在这次登陆作战中，孙景坤又一次负伤。

从东北打到海南岛，一路征战，一身落下20多处伤疤。对于孙景坤来说，每块伤疤都是勋章，都是戎马生涯的一段记忆。

解放海南岛，他又立下了1次二等功。

这些军功章，都是有据可查的，笔者采访时，孙景坤的长子孙福贵回忆道，老人的军功章丢了好几枚，究竟丢了哪一枚，是哪次战斗立的功，老人没去记，也想不起来了。是呀，深藏军功六十载，老人哪需要刻意记住自己的功劳。

军功章能深藏，却藏不住身上的累累伤痕，那是伴随他生命，一生无法抹去的军功章。军功他忘了，伤痛他忍着，唯一不忘的是入党的时间。即使96岁高龄，患病时意识有些模糊，也能准确地说出入党时间。那是经历过硝烟与鲜血的考验获得的身份，这个身份，他珍惜了一生，哪怕耄耋之年，也在践行入党誓词。

第三章　抗美援朝

跨过鸭绿江

刚刚解放海南岛，凯旋北上，孙景坤所在部队原准备在河南洛阳地区整训、生产和学文化。学文化是孙景坤最渴望的，他斗大的字不识一个，渴望着战争平息下来，识字学文化，因为打仗的时候，他吃够了没文化的苦。

然而，1950年6月，以美国为首的多国部队入侵朝鲜，朝鲜战争爆发。中央军委决定，四十军不再去河南，而是立刻开赴东北，守卫边防，准备组建东北边防军。

那时，大家只知道去河南整训，回东北的消息还没传达下来。发觉列车冲进了山海关，孙景坤是喜出望外，从出关作战到解放海南岛，一年半过去了，他终于又踏上了家乡的土地。

列车停在了锦州火车站，下了车，部队进入锦州的军营休整。一直奔波在战斗的途中，家里人不知道他的安危，孙景坤求文化教员帮助他写了一封信，向父母、妻子还有其他亲人报了平安。

孙景坤一走就是杳无音信，妻子张秀兰接到信，哭了。盛夏的挂锄季节，尽管家里的活儿挺多，再忙也能抽出工夫。按照信上的地址，张秀兰坐上一天一夜的火车，赶到了锦州，见到了丈夫。

部队的首长特别体贴人心，腾出自己的宿舍，让他们小夫妻居住。摸着丈夫满身的伤疤，妻子哭成了泪人，孙景坤却不以为意，都是皮肉伤，没伤筋动骨，五脏六腑都好着呢，他身体灵巧，懂得如何躲炮弹，知道敌人要向哪儿打枪，也知道如何保护住身体的要害部位。

结婚时，才过几天蜜月，这一次，他们要把蜜月补回来。

团首长给张秀兰一个任务，讲一讲美国飞机如何飞过鸭绿江，轰炸和扫射我国边民。

张秀兰不善于讲话，团首长会引导，一句接一句唠家常，她便把所见所闻，竹筒倒豆子般，一五一十地说出来。她讲起了美国两架飞机飞进浪头机场上空，机关枪雨点似的扫射，3个在机场里干活儿的工人，当场被打死了，受伤的还有二十来个人，两辆大卡车被打着了火，烧成一堆废铁。还有一次，4架美国飞机，沿着鸭绿江上下游来回飞，专找他们认为的可疑目标扫射。好几只渔船被他们打沉，死了4个渔民，还有七八个人受了伤。民间被炸的就更多了，多得数不过来。

首长的总结很有见识，当初，日本人就借口帮助朝鲜镇压东学党起义，发动了甲午战争，拿朝鲜当跳板，侵略了中国。现在，美国发动朝鲜战争，走的还是当年日本帝国主义的老路，目标是侵略中国，把中国变成美国的殖民地，让我们受二遍苦，遭二茬罪。如果我们坐视不管，就会重新沦为亡国奴。晚打不如早打，长痛不如短痛。

战士们都遭受过亡国奴的屈辱，一番话过后，群情激愤。

缠绵了几天，部队还要集训，打更艰苦的仗，张秀兰恋恋不舍地回去了。

在锦州休整了一段日子，部队开拔，向安东集结，一一九师是最后一个赶到安东的。集结地与他的家只隔着几道山岭，才十几里路，以服从命令为天职的孙景坤，居然没向部队提出探亲的要求，与父母妻子和兄弟姐妹擦肩而过。

10月19日，部队集结在鸭绿江边，在淅淅沥沥的秋雨中，战士们庄严宣誓："我们是中国人民志愿军，为了反对美帝国主义的残暴侵略，援助朝鲜兄弟民族的解放斗争，保卫中国人民、朝鲜人民和亚洲人民的利益，我们志愿开赴朝鲜战场，与朝鲜人民并肩作战，为消灭共同的敌人，争取共同的胜利而奋斗。我们誓以顽强的战斗意志，坚决服从命令，克服一切艰苦困难，发扬革命英雄主义，在战斗中立奇功。"

趁着夜色，四十军悄悄渡过鸭绿江。一一九师是最后一批过江的，此时，朝鲜的新义州一片漆黑，看不到一点儿光亮，显得更加空旷和冷清，只偶尔传来几声惊恐的狗叫。孙景坤回过头，向着祖国，向着家乡的方向望去，对岸万家灯火。

孙景坤觉得，那些灯火，就像母亲温柔的目光，慈祥地注视自己，为自己壮行。这次回家乡，他最大的遗憾，就是没有在母亲的膝下拜别。

对于"抗美援朝，保家卫国"，没有人比孙景坤感触深，集结在鸭绿江边的这些天，他亲眼看到美国几乎天天侵入中国领空，肆意轰炸自己的家乡，工厂被毁，村庄燃起熊熊大火，人们刚刚过上新生活，却瞬间家破人亡。不帮助朝鲜人民赶走侵略者，家乡永无宁日。

再见吧祖国，再见吧母亲，为了您的安宁，我们赴汤蹈火，在所不辞。战士们心里很清楚，面对世界上最强大的敌人，这或许是最后的离别，"风萧萧兮易水寒，壮士一去兮不复还"，此次出国作战，他们已经做好了流血牺牲的准备。

过江后，一一九师作为一二〇师的纵深预备队，沿永山、龟城、泰川、云山方向进军。夜雨不知不觉地停息下来，上弦月在云缝中露了出来，向大地洒下清冷的光，空旷的山野更加宁静。部队像一条黑色的长龙，在朝鲜北部的崇山峻岭中疾速穿行。

天蒙蒙亮的时候，部队抵达朝鲜古城义州，透过迷茫的晨雾，见到满山遍野都是惶恐不安的人群。美国大兵就要打过来了，对战争的恐惧已经蔓延开了，这些朝鲜平民，有的头顶着包袱，有的背着孩子，有的赶着黄牛，有的推着独轮车，纷纷在寻找避难场所。

悲凉袭上孙景坤的心头，这里已经是朝鲜的最后一片土地了，还能上哪儿找避难所呢？只有去中国的东北，有个战士编个顺口溜，表达了孙景坤的心声：

> 美帝好比一把火，
>
> 烧了朝鲜烧中国，
>
> 中国邻居快救火，
>
> 救朝鲜就是救中国。

强渡清川江

走到两水洞地区，与敌人不期而遇，部队立刻隐蔽起来，侦察清敌情后，志愿军四十军打响了抗美援朝第一次战役的第一枪。这是一场漂亮的伏击战，也是一场疾风暴雨似的围歼战。四十军以泰山压顶之势，不到20分钟基本结束战斗，歼灭了南朝鲜第六师团的一个先遣营。这个先遣营冒进，想快速打到鸭绿江边，为所谓的"统一朝鲜"立下首功，然后，依靠新主子，继续当"二鬼子"，把战火烧过鸭绿江，到中国东北睡"花姑娘"。结果一场遭遇战，打碎了先遣营的美梦，伤亡和被俘350余人，先遣营名副其实地成了"最先被遣散的营"。

要说明的是，抗美援朝的第一场围歼战不是孙景坤他们团打下的，功劳属于——八师。

两水洞战斗刚刚结束，志愿军司令部提出由四十军打温井，阻止"联合国军"逼近中朝边境的鸭绿江，金日成首相非常高兴，直接用汉语表示赞成。10月28日，温井会战打响，——九师首先在温井地区的立石洞围歼了南朝鲜第六师的一个营，俘虏了近百人，同时也解救了近百被俘的朝鲜人民军同志。

这是一场漂亮的分段伏击战，随着温井会战的深入，被抓的南朝鲜军队俘虏越来越多。此时，恰巧下起了志愿军入朝作战的第一

29

场雪，纷纷扬扬的大雪，压在了马尾松枝上，松绿雪白，煞是好看。

孙景坤看到，村边山坡树林里的数百名俘虏在寒风中战战兢兢、瑟瑟发抖。就在几个小时前，他们开着坦克，耀武扬威地向鸭绿江挺进，充当美帝侵略中国的急先锋，做着炮弹打进鸭绿江彼岸的梦呢，甚至还带来了"大韩民国"太阳映画社拍下进军鸭绿江的纪录片。没想到，这些电影胶片，还有摄影机、照相机、闪光灯等都成了我军的战利品。

一一九师从立石洞南下，三五七团在右侧，沿山间小路向宁边、德川方向前进。

前半夜没有月亮，夜暗如墨，宁静得听不到枪声和炮声，山村里也没有犬吠和鸡啼，大地也似乎疲惫地沉睡了。部队一路纵队，像一个无限延长的省略号，秩序井然地快速挺进。为了不让敌人发觉，部队遇到村镇一律绕行。

10月31日凌晨，部队进抵宁边东北的曲波院地区。正在加快速度往前赶，忽然发现左前方山路上走来一支队伍，有好多手电筒明明灭灭地照射着山路。我军没有这么多手电筒，习惯于静默行军，不可能打着手电行军，行军的方向也不对路。连长立刻意识到，敌我双方都在夜间穿插，两军搅在了一起，敌中有我，我中有敌。

抢占有利地形，轻重型武器一齐开火，曲波院混战就这样开始了，南朝鲜九师的两个团顿时陷入混乱之中。

此时，师右侧的三五七团，前进到造山洞以南，与敌人遭遇，孙景坤的营长不幸中弹牺牲。全团官兵被激怒了，高呼着为三营营长报仇的口号，像决堤的洪水，排山倒海地冲向敌军。敌人立刻溃不成军，3个营开始了抓俘虏大赛，1个连就能抓100多个俘虏。

被他们三五七团压过去的敌人，跑到了炮兵阵地，炮兵连的炮手拿着铁锹、十字镐和标志杆，抓了78个俘虏。炊事班靠一条挑油桶的扁担，也抓了7个俘虏。

这次战斗的整个过程出奇地顺利，炊事班一条扁担抓获7名俘虏的事迹更是被人们津津乐道，因此这一仗被将士戏称为轻轻松松地"捡"到了一场胜利。

俘虏太多，当时的营和团都没有人接管俘虏，谁抓的就由谁看管。部队还要向宁边方向攻击，连队继续执行战斗任务，再看管这些俘虏，实在是一大累赘。再说了，我军自己都在饿肚子，拿不出东西给这些饥肠辘辘的俘虏吃。

如果是日军，对待俘虏的方法就简单了，一律杀死。志愿军是仁义之师，喊出的口号是缴枪不杀，执行的是《日内瓦公约》，实行的是优待俘虏政策。可是，我军还在饿肚子，没有优待的条件，怎么办？俘虏们看到园子里还有没收的白菜，就给拔光了，发现屋檐下挂着苞米，就给生啃了。

这样祸害老百姓，让老百姓误会，以为是志愿军干的，那就麻烦了。新任命的营长悄悄下令，交代好我军俘虏政策，管不了就放。

孙景坤参加过辽西大会战，有过混乱中追剿廖耀湘兵团的经验，懂得抓俘虏的技巧，抓的俘虏也比别人多。可是，营长就这么下令把俘虏三五成群地释放了，根本不能列入战绩。

抓俘虏的功劳，随着俘虏被释放，流水一般流走了，可孙景坤并不后悔。被释放的俘虏，就是志愿军的传声筒，会现身说法地传播我们的俘虏政策。事实果然如此，在朝鲜战场上，南朝鲜军队只要一遇到志愿军，一触即溃，马上举手投降，嘴里还喊着刚学会的汉语，"共党万岁"。

一一九师在曲波院这一场混战，打垮了从球场出来准备驰援云山的南朝鲜八师的两个团，保障了志愿军三十九军的侧翼安全，使友军可以无所顾忌，集中兵力围歼云山之敌。

抓到的这些俘虏中，还有许多美国骑兵第一师的官兵。师长和很多将士都对一件事大惑不解：既然敌人号称骑兵师，为什么一仗打下来，从头到尾没见过他们的战马呢？

当时有个英语翻译，与美军战俘进行谈话，这才了解到美骑兵一师没有战马的真相：原来，美骑兵一师是一支老牌部队，过去也的确是骑马作战的，但随着时代的发展，他们早就把战马给淘汰了，只不过这个番号还被一直沿袭使用。

众人听到翻译这么一解释，这才恍然大悟。对美骑兵第一师有了更深的了解，原来，这支部队最早组建于美国独立战争时期，号称160多年没有打过败仗。但在这场战斗中，这支不败之师面对志愿军一一九师却输得干干净净，他们的不败神话就此被打破。

一一九师连破美军数道阻击线，将侵略者赶到清川江边。

激战龙水洞

一个月之后，抗美援朝第二次战役打响。11月24日，"联合国军"总司令麦克·阿瑟向全世界宣布，发动总攻势，圣诞节前结束朝鲜战争。敌人集中了所有在朝美军、英军和土耳其军，还有大部分南朝鲜军，向新义州、朔州方向进攻，扬言4天打到鸭绿江。

麦克·阿瑟的狂妄，来自其第二次世界大战显赫的战功，来自美国的飞机大炮加原子弹强大的军事实力，他根本没瞧得起刚从战争废墟中走出的新中国。然而，上天欲令其亡，必先令其疯狂，麦克·阿瑟失败的种子就这样埋下了。

毛泽东决胜于千里之外，将骄傲的敌人诱至预定的战场，悄悄地拉开一张围歼的大网，对其突然发起反击。

志愿军司令部下令，一一九师继续向西仓穿插，将美军第二师牢牢地钉在苏民洞地区，使其无法东援。穿插作战，争取的就是时间，需要强渡清川江，此时，江边的水已经冻上了一寸多厚的薄冰，战士们跑得浑身是汗，大多未脱棉衣鞋，直扑入江水中。水冷刺骨，汗水被冷水一激，身体针扎一般疼痛，棉鞋棉裤浸了水，灌了铅般沉重，每行走一步，都非常艰难。

孙景坤不会游泳，走到江中心时，湍急的水流没过了前胸，令他眼晕，呼吸也变得艰难。幸好周边有战友拉着他的手，他一手举着武器，一手被战友牵着，才没被水流冲走。许多年过后，他还回忆着那位战友，可惜的是，那位战友在守备龙水洞战斗中牺牲，他连名字都没能记下来。

深深的战友情谊，就是伸手相牵，相依为命。

月色中，战士们已经看到对岸灰白色的冰层与沙滩，再往前看，天连着山，山连着天，一片漆黑。敌人以为这里没有桥，严寒和滔滔的江水是天然的屏障，不可逾越。然而，中国人民志愿军就是这样的一个群体，把众多的不可思议和不可能变成现实，从而演化成战争的奇迹。猛醒过来的敌人首先向江面发射照明弹，把夜空照射得一片通明，然后火力封锁，机关枪的子弹像红色的火绳，不断向着江面扫射，炮弹在江中炸出无数个水柱。

战友们高声呐喊着，与战场上的枪炮声比高低，冲上了对岸。可是，上岸后，孙景坤却迈不开步子了，原因是棉裤被冻上了，他用力蹲下，从膝盖处掰断棉裤，继续冲锋。枪栓冻上了，打不响，他撩开棉衣，在唯一干爽的胸脯焐。后来，干脆用尿浇，化开了枪栓，继续向岸上冲锋。

美国兵做梦也没想到志愿军会如同神兵天降，只好在月光下四散逃离。有个美国兵刚从睡袋里爬出来，就被一名战士用枪抵住了脑袋，无意间碰到了战士结冰的棉裤，举起双手的同时，向战士竖起了大拇指。

穿过清川江，天气更加寒冷，达到零下21摄氏度，战士们只有一身棉衣，就连师首长的棉裤也冻成了冰筒，鞋子冻成了冰坨。他们没有时间烤干棉衣棉裤和棉鞋，过了江，直奔高耸入云的妙香山，争分夺秒地往上爬。山势险峻，坡陡路窄，行走十分艰难。一路上战友们攀缘树木，上拉下推，互助前进，当夜就翻过了这座1100米高的高山。

11月25日拂晓，一一九师按时抵达了预定的苏民洞以北的集结地。部队没有进村，都在山林里隐蔽，露营休息，防止被美国飞机发现。

苏民洞地区是一个有上百户人家的较大村镇，铁路横穿东西，公路四通八达，南面是比较开阔的山谷平川，东北和西北各有一座二三百米高的山峰。再往西连接标高为499.9米的大山，山的南麓便是龙水洞。孙景坤所在的三五七团，接受的任务就是控制住这个制高点，协同兄弟部队围歼苏民洞之敌。

攻击开始后，全团官兵向着这个制高点疾速冲锋，逐点争夺，虽然遭到敌人重重封锁，但战士们顽强的战斗意志冲垮了美军防守，他们有的举手投降，有的钻进山林，有的落荒而逃，这个能俯瞰四方的制高点终于控制在了我军手中，我军还缴获了许多好东西。

孙景坤的新营长姓薛，看到这么多缴获来的洋玩意儿特别高兴，还闹出了个笑话。由于一直在急行军，水米未进，薛营长太饿了，拿出个精制的小方糕，咬了下去，越嚼沫儿越多，越不是滋味，他不认识英文，不知道那是块香皂。

副团长来了，问有啥好吃的没有。薛营长立刻把香皂给递了过去，副团长也是饥不择食，咬了一大口，嚼了一阵，满嘴是泡沫，才觉出上当了，连忙吐掉。恰巧团长也进来了，看到这么热闹，以为是缴获了啥好吃的，也想尝一尝。

薛营长见到团长打怵，想拿罐头给团长。副团长却拿起香皂谎称是美国糕点，骗得团长也咬了下去，大家看着团长越嚼越难受，眉头皱起的样子，忍不住大笑起来。紧张而又艰苦的战斗中，一个欢乐的插曲，凝聚了官兵之间的情谊。

许多年过后，孙景坤见到老首长，还重复起了这个笑话。

失去苏民洞地区的控制，美军就失去了一条重要退路，他们不惜代价往回夺，集中了所有的坦克和大炮，向阵地狂轰滥炸，山顶上冒出团团火光，树被打断，草被打着，石头炸得满山乱滚。

尽管多次打退敌人的冲锋，如此饱和的轰炸，再加上白天持续作战，对我军十分不利，师部命令撤退。站在山上，看着被我军缴获的坦克大炮和汽车，又被美军拉走，战友们直拍大腿，后悔没毁了它们。

黄昏后，我军又发挥起了夜战优势，三五七团猛打猛冲，美军凭借优势装备和大量坦克再次突围逃脱。孙景坤和他的战友们紧追不舍，逃跑的美军慌不择路，有一辆坦克撞到了路边的房子上，长长的炮管戳进了墙里，后边的坦克又堵住了它的屁股，所有的坦克都进退不得。

天赐良机，战友们集中了火箭筒和迫击炮，猛烈轰击。美军士兵只好放弃坦克，夺路溃逃。宜将剩勇追穷寇，三五七团继续向西追击，一直追到27日天亮，占据龙水洞的美军，出来接应苏民洞溃逃的美军，与三五七团遭遇。

团部命令孙景坤所在的七连，阻击敌人的反扑，掩护大部队的追击。

太阳越升越高，七连迅速抢占高地，爬上龙水洞的东南山，向前看去，全体官兵惊得目瞪口呆。西南山上敌人的机枪喷着火舌，山脚下的深沟里停着黑压压的一片汽车，2里路远的炮群正发射炮弹。而此时，山后的我军挤在一个狭小的地区，还没有展开。一旦龙水洞的东南山守不住，不但拦不住敌人，我军也将面临极大的危险。

双方都意识到了龙水洞东南山的重要性，美军开始抢夺阵地。刚一交锋，美军就败下阵去。这也是美军最致命的弱点，怕死，不敢面对面地战斗。然而，美军最大的优势是炮火，他们用排炮向阵地持续轰炸了20多分钟，又飞来8架战斗轰炸机，轮番扫射投弹。山冈上硝烟四起，烈焰腾腾，1米之内分不清谁是谁。

炮声刚停，敌人又集中了1个多连的兵力，猛扑上来，6挺重机枪喷射着火舌，掩护美军的冲锋。战斗在最前沿的是七连一排的战士，他们用血肉之躯阻挡着敌人的钢铁倾泻，仅剩下十五名勇士，他们用钢铁意志铸成铜墙铁壁，战斗了整整一个白天，天黑以后，只剩下一名右臂负了重伤的战士。

战友们的舍生忘死，让孙景坤杀红了眼，为战友报仇的欲望，无可遏制地激荡在他心中。他已经忘了生死，顽强地坚守在阵地，弹片击伤他的左臂，留在了骨头里，他没退缩，右胳膊一颗接一颗地往外甩手榴弹。弹片击中他的腿部，打出个贯穿大洞，肉都烂了，他抄起枪，单手射击，绝不让敌人冲上阵地。就这样，他一直坚守到天黑，才被增援上来的战友抬下了战场。

又经过一夜的激烈争夺战，龙水洞牢牢地掌握在了三五七团的手中，美军强攻不成，只好退去。

第四章　两次入朝

回国疗伤

这一次，孙景坤伤得不轻，动弹不得了，想不下火线也不行。朝鲜战地医院条件有限，加上天气严寒，不适合治疗，孙景坤被强行送回祖国疗伤。

救治孙景坤的医院是当时的志愿军总医院，这个医院上接镇江山公园（现为锦江山），下行不远，就是鸭绿江。从朝鲜战场上撤下来的伤员回到国内，立刻就能入住医院。

许多伤员就是因为得到及时抢救，才转危为安。

对于这座医院，孙景坤并不陌生，这是原来日本人的"满铁"医院，他曾被强迫拉到这里给日本人"义务献血"。光复之后，医院才为人民所用，开始接收辽东军区的伤员，治疗当地的百姓。

孙景坤记得，和他一同回国治疗的伤员，都是在第二次战役中受伤，乘坐一列火车被送过鸭绿江的，有六七百人。美国的飞机大炮太厉害了，沾到边儿，就没个好，许多伤员缺胳膊少腿，疼得一路都在呻吟。像孙景坤这样"全须全尾"，只是受了枪伤，还算幸运的。

志愿军总医院的条件比起解放战争时期四野的医院，不知要好上多少倍，医生的医术也高，加上孙景坤的身体素质好，手术刚过一个星期，他就能拄着双拐，下地活动了。

住院期间，有抬担架的支前民工认出了孙景坤，就把他受伤的消息传到了山城村。妻子听说，马上到医院来。医院管理得很严。国民党特务无孔不入地向安东渗透，医院处处防备着有坏人混进来。妻子能进来，也是费尽了周折。

病房里有暖气，暖和得很，妻子脱下了厚重的棉衣，孙景坤这才发现妻子的肚子微微隆起，显而易见，妻子怀孕了，他即将当爸爸了。初为人父的那种兴奋，是抑制不住的。

妻子说，蛤蟆塘镇上有人去朝鲜，负了伤回来，出了医院就复员了，不回朝鲜了。伤好了，你也别走了，我害怕孩子生下来没有爸爸。

孙景坤说，我是党员，能不能留下来，我自己说了不算，听党的。

妻子接下来申请陪护，医院没有答应，他们有护士有医生更有纪律，不允许家属留在医院照顾。

孙景坤还心疼母亲和一家老小，母亲的小脚，走路都吃力，屋里屋外的许多活儿都没法干，全指望妻子呢。他哄劝着妻子，他们是为国作战，医院会无微不至地照顾伤员。他让妻子安心回家，照顾好家人，保护好胎儿，他信誓旦旦地说自己肯定能凯旋。

妻子听懂了，丈夫还要回战场，便洒泪而别。

身体稍好些，孙景坤能在医院的院落里走动了。他看到，医院屋顶，挂着红十字的标志，墙上刷着标语"一切为了前线，一切为了伤病员"，护士们冒着严寒，跑着出去接送伤员，伤员转运车一辆接着一辆，根据伤病的情况，将伤员分转到其他医院。比如，虽然保住了性命，还需要大手术的，火车运送到沈阳。比如从宽甸、长甸沿160里鸭绿江转运过来的伤员，住进医院，马上处置。地方医院的外科医生，也被动员进医院，参与伤员的抢救。

孙景坤还看到，被救治的伤员，除了志愿军，还有部分朝鲜人民军的伤员——医院在发扬国际共产主义精神。

身体再好一些，医院便允许孙景坤上外边走一走，他挂着双拐，转进旁边的小巷里。他看到，路的两旁，高大的银杏树冠虽然落光了叶子，却依然交织在一起。他记得，晚秋时节，银杏树叶落在路上，积成了厚厚的一层黄金大道，深冬季节，树叶不再金黄，零零落落点缀在白雪上，仍然十分好看。巷子的两侧，有几家小餐馆，经营安东特色的小吃：有的卖细腻爽滑的酸汤子，有的卖正宗的朝鲜冷面，还有的炖的是少刺无腥的鸭绿江媳妇鱼，当然也有小海鲜店，黄蚬子、面条鱼、海参、泥螺、虎头蟹、梭子蟹、对虾、海蜇，应有尽有。

抬头看看镇江山，山那头，再过几座山，就是他的家乡山城村了，山城村虽然没有这些独特的好东西，可山城村也有别的地方没有的好东西，那就是温泉。在战场上受了一身伤，最适合回家乡泡泡温泉，减轻些伤痛，体验一番滑润舒畅的温暖。

可是，他急于返回战场，留恋家乡会消磨他的意志。

走到宽敞的大街上，是另一番热烈的场景，安东人再一次掀起了参军入伍的高潮。安东人参军入伍的多，是因为他们对"保家卫国"这个概念体会最深，如果不是毛主席英明决策，美国佬早就打过鸭绿江，把战火烧进他们的家乡了。为了国家，毛主席把自己的大儿子毛岸英都送去了，牺牲在朝鲜战场。领袖都带头了，于是，安东的街头呈现了父母送子女，妻子送丈夫，兄弟争相加入志愿军的场景。还有解放军指战员纷纷要求转为志愿军，学生、工人、农民踊跃报名参加志愿军，奔赴朝鲜战场。

这些新入伍的志愿军战士，戴着大红花，高唱着一名志愿军战士写的歌《打败美国野心狼》：

> 雄赳赳
> 气昂昂
> 跨过鸭绿江
> 保和平
> 卫祖国
> 就是保家乡
> 中国好儿女
> 齐心团结紧
> 抗美援朝
> 打败美国野心狼
> …………

在入朝作战的志愿军背后，是庞大的人民，成千上万的铁路员工、汽车司机、医务工作者和大批农民，他们纷纷组成运输队、医疗队、担架队开赴朝鲜前线，担任各项战地勤务工作。大批武器弹药源源不断地运往朝鲜前线，大批的物资补给抢先支援到朝鲜战场。

仅仅在安东的街头一角，孙景坤就看到了如火如荼的抗美援朝运动，他的心鼓动起来，飞到了朝鲜战场。

养伤过了一个月，可以扔掉拐杖了，孙景坤完全可以申请回家休养一段，过完春节再走。根据他的伤情，也可以申请复员。可他是党员，若是贪生怕死，就不会参军入党了。

1951年元旦刚过，孙景坤的心就长草了，他仍然没有回家看一眼，心里时刻惦念着在朝鲜战场的部队和同生共死的战友们，伤还没好利索，他就提出归队申请。然而治疗还没有结束，医生让他老老实实地待着。

医院不同意出院，不给出手续。连长、营长都远在朝鲜战场，没法向他们请示归队，孙景坤来了犟劲儿，直接去了镇江山，找到了志愿军指挥所。指挥所是坐落在山坡上的一个院落，林木浓密，风景秀丽，背靠镇江山，面临鸭绿江，曾被评为"满洲八景"之一，也是十分隐蔽的处所。山坡上树林间，错落有致地分布着四座漂亮的小洋楼，属于日式风格，尖顶、白墙、窄窗，木制阳台，是日本殖民时期，日本"满铁附属地"留下的。

现在，这里是志愿军的指挥所，孙景坤想得很简单，找到总部，提前归队就是首长一句话的事情。然而，指挥所不再戒备森严，志愿军总司令彭德怀根本没住过这里，早在志愿军出国作战之前，他就秘密从河口进入朝鲜，靠前指挥作战了。真正的志愿军司令部已经搬到了朝鲜，这里人去楼空，只有指挥所的虚名，不再具有指挥所的功能。

孙景坤白跑了一趟。

既然志愿军指挥所找不到能批准他归队的人，那就找管他们四十军的十三兵团。孙景坤又去了英华山上，这里是十三兵团的指挥所，坐落在山腰上，是座隐蔽的地下指挥所，洞口由钢筋混凝土构成，各个指挥所都在山洞里，从外看隐蔽得没有一点儿痕迹，不过是座矮山而已，美军的侦察机再敏锐也发现不了。

指挥所里，大家都在忙碌作战大事，没时间接待一名想回到战场的战士。

医院最终从指挥所找回了孙景坤，正是他的执着感动了医生，最终医生告诉他，想提前回到前线，就去志愿军留守处，只要他们同意，医院就给他开出院的手续。这回，他终于找对批准他回前线的地方了。

留守处忙而有序，孙景坤报上名来，就有人递过来一双鞋，那是妻子点灯熬油给他做的，知道他要回朝鲜，行军打仗费鞋，在照顾一家老小的间隙，起早贪黑给他缝制的。他默默地将妻子纳的鞋包裹进自己的军装，还求留守处的文化干事帮他写封信，留给他的妻子，信的内容是交代家里的一些事情，就连孩子的名字都想好了，如果是男孩儿，就叫福贵；如果是女孩儿，就叫美丽。新社会，穷人翻身了，男孩子有福，女孩子漂亮。

给妻子的信，装在了他留给家里的军装里，句句都是大实话。文化干事边写边哭，他听明白了，孙景坤把衣服权当自己的遗物了，明确告诉家里，死也死在朝鲜，如果找不到遗体了，就做个衣冠冢，坟里埋件衣服就行了。他去为国尽忠，妻子在家尽孝，他们小夫妻，忠孝两全了。

二次过江

孙景坤又一次来到鸭绿江江边，此时，鸭绿江下桥（今鸭绿江断桥）已经坍塌，不再是刚刚入朝作战时的模样。两个月前，也就是抗美援朝第二次战役打响的前十天，美军出动90架（次）B-29轰炸机，对鸭绿江下桥进行了持续20余天的狂轰滥炸，朝鲜那半边已经被美国飞机完全炸毁，只剩下几个光秃秃的桥墩子，其中有3座桥墩被彻底炸塌。

这座桥，是日俄战争结束后，日本为殖民朝鲜和中国东北而修建的，耗时十余年，是十分坚固的桥，能防备巨型大炮的轰炸。然而，美国飞机的航空炸弹威力更大，如此坚固，也没逃过密集的轰炸。

靠近安东的这一侧，虽然没被摧毁，浅蓝色的桥身，青褐色的钢梁，却也是弹痕累累，桥身因被炮弹轰炸还变了形，半边断桥也成了险桥。

这条连通前线与后方的大动脉被切断。

相对完整的是距下桥北侧百米的上桥（今中朝友谊桥），下桥被炸毁后，公铁共用的上桥成为中国支援朝鲜前线的交通大动脉，美国为切断中方供给线，实施了严密的空中封锁，只要发现驶入朝鲜的列车，就会进行追踪式的轰炸。

面对敌机对上桥的狂轰滥炸，孙景坤看到，铁路职工和志愿军官兵冒着严寒，一次次舍生忘死地抢修。白天，这条钢铁大动脉静悄悄的，看不到任何汽车与火车。夜晚，志愿军部队和运输车队，熄灭了车灯，在夜幕的掩护下悄悄地驶入朝鲜。这条炸不断的钢铁运输线，一直在发挥重要的作用。

从朝鲜回来时，他疼痛难忍，不知道怎么过的江。现在，他的身体基本上恢复了，扛枪打仗行军不再是难题，寻找部队的欲望更强了。

志愿军留守处没有安排孙景坤他们从鸭绿江上桥过江，美国飞机紧盯着这里呢，我们的空军飞机太少，无法压制住美国空军的优势，重返战场的战士要走秘密通道，不能行进在危险中。

就这样，孙景坤来到了大沙河与鸭绿江的交汇处——东尖头坝下。这条铁路从沙河镇站接轨过来，通过江心岛，直达新义州。这是一条隐蔽的水下铁轨，志愿军工程兵新修的，是木桩基，工程兵战士破冰入水，整齐地把木桩截断于水下，上面再铺上钢梁框架，火车轧过冰面驶到鸭绿江对岸，从空中根本发现不了水下还有一条铁路桥。

志愿军的坦克就这样一批批地运送过去，伤员也从对岸一批批运送回国。莫说是敌人，就连生在此处、长在此处的孙景坤，也是才知道，从自己家乡流淌过来的河汇入鸭绿江河口，是他回到祖国的地方。现在，他又踏着这条路，重返战场。

坐上闷罐车，孙景坤第二次跨过鸭绿江，奔赴前线，追赶部队。

白天火车停在山洞里，夜晚不开车灯，疾速快行，火车司机早就练出了火眼金睛，既能保持车距，又不能让后边的火车追尾。尽管如此，美国飞机还是会经常放出照明弹，追踪列车的痕迹。每逢这时，火车就与飞机展开了速度的游击战，火车司机时快时慢，想方设法甩掉美国飞机的追踪。

美国飞机频繁地侦察飞行，火车最终没能摆脱轰炸，车身剧烈地摇晃着，一股热浪冲了进来，火车再也无法行进了。孙景坤下定决心，走也要走过清川江，尽管路途坎坷，他还是一如既往地要找自己的部队。

到了清川江才知道，这里已经重新回到朝鲜人民手里，不再是战场，部队根据战事安排，已经离开了原来的地方，孙景坤扑了个空。

孙景坤接着往前追赶，追到了平壤。此时的平壤，满目疮痍，到处是废墟，流离失所的人们正陆陆续续地赶回城市。当地政府忙着安置居民，安葬被南朝鲜当局屠杀的"政治犯"，还有被美军扫射和屠杀的百姓。

志愿军的大卡车川流不息地运输城市居民急需的生活物资，当地的人民眼望着志愿军的卡车，用刚学会的汉语呼喊，毛主席万岁。

然而，即使到了朝鲜的首都，孙景坤依然没有找到部队的下落，朝鲜人民军也不知道四十军的去处，更何况语言不通，交流不便，他困在了平壤。他不知道，四十军进军神速，此时已经攻下了南朝鲜的首都汉城，执勤在到处是汉唐风格的街巷里。

孙景坤与部队失去了联系，志愿军平壤办事处特别繁忙，不可能单独安排他一个人归队，就又将他划归到回国的队伍里。他没有了选择的余地，只好第二次回国。

回到安东，找到志愿军留守处，终于弄明白了部队的具体位置，也找到了前往前线的列车。两天后，孙景坤再度出发，第三次过江追赶部队。临走之时，再次回头看了看家的方向，他只有一个信念，只有打了胜仗，才能回家过好日子。

三别家乡、三次渡江，孙景坤用行动践行一名志愿军战士的卫国意志。

第五章　三八线

不见面的战争

追到了北汉江，孙景坤总算追上了大部队。第三次战役，志愿军把世界上最强大的敌人赶到了三八线以南，士气正高昂，战士们迈着整齐的步伐，齐声合唱："我是一个兵，来自老百姓，打败了日本狗强盗，消灭了蒋匪军。我是一个兵，爱国爱人民，革命战争考验了我，立场更坚定。枪杆握得紧，眼睛看得清，谁敢发动战争，坚决打他不留情。"

是呀，这些战士，都是来自老百姓，包括孙景坤自己，也是普通老百姓。这支由老百姓组成的百万大军，为什么有如此强大的战斗力，以血肉之躯打败了以美国为首的"联合国军"？就是因为共产党心中装着人民，不打败美帝野心狼，土改的成果就会付之东流，老百姓就会重新回到水深火热之中。那句"天下穷人是一家，团结起来打天下"，在战士之间广泛流传。

这就是战斗力的源泉。

有人不止一次地做过实验，把美军轰炸过的阵地，平地削掉三尺，岩土都被炸成了碎石，抓一把，都浸满了鲜血和肉末，数一数，弹片比碎石还多。即便如此，血肉之躯照样能打败美军的狂轰滥炸，靠的就是战士们钢铁般的意志。

孙景坤就是这些钢铁战士之一，他唯一遗憾的是，没能参加气势如虹的第三次战役。

战友们看到孙景坤回来了，高兴极了，这个帅气的大个儿，教会了他们如何猴子般跳跃弹坑，躲避美军炮弹，战场经验丰富，记不清救过多少七连战友的命。

孙景坤回归部队的第一场战役就是血战砥平里。

1951年2月13日，志愿军各部对砥平里之敌发起了攻击。按照兵团的命令，第四十军——九师从北面和东面向砥平里的守敌发起攻击。

15日，美军增援部队赶到，如果不迅速歼灭敌人，战事就会进入胶着状态。敌人已经形成据点防御，我军炮火又少，强攻对志愿军十分不利。此时，美国新任"联合国军"总司令李奇微就是想拉长我军的后勤补给线，攻击我军弱点。彭老总当机立断，既然不能歼灭敌人，那就撤出战斗，转移到安全地区，以逸待劳。

就这样，突击过三八线以南的——九师，放弃了砥平里，撤至汉江北岸。

至此，第四次战役第一阶段作战结束，标志着志愿军战略进攻大规模、大踏步、大纵深运动战的结束，以阵地防御战为主的战略相持阶段来临。

四十军撤到平壤，执行战略整训任务。孙景坤所在的部队，在上高洞地区休整。

离开了炮火连天的战场，第四次战役是他入伍以来，首次没有打赢的战役。加上后退转移时，后勤供应不畅，炒面快吃光了，弹药也不足，战士们奔波得极为疲惫。美军依仗着现代化的优势装备，快速突击，占了一些便宜，立刻开始了心理战。他们用飞机广播喊话、撒传单、撒通行证、撒食品和日常用品，宣传所谓的"民主自由"。

原以为，美军怕死，一触即溃，并不知道，美军的宣传攻势也挺厉害，一批国民党的民族败类，充当起了宣传的先锋。是毛主席和彭老总的运筹帷幄，抓住敌人骄傲自满的毛病，巧妙地利用了运动战，两次成功地瓮中捉鳖，才把敌人打得丢盔弃甲，没有机会进行反宣传。

进入阵地相持，志愿军装备差的短处就显露出来，尤其是吃不饱穿不暖，那是明面摆着的事实。提高战士们的思想认识，增强指战员的政治免疫力，已经迫在眉睫。敌人的宣传单不看，食品不捡，可疑物不碰。

整训期间，除了突击军事训练，部队开始了思想教育，克服速胜的思想，不能盲目乐观，"从北到南，一推就完""用不完一盒牙膏，就能打完在朝鲜的战斗"。不能胜利时趾高气扬，困难时垂头丧气，要做持久作战的准备。

毛主席说过，武器是战争的重要因素，但不是决定因素，决定的因素是人，不是物。美军的装备再厉害，他们是非正义的战争，钢多气少。一方面要正视敌人的凶残和顽固，另一方面，也要树立必胜的信心。所以，部队大张旗鼓地宣扬开了英雄模范事迹，表彰战斗功臣，总结作战经验，在战略上藐视敌人，战术上重视敌人，以己之长，攻敌之短。

表彰大会上，军首长表彰了三五七团七连，称他们是龙水洞精神。虽然没有点名表扬孙景坤，但他也是这个荣誉集体之一分子，也值得自豪。

接下来，开展了揭露美帝侵略本性的阶级教育，战士们义愤地回忆从平壤到三八线进军的路上，美军犯下的累累罪行。孙景坤没经历过第三次战役，前两次战役都是在崇山峻岭间穿插，没见过多少朝鲜老乡，听到战友们的控诉，也是义愤填膺了。

战友们回忆道，敌军强迫朝鲜人民随军撤退，却不管人民死活，随意开枪和开车碾轧这些朝鲜乡亲。在公路两侧的积雪上，经常能看到妇女、老人、孩子僵卧的尸体。隐约能看出有的怀里还抱着婴儿，被坦克碾轧得像一张薄纸，仅剩下黑紫色的人形。

还有一次夜间急行军，从前面断断续续地传来小孩儿的哭声，声音凄厉、嘶哑，连长让一名战士过去看看。原来，公路旁卧着个年轻的妈妈，美国强盗的子弹已经打碎了她的脑袋，雪花落在身上，快把她们埋住了，只有小孩子的黑脑袋在转动。那个孩子只有1岁多，脸冻得发黑了，眼泪结成了两道小冰碴，再在雪地里冻，恐怕就活不到天亮了。战士们忙把孩子抱在怀里温暖着，把炒面用凉水拌成糊糊，孩子饿坏了，急不可待地吃了下去。

部队继续行军，可哪有带着孩子急行军的，最后，翻译找来了一位姓金的阿妈妮①，把孩子交给了她抚养。

最惨的一次，战士们行军路过一座防空洞，洞口躺着四个小孩儿，身旁躺着两个大人，旁边有一堆卡宾枪的子弹壳。不远的松树林里，躺着一个朝鲜姑娘，是遭遇强暴之后，又被杀害了。走进防空洞，打开手电，眼前的场景更加骇人，老人、妇女、吃奶的孩子，尸体东倒西歪，多得下不去脚。

一路上，村村都有美军的暴行，寨寨都是残垣断壁。

孙景坤虽然没有亲眼看到美军的暴行，听完战友们的控诉，仿佛觉得，自己的家乡也在经历着如此的苦难，更加痛恨无恶不作的美帝，更加同情灾难深重的朝鲜人民，国际主义的情感更加浓厚。

战争，让朝鲜变得更加贫困，粮食等物资奇缺，孙景坤每天都饿着肚子，为的是省下几两粮，捐赠给朝鲜群众，他理解的国际共产主义精神，就是自己少吃一口，给朝鲜老百姓多一口救命粮。帮助老百姓种地，更是孙景坤的拿手好戏，他本身就是好庄稼把式，尤其是土改之后，见到土地格外亲。

---

① 阿妈妮：朝鲜语，对中年妇女的尊称，可以翻译成妈妈、大妈、婶婶、大娘等。

那时，抗美援朝运动在国内波澜壮阔地开展着，大批来自祖国各地的新兵充实到连队中。孙景坤被提拔为七连一排副排长，带着新兵，突击军事训练，教新战士夜间攻防战、火力配系、步炮协同、通信联络、反坦克等。

最值得孙景坤欣慰的是，部队的装备提高了，增加了苏式武器，有了打飞机的高射机枪，增加了无后坐力炮，每个班都配备了火力强劲的转盘机枪。最让他欣喜的是苏联支援的水连珠步枪，枪声清脆如水珠连续掉落，射程远，配备瞄准镜能打准400米开外的目标。

孙景坤眼神好，枪法准，这样称心如意的家伙什儿，如同心肝宝贝，抱着都嫌离得远。

细 菌 战

三八线的拉锯战还在持续，谈谈打打，打打谈谈。四十军虽然没在最前线，还在后方休整，可另一场不见面的战争已经打响。

1952年1月底，朝鲜半岛正值寒冬腊月。美国飞机多批次出现在志愿军阵地的上空。出人意料的是，他们没有像往常一样俯冲投弹，转圈就飞走了。美国飞机不投弹，真是咄咄怪事，战士们满脑子画着问号。

美军飞机飞走后，雪地上出现了极为反常的现象，发现了大量的苍蝇、跳蚤、蜘蛛、蟋蟀等昆虫，还有些昆虫形似虱子、黑蝇或蜘蛛，但又不完全相似，连当地的朝鲜居民都不认识。

朝鲜北部的冬天，天寒地冻，昆虫不是蛰伏，就是冻死了，雪地上突然出现这么多昆虫，明显又不是本地原有的昆虫，有悖常理，究竟是怎么一回事？因为志愿军前线没有化验细菌的设备，初步判断，此虫的出现很可疑，数地同时发生，较为密集，可能是敌人散布的细菌虫。

没过多久，志愿军战士中开始发现霍乱、斑疹、大脑炎等病症，虽无法确定是否为美军所投放的细菌引起，但已有战士死亡。后来的情况越来越严重，当地的朝鲜居民也传染上了霍乱，上吐下泻，死亡率极高。霍乱原本是在夏季传染，怎么会在冬季发生？

　　还有一个村子，600多人，患有鼠疫的快有100人了，死亡率将近50%。情况越来越严重，特别是死亡情况的出现，已经开始在中朝部队和朝鲜居民中引发恐慌。

　　志愿军医务部门终于给出了科学的答案，美国飞机撒下的昆虫，含有大量的鼠疫、霍乱和其他致病细菌。事实证明，战场上黔驴技穷的美军已经发动了细菌战，严重威胁中朝两国军民的生命安全。

　　美军的一份报纸曾毫不隐晦地说，细菌、毒气是最廉价的武器。

　　日本投降时，在东北投放了大量的鼠疫病菌，当过村贫协副会长的孙景坤，经历过当年的东北大鼠疫，他懂得如何组织人员应对。四十军以营为单位，立刻组织消毒灭菌，大搞卫生。军营内外，到处燃起了焚烧污染物的篝火，到处看到覆盖消毒的生石灰，到处都是来苏水的味道。

　　孙景坤带着战士们开展了新的竞赛，清理垃圾、保护水源、疏通渠道、打扫卫生，灭蝇、灭蚊、灭蚤、灭虱，清除所有的细菌媒介物。全排人尽其才，制作捕打工具，喊出口号"打死一只老鼠等于打死一支美国侵略军，消灭一只苍蝇，等于消灭一支李伪军（南朝鲜李承晚的部队）"。他还带着战士们因陋就简地搭建了澡堂，让全排战士还要改变卫生习惯，定时洗澡、换衣、理发、剪指甲，搞好个人卫生。

　　与此同时，祖国人民送来了大量消毒粉，鼠疫、霍乱五联疫苗，军医们迅速给前线战士接种，扑灭了疫情。

开赴前线

1952年4月，经过一年的休整，四十军兵强马壮，重返前线，接替兄弟部队的防务，驻守三八线。227高地是三五七团三营接防的高地之一，对面的敌人就是美国的帮凶英军二十九旅，是四十军的老对手，第二次战役时，曾被四十军打得屁滚尿流。

227高地是突入敌人纵深的一块独立阵地，就像一颗钉子，钉在敌人的咽喉上。英军也观察到了志愿军正在换防，想趁着我军立足未稳，阵地情况不熟，急于夺下这块高地，破例在夜里进攻。幸好十二班的战士警惕性高，手榴弹都揭开了盖子，再加上敌人的探照灯照来照去，灯柱里显现浮土和灰尘，被一名机警的战士发现了异常。

当探照灯把敌人的身影长长地拉出时，这名战士向敌人甩出了第一颗手榴弹，战斗就此拉开，这是四十军重返战场后的第一场仗。孙景坤没有错过这场战斗，这是一场手榴弹大战，平时的练兵显现出了威力，谁的手榴弹撒得稳准远，谁就有优势。

英军是一个加强连攻打一个班，反复争夺之后，等到孙景坤他们增援上来时，敌人才退了回去。这场战斗持续了50分钟，英军偷鸡不成，丢下十多具尸体，撤退了回去。

227高地，对于英军来说，如鲠在喉，第一次攻取失败后，并不甘心，炮轰高地成了常态。一个月后的一天夜里，英军炮火轰击得异乎寻常地猛烈，异常的炮击，肯定有异常的举动。果然，天亮时，英军出动了2个步兵连，还带来火箭筒和火焰喷射器。

战斗异常激烈，连到阵地慰问演出的文工团也参加了战斗。

突然间，我军的炮群开始怒吼了，山呼海啸，电闪雷鸣，打得山峰大地都在颤抖，一排排炮弹在敌群中开花，炸得英军血肉横飞，狼狈溃退。炮兵部队开始显现威力，后方兵工厂加速了炮弹的生产，空军和高射炮部队强力保护着运输的安全，炮兵终于能够和美军较量了。

两次挫败英军之后，很长时间，敌人没敢再发动连以上规模的进攻。

冷枪运动

战场对峙中，英军凭借装备优势和强大的炮火，向四十军的阵地倾泻了成千上万吨钢铁。一座座山峰，寸草不生，寸木皆无，放眼望去，弹坑累累，一片黄褐，处处散发着苦涩刺鼻的炸药味儿。季节仿佛停滞了，留在了冬季，只有天上的太阳，反复地用炎热提醒着人们，这是夏天。

减少伤亡的最有效手段是挖深坑道，加修地下长城，把原来既短又浅的堑壕和猫耳洞，改造成几十米深，防空、防炮、防火、防雨、防潮、防寒的永久性坑道。

志愿军都是穷苦的劳动人民出身，劳动是他们的本色，孙景坤带着全排战士，自己搭设铁炉，没有煤炭，战士们就跑出十几里，伐木，扛回坑道烧炭；没有钢铁，捡来阵地上随处可见的炮弹皮，打起铁钎、撬棍、钢镐等工具；没有炸药，就搜集落地没炸的炮弹和炸弹，冒着生命危险，拆卸下来，抠出里面的炸药。

就这样，战士们开始了凿岩放炮修山洞，截止到1952年11月，四十军完成了100多条坑道，总长超过3万米。

227高地战斗结束时正是夏天，草深树茂，郁郁葱葱。双方没有大的战事，我方指战员藏在坑道里，而对面的敌人呢，竟然三五成群地在地上晒太阳，更有甚者，故意跑到两军之间的河沟，赤身裸体地洗澡，拍着毛烘烘的前胸，向志愿军战士秀肌肉。

敌人之所以如此张狂，是因为他们有坦克，明晃晃地开到阵地前沿，志愿军战士打一枪，他们就立刻还你一炮，而且还特别准。

所以，师长命令，非战斗状态下，不许开枪，否则就是违反纪律。

看到敌人如此藐视志愿军，兄弟团的一位副连长实在忍不住了，脱光了膀子，身上抹上黄泥，拎着一杆水连珠步枪，偷偷地爬出阵地，隐藏起来，瞄准敌人，打起了冷枪，一连撂倒了六七个英军。回来后，原以为团长会严厉处分，没想到，团长不但没处理，还组织了全团的神枪手，开展打冷枪竞赛。

打冷枪的做法立刻传到了三五七团，孙景坤手里握着的正是水连珠步枪，加上他的视力好，枪法准，也成为打冷枪的射手。很快，打冷枪的做法得到师里军里的肯定，零敲碎打"牛皮糖"，积小胜为大胜。

普遍开展的打冷枪，把敌人打精了，往日喧闹的敌人阵地，变得死一般寂静。敌人也挑选了一些枪手，开始了报复性的狙击。狙击与反狙击成了斗智斗勇斗技的生死场。孙景坤虽然枪法好，水连珠也得心应手，在和敌人的冷枪对决中屡屡取胜，但和高手相比就自愧不如了。

兄弟团的一个神枪手，收到祖国人民赠送他的一袋糖果，共有126块。战场上，糖果是珍稀食品，这么香甜的糖果，神枪手从没吃过，他给自己定下个规矩，只有打死一个敌人，才能奖励自己吃一块糖果。不到一个星期，他吃下了40多块糖果，也就是说，消灭了40多个敌人。

战场上需要心细如丝，有一次孙景坤突然发现，敌人碉堡的枪眼里有个亮晶晶的东西一闪一闪的，用望远镜一观察，发现是敌人用一只小镜子反射阳光，光点马上移到自己的头上了。他马上明白了，隐藏起来，告诉排里的神枪手，敌人的狙击手可能隐藏在碉堡的左上方树丛里。神枪手沿着交通壕，绕到敌人碉堡看不到的侧翼，一枪击毙了自以为隐藏很深的敌人狙击手。

还有一次，孙景坤请来了奖励自己糖果的神枪手，教排里战士如何学会伪装，如何和敌人比耐力，比智慧，狙击敌人。讲得正起劲儿，忽然发现有几个敌人出来埋设地雷。真是天赐的现场教学机会，虽说距离较远，命中敌人的要害部位不容易，可地雷的目标很大，也很明显，命中率高，神枪手举起水连珠，一枪击中地雷。地雷爆炸了，几名英军瞬间粉身碎骨，尸体都分辨不出彼此。

冷枪运动，提振了士气，班排间举行起了击毙敌人的竞赛，有人还编写了一首歌曲，大家在战壕里共同唱：

> 来来来，
> 大家一起来，
> 来一个班排连营歼敌大竞赛，
> 你歼灭一个班，
> 我歼灭一个排
> 你歼敌五十，
> 我歼敌一百，
> 你打得坦克冒黑烟，
> 我打得飞机往下栽……

英军确实是被打怕了，再也不敢耀武扬威了，这边的阵地歌声飞扬，对面的阵地静得像死了一般。据一个英军俘虏讲，他们依仗着火力优势，又都是少爷兵，战壕挖得不深，老兵训斥新兵的第一句话，就是把头低下，谁不肯低头，谁就是冷枪的靶子。

何止是低下头，英军换防时爬着走，大小便时都不敢出地堡，用空罐头盒装着，甩到外边。

敌人越胆怯，我军胆子就越壮，有的班干脆脱离阵地，潜伏到敌人阵地前，如饥似渴地求战，就想在打冷枪运动中拔得头筹。

战士们立功心切，首长们理解，毕竟是远距离冷枪射击，一枪打出去，敌人就倒下去了，分辨不清是被击毙了，还是卧倒隐蔽了，统计出现偏差，在所难免。军功章不能滥发，可战士这种压倒敌人的气概，还是值得肯定的。

孙景坤所在的一排，没有受到表彰，虽然都睁大眼睛，要多消灭几个敌人，可敌人不是死靶子，也是有血有肉的生命，懂得保护自己，水连珠命中率再高，不见敌人的尸体，他决不上报。就像第一次战役抓俘虏，不把俘虏交给上级，就不算战果。这种踏实的作风，他一直保持到耄耋之年。

巧战 162 高地

冷枪运动，打灭了敌人的嚣张气焰，我军与换防的美军阵地开始了旷日持久的拉锯战。三五七团酝酿着向坪村南山开刀，剜下它一块肉。

坪村南山位于临津江北岸，是美军防线突出的一块，揳入我军前沿，西北面500米，就是三五七团七连的主阵地。这里山峰叠起，地形险要，地图上也没有标高，为了便于分辨和记忆，团长给编了阵地代号。七连扼守的是163.3高地，与其对峙的敌人阵地，团长叫它是162高地，把敌人位于中间的最高峰称为161高地。

162高地，是美陆军第一师三团前沿警戒阵地，防御战线中的一个重要支撑点。这个高地敌人的轻重机枪，不仅威胁三五七团的前沿阵地，还能打到阵地的侧后，成了团长的一块心病。打下这块高地，可以再向前逼进，伺机夺下敌人的主阵地161高地。

在如此近的距离下，七连摸清了敌人162高地的野战防御工事的外部特征，周围设有3道蛇腹形铁丝网，埋设了大量地雷，筑有大小地堡、掩蔽所9个，并有战壕、交通壕相连。

团长正在思考和谋划夺取162高地，进军161高地，夺取战场主动权，突然接到三营长的报告，七连十班的战士孙占鳌失踪了。两军对峙，失踪一名战士，可不是小事。

团长急得一夜未睡，拂晓前，三营长报告，孙占鳌回来了。原来，新战士孙占鳌立功心切，独自一人摸上了敌人的162高地，想抓个俘虏回来，结果发现162高地是空的，没有敌人。重机枪搬不动，孙占鳌拿了一部电话机，一拐子电话线，还兜了一些美国罐头回来。

虽然孙占鳌侦察出个让人意想不到的情况，营长还是狠狠地批评了他，敌人的阵地前布满了地雷，单枪匹马深入虎穴，那是拿自己的生命开玩笑。

批评归批评，不能抹杀孙占鳌的功劳，起码摸清了敌情，判断出敌人白天进入阵地，晚上回去休息。为稳妥起见，按照孙占鳌指点的路径，团里派出侦察排连续6次夜间侦察，摸清了敌人的行动规律。162高地的敌人，有2个班的兵力，晓来夜去，天黑后悄悄撤走，天亮前又悄悄回来。

团长下定决心，抢先挤占162高地，拆除敌军的跳板，作为我军攻打坪村南山的前进基地。

1952年8月16日夜，七连的3个班进入指定位置，埋伏下来，枪口指向了敌人返回阵地的小路，只等敌人送死。配给三营的火炮测量准了距离，确定射向和角度，准备好了拦阻和杀伤敌人。

步炮协同、火力压制、通信联络、纵深配合、弹药准备、给养配送等一系列战前准备周密、具体、充足。

拂晓，大约一个排的美军若无其事地向162阵地走来。埋伏在山间的勇士们暗暗地瞄准敌人，等到敌人进入射程，突然开火，没等敌人弄明白怎么回事儿，就一命归西，仅15分钟，击毙敌人16人。

与此同时，3颗信号弹飞上天空，一排炮弹扑向敌人的161高地，炮兵开始压制敌人的支援火力，保障七连歼灭进入162阵地的美军。

敌人不甘心失去阵地，集中炮火，向162高地猛烈轰炸，出动1个连的兵力，在20多门大炮、10余挺重机枪的掩护下，妄图夺回阵地。激烈的阵地争夺战打了整整一天，敌人在飞机、坦克、火炮的掩护下，4次冲锋，均被打退，扔下了近200具尸体，放弃了162高地。从此，这座高地就成了我军的前沿阵地。

遗憾的是，第一个踏上 162 高地，发现敌人秘密的孙占鳌，被敌人的炮弹片击中了胸膛，一腔热血永远地留在了这片土地上。当时，孙景坤就在身边，亲眼看到这位本家的小弟弟阵亡在自己面前。

许多年过后，孙景坤还在感慨，多好的战士呀，还是个新战士，还不知道他的家乡在哪里。战友们有个默契，无论见到谁的父母，一律叫爹，叫妈。假如能活着回去，他要找一找孙占鳌的父母，跪在他们膝前，叫一声爹妈，替战友尽一次孝。

巧夺 162 高地，三五七团以较小的牺牲换来了最大的收获，这块揳入我军阵地的第一颗钉子被拔掉了。接下来的目标是 161 高地，这是敌人坪村南山的主阵地，也是制高点。八连摩拳擦掌，要啃下这块硬骨头，要和七连比试比试。

攻守 161 高地

1952 年 10 月 14 日，上甘岭战役爆发，美军经过精心策划和准备，意在夺取这个朝鲜中部屏障五圣山的门户，提高停战谈判的筹码，迫使志愿军和朝鲜人民军屈从军事压力。双方以上甘岭为中心，沿着漫长的三八线，展开了激烈的争夺战。四十军一一九师在西线牵制和吸引美军第一陆战师，使其无法全力投入上甘岭方向。

10 月 25 日，是中国人民志愿军出国作战两周年纪念日，彭德怀司令员向全军发布命令，歼灭更多的敌人，使敌人在谈判桌上获得更大利益的幻想破灭。两天后，残酷的争夺战在坪村南山 161 高地进行，承担进攻 161 高地任务的正是三五七团。

161 高地，由美军陆战一师七团一个加强连守卫。这是敌人经营了一年多的核心阵地，构筑大小地堡 61 座、隐蔽所 18 个，铁丝网重重叠叠，战壕和交通壕首尾相接，形成了一座坚固的环形防御体系。高地的西侧，还有一座无名小高地，也修建了碉堡，作为侧翼的警戒阵地。两座阵地控制住了交错的河谷，防止我军穿插渗透。

面对铜墙铁壁般的161高地，怎么攻取，确实很棘手。营长几乎天天带着八连全连骨干，摸到敌人的侧后，侦察敌情，熟悉地形。敌人阵地叮叮当当的锹镐声他们听得真真切切，他们也在日夜突击，加修工事。

摸到的情况，汇总到团里，团长和炮兵团长还有各参战部队的团首长，反复研究协作作战计划，先是在地图上协同，然后搞立体的沙盘模拟临战演练，最后在作战的具体地址对照落实。

按照团里的部署，趁着夜色，孙景坤带着战士们在敌人的前沿选择了个潜伏区，突击挖掘屯兵洞。就在敌人的眼皮底下秘密施工，还不能暴露，难度可想而知。夜晚施工时，新挖出的土石都要带回自己的阵地，不能让敌人发现有新土的痕迹。

孙景坤带着战士们突击了8天，挖出的防炮屯兵洞足以把他们排全部藏下。随后，团里进行了潜伏教育和训练，教会突击部队如何秘密潜入、着装伪装，甚至细到如何吃饭，如何休息，如何大小便等，因为任何一点考虑得不周全，就有可能带来大麻烦。

10月26日0时，三五七团的3个连秘密进入潜伏区，静静地隐蔽待命。屯兵洞狭窄潮湿，加上天气已经转凉，战士们一整天都潜伏在里边，那种阴冷潮湿，让人很不舒服。

中午，敌人炮击了我军潜伏的地区，大家的心都提到了嗓子眼儿，是不是被美军发现了？按照潜伏纪律，哪怕敌人摸到了屯兵洞口，没有命令也不准出击。大家耐心地等待了一会儿，发现果然是敌人试探性地打炮，目的是打草惊蛇。

虚惊一场，一整天的潜伏有惊无险地度过了。

红日西斜，山野苍茫，配属三五七团的3辆坦克开到了阵地前，瞄准了敌人161高地的工事，进行破坏性射击。紧接着，我军80余门大炮发出了怒吼，对161高地敌人的炮群进行压制性炮击，各种炮弹飞蝗一般射向敌阵。大地震颤，硝烟弥漫，敌人的前沿阵地陷入火海之中。

三五七团一连和九连从西、北两侧的潜伏地一跃而起，向161高地发起冲击，仅用3分钟，就突破了前沿阵地。然后，他们以班、组为单位，大胆穿插，迂回包割，相互配合，连克敌人的碉堡和隐蔽所，炸掉中心母地堡，冲上主峰。激烈的战斗经历了2个小时，战士们占领了161全部阵地，毙伤和俘虏敌人300多人。

随后，八连副连长支全胜，带着加强二排共50余人，进入161高地。接防了阵地，支全胜立刻布置左右两侧的防务，让二排长和八班长分头进入阵地，抢修工事，自己留在了主阵地。那时，孙景坤所带领的七连一排，负责为八连二排运送弹药、给养和伤员，作为八连的后方支援，同时做好阻击战的准备，防止敌人切断161高地与162高地之间的联络。

八连二排接防才一个小时，阵地还没抢修完成，敌人就组织了2个连的兵力，连续反扑了3次，均被二排击退。支全胜知道，161高地是战略制高点，守住阵地，会成为我军揳入敌阵的钉子。在拉锯战中敌人肯定不会善罢甘休，激烈的争夺战还会持续下去。他对守在主峰的五班和七班的战士说，一定要牢记战前的决心，做好打恶仗、打硬仗的准备，一人一枪也要战斗到底。

27日拂晓，敌人在飞机、重炮、坦克的支援下，向八连二排发起猛攻。成吨的钢铁倾泻在161高地上，树木和岩石炸得到处横飞，扬起尘土遮天蔽日，阵地上燃起熊熊烈焰。轰炸过后，敌人集结了2个营的兵力，向阵地猛扑上来。

二排在我方炮火的支援下，沉着应战，顽强战斗，连续打垮了敌人20余次冲锋。机枪手周腊生抱起机枪，左右射击，消灭了70多个美国鬼子。

血战了18个小时，支全胜的左腿被子弹射穿，他简单包扎一下，就继续指挥战斗。此时，阵地上只剩下最后4个人了，支全胜已经做了最坏的打算，把爆破筒压在身下，准备与冲上来的敌人同归于尽。

此时，161高地侧翼的两块阵地已经失去，八连二排长和八班长也都牺牲了，最后一名战士拿起爆破筒，与蜂拥上来的敌人同归于尽，主峰161高地成了一座孤峰。周腊生给敌人布下3道火网，百米外用机枪打，百米内用转盘机枪打，50米内正是居高临下的优势，给敌人来顿手榴弹会餐。

主峰上的情况越来越危急，手榴弹甩光了，子弹快要打没了，眼看着敌人越来越近，阵地就要失守，4名战友正准备在敌人扑上来的时候拉响爆破筒，以身殉国。孙景坤带领9名战士，及时赶到，扛来了8箱手榴弹，2箱转盘枪子弹。

孙景坤迅速把手榴弹箱盖打开，带着全班战士，投入战斗。居高临下的近战，手榴弹的威力不亚于炮弹，战场上的形势立刻逆转。

原来，孙景坤带来的一个班的援兵是营长指派来的。连续作战和抢救伤员，孙景坤一天一夜没合眼，也没时间吃东西，刚在包扎所坐下来休息，吃几口炒面，营长的新任务就下来了：扛上弹药，立刻支援161高地。

关键时刻，七连副排长孙景坤临危受命，冒着弹雨，增援八连。

161高地，三面处于敌人的火力控制之下，很难增援，已经有8批增援的战士，都在增援的途中失败了，没有一个能活着回来。

战斗打得异常激烈，后勤补给经常被敌人炮火切断，战士们已经一天一夜水米未进，头顶90斤的弹药，战士们体力消耗较大，饿得有些踉跄。正是中午，一天中最容易暴露的时候，战场经验丰富的孙景坤，终于找出敌人火力的死角，机会难得，他鼓励大家快速穿插上去。

躲过了地面敌人的火力，却没躲过天上的敌机。美军出动4架战机，封锁了他们增援的路线。面对敌机的扫射，孙景坤机警地吩咐战友，把弹药箱顶在头顶，拉开距离往前跑。紧急时刻，他突然发现，美军飞机的尾部喷出了一股浓浓的烟雾。

战友们经历过美军毒气战，都以为是美军又来放毒了，停下脚步，隐蔽起来，准备对付毒气。这时，孙景坤敏锐地发现烟雾中有人影儿晃动，他顿时明白了，敌人在抢救伤员，用浓雾遮挡我军的视线。

既然浓烟能为敌所用，为什么不能为我所用。孙景坤大声喊着，冲，冲，快往浓烟里冲，美国飞机也看不到咱们了。

就这样，孙景坤带着战友冲进了浓烟中。敌机失去目标，胡乱地扫射一通，飞走了，10个人带着10箱弹药，完好无损地冲上了161高地。

准备以身殉国的支全胜，扔下爆破筒，抓住他的胳膊激动地说，老孙，你可上来了。

阵地上一名姓刘的无线电话员，满脸是血，绷带都蒙住了眼睛，他还是拿起步话机，激动地将这个好消息报告给了营长，营长兴奋地称赞孙景坤，好样的，有勇有谋。

随即，他们按照营长的指示，留在阵地，立即投入战斗。孙景坤自己留在了主峰，其他几位战士分别夺回了两翼的阵地。敌人新一轮进攻开始了，孙景坤先后掷出200多颗手榴弹，守住了即将丢失的阵地。有两个敌人借着硝烟的掩护，从侧面绕到他身边，只剩下两三米距离，他猛地端起水连珠步枪，连续怒射，敌人应声倒下。刚解决了这两个，左面交通沟里又爬出两个敌人，走在前面的那人还端着一挺机枪，孙景坤反应敏捷，抢先开枪，又击毙了两个。

几次反扑失败后，敌人开始逃窜。孙景坤端平步枪，对准慌忙逃跑的敌人，一枪一个，击毙了21个敌人。腿快的逃出射程，敌人的伤兵就没那么幸运了，躺在地上哀号。聪明的孙景坤立刻有了主意，把敌人的尸体拽过来，在身边摆了一片，当成工事。那些缴了械的伤兵被他捞过来，摆在尸体的最上层，他知道，美国鬼子的最大弱点是怕死，而美国的飞机总会在他们撤退之后，飞上来轰炸。

果然，美国飞机贴着地面飞过时，看见地上还有活着的美国兵，就不会再打炮和轰炸了。

这一招奏效，保住了阵地，也避免了战友的伤亡。此时，七连支援上来的已经牺牲一多半了，剩下的几个人都负了伤，孙景坤激励大家说，七连的同志们，龙水洞战斗，我们十五勇士愣是打垮了敌人，我们一定要发挥龙水洞的战斗精神。

负伤的战士说，排副，别看我们负伤了，一定坚持到底。

那一天，从中午到半夜，敌人一共向161高地组织了6次反扑，都被他们一次次地打退，最后只剩下他和3名战友顽强地坚守在阵地上，他把枪围着战壕，摆了一圈儿，战斗时，随时都能抓到枪，也不用换弹夹。

敌人又一次冲上来，能够拿枪战斗的，仅剩下3个人，而且都带着伤，可想而知要想守住阵地，难度有多大。孙景坤拿起无线电话，冲着团里喊，请求支援，没有人手，炮火也行，就往我眼前打。团里告诉他，坚持15分钟，坚持15分钟。孙景坤喊着，美国鬼子就在眼前，等不得了。团里回话，5分钟，再坚持5分钟。

一秒钟也等不得了，孙景坤丢下电话，投入战斗。

那5分钟，漫长得几乎是他的一生，深深地刻在他生命的年轮里。

激战过后，增援上来的战友们在炮弹掀起的泥土石块下找到了昏迷的孙景坤。他浑身上下多处受伤，耳朵被震聋，直到几天后才渐渐恢复了听觉。他回头找自己带上来的9名战士，发现他们全都牺牲了。

161高地最后撤下来的，仅剩下4个人。返回的途中，又遇到了敌机轰炸，支全胜的腿被炸断了，孙景坤和周腊生轮换着把支连副背了下来。

这次战斗，共毙伤敌905人，因战果突出，影响较大，新华社撰稿广播于中外。战后，支全胜、周腊生被授予二级战斗英雄称号，孙景坤等人荣立一等功。由于八连战损严重，孙景坤留在了八连，继续担任副排长。

60年后，孙景坤161高地的战斗事迹被人挖掘出来，有人问年近九旬的孙景坤，怎么成为英雄的？他说，我怎么活过来的都不知道，也不知道咋就成了战斗英雄，活着就是英雄呗。

战火已经远去，人们享受着和平，而孙景坤却收起军功章，深藏60载。20年过后，他多次去大连，看望在干休所休养的支全胜，也曾千里寻找到江西，寻找在161高地打死过70多个美国鬼子的周腊生，他认为，他们老八连才是真英雄，坚守161高地，从头打到尾，就剩下了他们俩。

当时光的尘土被打扫干净，英雄回归本来面目时，面对功臣和英雄的称赞，孙景坤的眼睛潮湿了，他连连否认，往事不堪回首，和平是用鲜血换来的，活着是侥幸，牺牲是光荣，他最怀念牺牲在战场上的战友。任何对功名利禄的贪恋，都是对牺牲战友的亵渎。

第六章　回乡务农

我的祖国

1953年7月27日上午10时，中美双方首席代表在板门店签订了朝鲜停战协定，至此，三年零一个月的朝鲜战争宣告结束。经历了两年零九个月的抗美援朝，中国人民志愿军与朝鲜人民浴血奋战，把以美国为首的"联合国军"从鸭绿江边赶到了三八线以南。

这是用鲜血换来的和平，中国人民打破了美国不可战胜的神话，终于昂起不屈的头颅，屹立在世界的舞台。

毛主席在《抗美援朝的胜利和意义》一文中说："美帝国主义者很傲慢，凡是可以不讲理的地方，就一定不讲理，要讲一点理的话，那就是被迫不得已。""联合国军"总司令克拉克回忆他签字时的心情时说："我成了历史上签订没有胜利的停战条约的第一位美国陆军司令。"南朝鲜总统李承晚公开发表声明，反对签订停战协议。

反对无效，只能闭嘴。

太阳落山，夜色渐浓，宜人的凉风吹拂着大地，沉浸在隆隆炮声中的朝鲜大地，从来没有过如此的安静。夜越来越黑，人却没有一丝睡意，战士们围坐在一起，瞪大眼睛，瞅着夜光手表。秒表的针嗒嗒嗒嗒一秒一秒地转过，在期盼中，终于转到了22时整。

停战协定生效的时间到了，那一瞬间，人们推开窗子，拉开防空窗帘，顿时，满世界一片通明，人们跳哇，唱啊，终于迎来和平的时刻。

此时的孙景坤，却感到从没有过的孤独，全排和他一起跨过鸭绿江的战友如今只剩下他一个人了，他们全都长眠在朝鲜的土地上，无缘看到这喜庆的时刻。此时此刻，他最怀念的是战友，他用流不尽的泪水，诉说对他们的思念……

但愿世界从此再无战争。

燃烧了3年之久的战火终于熄灭了，人们从战争的重负中解脱了出来。停战协议生效后，战士们接到的第一个命令是，立刻集中武器弹药，全部移交给朝鲜人民军。

武器是战士的第二生命，抱在怀里都怕丢了，解放海南岛时，孙景坤掉入大海中也没放弃自己的枪，尤其是他心爱的水连珠，已经和他的生命融为一体了。无论是162高地，还是161高地，或者是其他战场，没有水连珠，就没有他的生命。他把水连珠擦了又擦，擦得一尘不染了，还没擦完，似乎是把亲生骨肉送给了别人，直到营长抢下了他的枪。

也许是天意，入朝时，家乡舍不得他，一一九师是全军最后一个渡过鸭绿江，进入朝鲜，返回祖国时，一一九师却是全军第一个动身，奔向鸭绿江。来的时候，是秘密过江，走的时候，是不辞而别，悄悄过江，没人欢送。

来也匆匆，去也匆匆。

一宿未睡，28日凌晨4时，居民尚未起床，一一九师就从驻地出发了，徒步前行，直奔安东。大雨如注，天哭了，夏天的大雨，仿佛无数牺牲的战友在哭泣。

孙景坤默默地安慰自己，回到祖国，珍惜鲜血换来的和平，建设好家乡，替战友实现过上美好生活的理想。

两天后，部队来到了鸭绿江边，江对面，是自己的祖国，也是自己的家乡。江这边的新义州，到处是残垣断壁，江那边的安东，安然宁静。孙景坤心潮起伏，没有祖国的强大，哪有人民的平安。望着对岸的镇江山，他的心在喊，祖国，我回来了，母亲，我回来了，您的儿子回家了。

此刻，所有的战士心潮澎湃，面对鸭绿江，扯开喉咙，击着节拍，兴奋而又哽咽地大声齐唱《歌唱祖国》：

> 五星红旗迎风飘扬，
> 胜利歌声多么响亮；
> 歌唱我们亲爱的祖国，
> 从今走向繁荣富强。
>
> 越过高山，越过平原，
> 跨过奔腾的黄河长江；
> 宽广美丽的土地，
> 是我们亲爱的家乡。

英雄的人民站起来了！

我们团结友爱坚强如钢。

迈着整齐的步伐，跨上了鸭绿江铁桥，脚下嗵嗵嗵地踩着桥面，大桥音乐般发出共鸣的振动，跳动出了和谐的音符。尽管是汛期，江水浩荡而又平静地流淌，没有湍急，没有停息，只有坦荡和从容。

此时，孙景坤觉得，自己就像鸭绿江里一朵小小的浪花，平静而又舒缓地跟着大部队行进。

江对岸，没有任何欢迎仪式，甚至没人知道，这是一支凯旋的队伍。虽说战争已经结束，安东轰轰烈烈的抗美援朝运动还没结束，许多事情，需要这座城市善后。每天都有成千上万的志愿军进出国门，他们已经习以为常。

偶尔有人止步，发现了其中的问题，志愿军都应该挎着枪，这支队伍肩上只有水壶，怎么没有枪，赤手空拳呢？

部队直接进入车站，准备踏上西去的列车，到辽西的沟帮子驻扎。又一次路过家门而不入，孙景坤把脸贴在车门上，向外望着。火车绕过山弯，从山城村一掠而过，列车外面，一草一木都是那么熟悉，可他没有看到亲人的面庞，还有自己的孩子，孩子两岁多了，还没见过面。

回　乡

1954年5月，孙景坤被一一九师推举为英模代表，成为中国人民志愿军回国报告团成员之一，到北京报告自己的英雄事迹。出发前，孙景坤激动得一夜没睡好，去北京，见毛主席，是许多志愿军战士的愿望。在朝鲜战场上，许多战士把"立功去见毛主席"当成最大的愿望，也是英勇杀敌的动力。现在，这个大家共同的愿望，马上就要由他代表战友们实现了，怎能不激动？

从一一九师驻地沟帮子出发，坐上火车，一路向着北京飞驶。车窗外，春暖花开，杨柳吐绿，田野里人欢马叫，耕牛遍地，一片春耕大忙，处处欣欣向荣。战争的硝烟早已散去，人们在和平的环境里，幸福地劳动。孙景坤望着车窗外一掠而过的风光，想到了当年这片土地上的辽沈战役，他们几乎是靠着双脚，打完了整个战役。

车到锦州停了下来，他不敢向铁路的北侧望去，当年的配水池、大疙瘩还在，战友们一个接一个地牺牲在那里，这片大好河山哪，哪一寸不浸满烈士的鲜血？虽说他是英模了，可那些牺牲的战友，谁来给他们戴上大红花？如何能给他们挂上军功章？见到当年的战场，不是胜利的喜悦，而是凭吊，更是怀念。

列车进了通县，马上就要到当年的北平，现在的北京了。这座和平解放的古都，赐予了他一生最荣耀的时刻，他就是在这里，庄严地宣誓，成为一名共产党员。现在，作为一名党员的他，就要见到伟大领袖毛主席了。

北京的群众，以最高的礼仪欢迎着他们，毛主席亲切地接见了回国英雄报告团的成员，还和其他党和国家领导人一起与他们合影留念。这张照片，孙景坤一直保留着，直至耄耋之年，还能清楚地说出，毛主席的大手真软。

他还清楚地记得，毛主席接见他们这些英雄时，眼睛里是噙着泪的，谁也猜不透毛主席的心里想的是什么，可是，他们都知道，毛主席牺牲在朝鲜的儿子毛岸英，和他们年龄相仿，毛主席是想他的儿子了，还是把他们都当成了自己的儿子，谁也说不清。

接见之后，报告团到北京的工厂、学校报告英雄事迹。这是孙景坤最怕的事情，别看他行动机敏，作战英勇，可他最怕的是说话，人越多越不会讲话，加上他识字不多，演讲稿都念不下来，他的英雄事迹便成了茶壶里煮的饺子。

报告团的成员，大多留在了北京，作为抗美援朝的立功英雄，部队要重点培养，尤其是基层指战员，更要送到军校学习深造。学习文化，恰是孙景坤的弱项，他不会写字，作战的空隙才学会了识字，上军校肯定吃力。一向要强的孙景坤，事事不输别人，面对文化课，却有些畏惧了。

负责军校招录的人员，搬出了毛主席的话，说服孙景坤，"没有文化的军队是愚蠢的军队，而愚蠢的军队是不能战胜敌人的。"最后的敌人，就是龟缩在台湾的国民党，如果部队去台湾，他会毫不犹豫。他不想把部队拖累成愚蠢的军队，便决定去军校。既然仗都能打，死都不怕，还怕学不会文化？他决心像打敌人碉堡那样，攻下文化课。

然而，身体不给孙景坤做主，眼看着要到军校报到了，他的胃病犯了，特别重。孙景坤从小饥寒交迫，解放战争期间从东北一直打到海南岛，饥一顿饱一顿，到了朝鲜战场，一把炒玉米面一把雪地吃是常态，没有雪，就去啃冰，牙都啃坏了。尤其是上甘岭战役阶段，后勤补给线常被美军飞机炸断了，有时饿了3天，才能吃到一个小土豆。

如此的艰苦环境，不得胃病那才怪了呢。孙景坤住了一个多月院，病情才好转，能够吃一点儿稀粥了，但人瘦得不成样子。军校已经开学了，后报到有很多麻烦事儿，孙景坤不想给组织添麻烦，干脆放弃了学习的机会。

和平时期，部队更需要文化了，这正是孙景坤的短处。他觉得，既然打仗的目的是让人民安居乐业，和平了就该解甲归田，回到家乡搞生产，让家乡的人民过上幸福的生活，建设美满的社会主义。

更何况他日夜思念着妻子，惦记着父母。出院后，孙景坤内心的主意已定，回老家。回到了沟帮子部队驻地，部队很体贴他，给了探亲假。

1954年10月底，孙景坤终于回到了阔别快7年的家。此时，女儿孙美丽已经3岁半了，她睁着一双美丽的大眼睛，瞅着穿军装的父亲，一脸的陌生，没有一点儿亲切劲儿。6年了，一家人的担子都压在妻子的身上，上照顾老，下照顾小，尤其是照顾小脚母亲，妻比他这个儿子还孝顺，哪怕是小姑子错怪了她，她也从不多说一句话，更没有一句怨言。

为补偿对妻子的歉疚，孙景坤带着妻子、女儿，去了安东市内，一家三口照了张合影。照片中，他胸前挂着一溜军功章，他是用照片告诉女儿，为什么没陪着女儿成长，那是他为国立功去了。

回到家中，那种愧疚感更加挥之不去。父母的年龄渐渐大了，妻子承担着这么繁重劳动，孙景坤实在是心疼。尽管他对部队，对战友百般依恋，可铁打的营盘流水的兵，家乡时刻在召唤他，脚下的热土牵绊着他的脚步，催他快点儿回来。

回到部队，孙景坤毅然递交了申请，转业回到地方搞建设。

1955年1月15日，部队批准了孙景坤的申请，转业回安东。依依不舍地离开军营，洒泪与战友们相别，孙景坤踏上了东去的列车。

转业时，孙景坤的职务是排长，按照规定，安东市需要给他安排个相应的职务。当时，工厂是最热门的地方，组织上就把孙景坤安排到安东较大的工厂——安东印染厂工作，担任科长。科长的岗位，需要懂得技术，他没有多少文化，弄不懂那些数字，大老粗一个。耽误了生产，就是耽误国家建设，那不是蹲着茅坑不屙屎吗？他不同意这个安排。

在工厂里走了一圈儿，孙景坤终于找了属于自己的岗位，申请到工厂看大门。大家以为这是开玩笑，这位战场上的英雄对工厂的安排不满了，谁想到，他是认真的，在部队里他练出了火眼金睛，让他看大门，准保不会让集体的财产受到损失。

组织上不可能这样安排军转干部，还是要给他职务。他觉得，在职务上让组织操心，实在不应该。他最熟悉农具和庄稼，是种地的好把式，既然城里处处都需要有文化的人，他干脆放弃选择，直接回归自己的老本行，回家种地。当科长也好，组织农业生产也罢，都是建设社会主义，是一回事儿。

就这样，孙景坤自动放弃了干部转业的待遇，没去工厂工作，把自己的组织关系落到村党支部，复员回到了山城村。那时还没有城乡的二元差距，也就是后来的所谓的城市户口和农村户口的差距，战友们从朝鲜战场返回时，说得最多的一句话是，打完仗，回家种地。那是来自内心的喜悦，脸上洋溢着分得土地的幸福。

回乡的第三天，孙景坤就拿起农具，带领着参加了互助组和合作社的人们，开始了农业劳动。没多久，山城村成立生产队，他担任第一生产队队长，一直干了26年。在办理党组织关系时，他尘封了自己所有的战功和荣誉，从此，深藏军功，一心一意地建设家乡，连自己的妻子儿女都不知道他立下了这么多战功。

合 作 化

告别工厂时，已临近春节，过完年，农民就应该开始送粪下地，准备春耕了。一年之计在于春，农时不等人，孙景坤急着回家。

穿着没有了领章帽徽的军装，背上行李，就要从安东市内回到山城村的老家了。虽然还是一身军装，却不再有军人的身份了。孙景坤来到鸭绿江边，走到当年出国作战的桥头，望着桥上累累弹孔，看着桥下静静流淌的鸭绿江，他心如潮涌，岁月终于归于平静，和平多么美好。

眼光跳过宽阔的江面，望向对岸，对面的新义州不再到处是残垣断壁，战火摧毁的房屋已经修复，人们也在勤奋地劳作，百废待兴，一幅社会主义新景象。好了，我也该回家了，建设自己的家乡，看谁把家乡建设得更美丽。

翻山越岭，走回自己的家，孙景坤远远地看到了山城村的孔家沟。沟里沟外的房子，虽说整齐，却是一片茅草房，雨天滴答漏，风天怕卷走。这让他的心里有些苍凉，新社会了，乡亲们怎么还住得如此简陋？他心里实在难安，既然回来了，就带着大家把家乡建设好，让大家都住上清亮的大瓦房。

孙景坤的家，还和7年前一样，依然是租住别人家的草房子，哥哥结婚分家另过了，两个姐姐也嫁了人家。父母和3个妹妹一大家子还挤在两间半草房子里，这让当儿子的心里难安。

放下行李的第一件事，孙景坤找到房东商量，房子一住十年，全家人对房子感情已经很深了，已经当成了自己的家，干脆买下来算了。房东爽快地答应了，孙景坤拿出200元转业费，终于让一辈子没有过家的父母，住上了属于自己的房子，有了稳定的家。

修修补补，间间隔隔，让破草房变成了新草房，两间半变成了3间房。小家分出了3个区域，父母、他们一家，还有3个妹妹，都有了属于自己的空间，虽然拥挤，却也温馨。

安置好家，孙景坤又是一无所有了。村里有人笑话他，打了这么多年仗，还是个大头兵，只剩下"一个老妈，一身伤疤"。

既然回村里了，就没打算把功劳挂在嘴边，一个老妈证明他孝顺，一身疤证明他还活着，枪林弹雨、炮火连天，战友都牺牲了，他能活下来就是奇迹，还有什么可辩白的。

此时，妻子张秀兰的肚子又一次挺起，将要迎来他们的第二个孩子。随着月份越来越大，妻子自然无法参加整地、春耕等繁重的体力劳动，只能做些侍候公婆、打理家务、挑选种子等简单劳动。土改时，孙家人多，自然分得的土地也多，有了土地，却有了新的问题，家里人多，劳动力少，这么多地，靠年迈的父亲和妻子侍弄，自然忙不过来。

当兵七年，孙景坤一门心思在战场上，家里的事儿，都是妻子在操心。让他欣慰的是，尽管他不在家，家里的地，年年有人帮助种，那是村里组织青年开展的拥军优属活动。据后来的山城村第二生产队队长刘振发回忆，那时，他们那群20岁左右的小伙子，比着赛地帮助孙景坤家干活儿，不上战场，还舍不出力气？

无论在部队，还是回家乡，孙景坤处处体会到集体的温暖，处处感受到合作的力量。

那时，合作化运动在全国蓬勃兴起，孙景坤是党员，响应党的号召，已经成了他的自觉。他率先把自己的土地、农具、牲畜归公，把孔家沟的乡亲们组织在一块儿，自愿成立了一个集体农庄，作为一个农业生产单位，孙景坤被推举为队长，带着大家共同劳动。

这种互助协作的生产方式，充分地取长补短，互利互惠，共同发展生产力，提高了劳动效率，受到大家普遍拥护，到了秋后，大家算了一笔账，比单干时多打了不少粮食。

修　路

合作化的第二年，也就是1956年的秋天，粮食大丰收。孙景坤带着社员赶着大马车，去元宝区送公粮。粮库的地点在市区内，载重的马车莫说是去市内，就是走出镇子都非常艰难。

镇叫蛤蟆塘镇，在山城村的西侧，听镇名就知道，这里全是涝洼地，夏天蛤蟆声叫成一片。山城村良田少，泥塘多，路泥泞，想出村子都不容易。路是通往世界的途径，没有路，山城村就被封闭了。

粮食丰收了，想走出村子送公粮，需要人推马拉，一步一步地挪，费尽周折才能走出去。若是遇到了特殊情况，翻了车，粮食掉进了水里，一年的辛苦可就泡了汤。孙景坤边推着大马车，边和社员们商量，联合其他合作社，把山城村的路修好。

除了送公粮难，还有一件事深深地刺激着孙景坤。去年夏天，大儿子孙福贵出生时，妻子张秀兰大出血，怎么也止不住，孙景坤当机立断，背起妻子，拿出当年打仗急行军的劲头，用惊人的速度向市内的医院奔跑。医生说，幸亏来得及时，否则人就没了。

平安出院后，孙景坤就想，若是别人家遇到这样的事儿，该怎么办？村里没人像他这样练过急行军，能及时跑到医院，最快的交通工具就是马车，可村里的路坑坑洼洼，泥泞得很，怎么行车？

两件事让孙景坤下定决心，回去以后，趁着短暂空闲带着乡亲们先修路。

送完公粮，正赶上电影《上甘岭》在安东市的电影院提前放映，这部电影的主题歌《我的祖国》早已在中央人民广播电台播放过，没过几天，就成了流行音乐，尤其是安东人，听得更为亲切。一条大江波浪宽，那不就是鸭绿江吗？还有风吹稻花香两岸，说的就是中朝两国的鸭绿江平原。

大家急不可待地去看电影，孙景坤让大家买票进了影剧院，自己说什么也不去，他不是心疼电影票的钱，而是不喜欢看战争的场面，那样会勾起他痛苦的回忆，战争是他心里的禁区，他已经走出了战争的阴霾，哪怕是虚拟的电影，他也不去触碰。

赶着马车，他来到了鸭绿江边，江畔上的大喇叭里，正播放着歌曲《我的祖国》，他如醉如痴地听着。

> 一条大河波浪宽
> 风吹稻花香两岸
> 我家就在岸上住
> 听惯了艄公的号子
> 看惯了船上的白帆
> 这是美丽的祖国

是我生长的地方
在这片辽阔的土地上
到处都有明媚的风光

姑娘好像花儿一样
小伙儿心胸多宽广
为了开辟新天地
唤醒了沉睡的高山
让那河流改变了模样
这是英雄的祖国
是我生长的地方
在这片古老的土地上
到处都有青春的力量

好山好水好地方
条条大路都宽敞
朋友来了有好酒
若是那豺狼来了
迎接它的有猎枪
这是强大的祖国
是我生长的地方
在这片温暖的土地上
到处都有和平的阳光

　　歌曲回肠荡气，孙景坤听得热泪盈眶，歌词里的每一句话，都能敲响他的心鼓，好像专门唱给他听的。没有战争了，鸭绿江不再会被鲜血染红了，他要在和平的阳光下，带着大家建设自己的家乡。

忙过秋收，该是农闲了，孙景坤却不肯闲下来，向村党支部申请，向其他村借抬筐、手推车等工具，联络村里其他的合作社，共同修筑村里的路，让大家顺顺畅畅地出出入入。村里的路，已经没有了路的样子，春天翻浆，赶起牛车都能把人晃晕；夏天泥泞不堪，车行在路上，像在水里行船；冬天车辙冻起了棱子，形成了一道道路障，赶车行车，颠簸成了过山车。

村里人苦于路破久矣，孙景坤张罗修路，大家都赞成，每家每户都出劳动力，参加修路劳动。想要修条顺畅的好路，先要对老路开肠破肚，取出下面的淤泥，才能打牢地基。更重要的是，必须把路垫高，高出田地半米，才能确保发水时路不被淹没。

修路不只是用土把路垫高，还要挖水沟，搭小桥，让水自由地流淌出去，才不会破坏道路。

修路需要很多土石方，战争年代，挖战壕，孙景坤积累了丰富的经验，只要是施工，大同小异。他带头手拎肩扛推车拉，和社员们一起，把山上的碎石，远处的土块，运到路面上，填下一道道陷车的泥塘，垫平一条条拦路的沟壑，再逐段把路面夯实，碾平。

就这样，日复一日，年复一年，大家发扬愚公移山精神，一段一段地修，一家一家地铺，让家家相连、户户相通，一直铺到村外，通向镇里。

两年后，合作社变成生产队，回乡务农的孙景坤，顺理成章地成了山城一队的生产队长，一干就是大半辈子。

笔者第二次采访时，是2021年的正月，正是牛年伊始。元旦辞旧迎新之际，习近平总书记在全国政协新年茶话会上，寄语大家"发扬为民服务的孺子牛、创新发展的拓荒牛、艰苦奋斗的老黄牛精神"。山城村现任党支部书记邱大鹏说，老党员孙景坤在最基层的生产队长岗位上干了大半辈子，"三牛"精神在他身上体现得淋漓尽致，虽然时代不同了，可孙景坤的"三牛精神"永远不过时，这是我们全村党员的精神财富。

第七章　深爱每一寸土地

修 堤 坝

丹东（1965年安东市改名为丹东市，意为红色东方之城，为叙述方便，本章起皆称为丹东）有个小气候，是全省降雨最多的地区，因此，也是洪水多发的地区。鸭绿江的支流大沙河，从山城村北边绕过，也是一条出了名的害河。

大沙河之所以被叫成大沙河，是因为每年洪水暴发时，遭遇鸭绿江江水涨潮，洪水无处可泄，时常漫过河岸，向两岸横冲直撞，泛滥成灾，淹没了土地，危及了房屋。等到退潮后，河水退去，留下了大量泥沙，因此而得名。

年年发水，洪水常常进村入户，田地淹没了，修好的路冲毁了。孙景坤并不气馁，年年毁，年年修。村里人只知道通往村外的路从未断过，却不知道，这些路是日复一日，年复一年，孙景坤带领社员披星戴月、默默无声地养护出来的。

这样年年修路，只是治标不治本，山城村路难走的症结是大沙河，不把村里最大的"敌人"大沙河降伏住，这把悬在村里人头顶上的利剑就不会落下来，人们的心也不会安宁。河患也成了孙景坤心头大患，他发誓，和全镇人一道驯服这条大河。

那时候，要问大沙河有多宽，谁也说不准，水能漫延到哪儿，哪儿就是大沙河的河床。整条河弯弯曲曲，汊子众多，那道时断时续的简单泥坝，根本挡不住河水的蛮横冲撞。山城村恰好处于大沙河的转弯处，是防洪最薄弱的地方，每逢雨季，都会把山城村沿河的土地淹成一片汪洋，有时，洪水还冲进村子，威胁着村民的生命财产安全，大家不得不转移。

修堤筑坝迫在眉睫。

有人说，修也白修，常言道洪水猛兽，人拿它是没办法的。孙景坤心里想的是，虽然困难是座山，只要肯一锹一锹不停歇地挖，山也会变平地。愚公移山讲的就是这个故事。

听说村民要治理大沙河，水利专家也来到了河畔，规划出治河方案，蛤蟆塘全镇的社员都被动员起来了，像当年战场上打歼灭战那样，几千治河大军，昼夜奋战在两岸，开展起劳动竞赛。

全家都支持孙景坤，妻子白天到大坝上劳动，晚上去夜校学文化，还连轴转地干家务活儿。不到10岁的女儿，也成了帮手，和父亲一道奋战在堤坝上。

孙景坤没有一味地增高大坝，而是和技术员一道，分析洪水泛滥的原因，得出症结所在。大沙河侵害的不仅是山城村的第一生产队，河对岸武营村的果园也深受其害，要想彻底治理，捆住这条恶龙，需要固定河道，两边同时进行。可是两边的土地犬牙交错，土地是农民的命根子，修河占了，谁也不愿意，这就妨碍了修坝。

就像指挥作战一样，治理大沙河需要统筹完成，孙景坤做出决定，山城一队与对面的果园交换土地，谁也不吃亏。就这样，大沙河裁弯取直的设计方案形成了，冬季修坝大会战在两岸轰轰烈烈地开展起来。当时，没有机械化设备，独轮车都不多，孙景坤就带头用筐挑、用肩扛，运送土石。

一直奋战了两三个月，孙景坤一直吃住在工地上，村民们看着孙队长这么辛苦，让他回家休息休息，他说，不行，大坝修完我才能回去，现在回去不放心。

大坝修好了，巩固泥坝又是一个新问题，雨水年年冲刷，大坝就会变矮，付出的艰辛劳动就会付之东流。最好的办法是种树，用树庞大的根系护住大坝。于是，春天来临时，大坝上种满了白杨树。

经过几年的努力，到了20世纪60年代初，大坝越建越高，越建越厚实，这头洪水猛兽被彻底地驯服了，不仅保护了两岸的土地，保住了村民的生命财产安全，通过河滩改造，还让山城一队增加了100多亩耕地，对于惜地如金的农民来说，谁都能算得出，100亩耕地能多养活多少人，简直是天大的喜讯。

20世纪80年代以后，上级不断拨款，完善大沙河堤坝，原有的泥坝被石坝代替了，可大坝的基础依然是当年打下的。作为丹东的母亲河，丹东市最长的城市内河，大沙河在见证两岸的变化和城市的变迁。如今的大沙河，水清、岸绿、景美、人和，变成了一条美丽、温驯的河，一年四季波澜不惊。行走在大沙河畔，一幅美好图景在眼前徐徐展开，水清岸绿，鸟语花香，景色宜人。河坝两岸成了造福一方，供人们休闲娱乐、欣赏风景的场所。

随着时代的变迁，蛤蟆塘镇这个地名已经成为历史，更名为丹东市元宝区金山镇。改名叫金山有许多原因，除了蛤蟆塘不好听外，最重要的是，那个沼泽成片的蛤蟆塘不见了，遍布镇里的是沃野良田、绿水青山。

这里面不得不提孙景坤的功劳。

造 良 田

修好了村里的路，驯服了大沙河，生产队开始向土地要粮食了。山城村地势低洼，洪水泛滥时留下许多烂泥塘。烂泥塘虽然也叫地，却因为渍涝，十年九不收。孙景坤把主意打到烂泥塘上，淤泥那是上好的肥料，不能年复一年地糟蹋了。

怎样清淤，排涝，打粮食呢，孙景坤想到了新办法，改善种植方式，建造台田。台田上干爽，适合种玉米，台田下是连成一片的水，水下全是淤泥，正好种水稻。山城村没有种水稻的经验，孙景坤带人去了东沟县（今东港市）的前阳公社柳林一带取经。

东沟县的水稻用清澈碧绿、咸淡适宜的鸭绿江、黄海"两混水"灌溉，穗大肥厚，颗粒饱满，做出来的大米饭黏糯香醇，好吃极了。清朝时，东沟县的水稻为宫廷贡米，有士兵专门看护水稻，确保朝廷的专供不被偷盗。相距不远，气候相同，水源丰沛，山城村为什么就不能种水稻呢？

取经的时候，正值中秋，大家乘车来到前阳柳林。那里是鸭绿江的入海口，也就是"一条大河"里唱的那个风吹稻花的地方。此时，稻子接近成熟，望不到边的稻田，一片金黄，风一掠过，到处摇动着丰收的气息。

那时，农村人能吃饱粗粮就是挺幸福的事情，只有过年才能吃顿大米饭。孙景坤却觉得，过上好日子的标准，就是让队里人像城里人那样，吃得起细粮，天天饭碗里有大米饭。

想吃大米饭，就得种稻子，前阳公社的柳林有几百年的水稻种植经验，山城一队的社员向前阳公社的农业技术员学习，种出皇上才能吃上的好稻谷。社员都想吃上大米饭，学习技术的劲头特别足，土壤、育秧、插秧、灌溉、排涝、田间管理等等，学得特别仔细。

从东沟学习回来，忙完秋收，山城一队便开始大搞农田基本建设，因地制宜，挖淤泥、造台田，向烂泥塘要粮食。孙景坤穿着水靴，带头蹚入烂泥当中，开始筑台挖沟，把烂泥塘分出旱地和水田。最后还要把淤泥返回水田，成为水稻的养料。为能在缺水时灌溉稻田，孙景坤和社员还在大沙河建了一座引水工程。

经过一个冬天的农田基本建设，这片十年九不收的五六十亩涝洼地，被改造成功。

第二年开春，台上播种了苞米，台下插上了稻秧。春天苗齐苗壮，夏天长势喜人，到了秋天，一片丰收在望。

谁也没想到，一队孙队长就这么灵机一动，一举两得，荒弃的地变成了聚宝盆，玉米水稻双丰收。一时间，一段顺口溜在山城一队流传下来，直到今天，老年人依然记忆犹新：

山城一队大亚湾，

当年就是烂泥滩，

一遇水涝就不收，

如今变成米粮川。

山城一队的社员终于吃上了自己种的大米，虽说每一户只能分到一百多斤，和城里人每年供应的大米有距离，毕竟经过大家的辛勤劳动，缩小了差距。山城村的大米得到了前阳柳林的真传，气候适宜，土壤也得到了改良，煮出的大米油汪汪，香喷喷的，不比前阳柳林差多少。一队的人都说，跟着孙队长，享受了皇上的待遇。

山城一队又开辟了几片稻田，孙景坤带着社员向天天能吃上一顿大米饭的路上奋斗。后来，山城一队的水田被纳入了统购粮的种植范围，每年打下来的水稻必须上缴到粮库，老百姓称之为任务粮，交完任务粮，再从粮库领回返销的苞米和高粱。

收稻扬场时，沉甸甸的一等稻装进麻袋里，等待着送公粮，扬场时飘得远一些成熟度不是很足的二等稻，留在队里，加工成大米，分给每家每户。即便如此，每人每年分个一二百斤稻子还不成问题。

上缴一斤一等水稻，能返销回两斤粗粮，解决了社员吃不饱的问题。在吃不饱和吃得好的问题上，孙景坤选择细水长流，日子好过，不能一顿香之后就挨饿。

挨饿，是孙景坤最恐惧的事情，从小饿怕了。在朝鲜战场，忍饥挨饿更是常态，他练出了忍饥挨饿的本事，别人三天不吃饭就会饿倒下，他却还能一如平常。为节省粮食，孙景坤养成了只吃七分饱的习惯，不管桌上摆着多少好吃的，都不能诱惑他。如果说饥饿是最好疗法，那么，如今活到97岁还满面红光的孙景坤就是被动长寿的。

除了向烂泥塘要田，孙景坤还向孔家沟里的山坡地要产量，他珍惜每一寸土地，怕山坡地水土流失，带着社员修筑梯田，把山坡地变成旱涝保收的良田。

栽 草 莓

孙景坤的头脑特别灵活，思想也很超前，带领山城一队总是闷声不吭地搞副业。种草莓，就是他给队里带来的第一份副业。

在东沟县学水稻栽培技术时，孙景坤意外地发现东沟还有一种特产，那就是在东沟种植了几十年的草莓，这种草本水果，他只是在大户人家当雇工时见过，对于许多人来说还很陌生。

那时，他们正在东沟育稻秧，孙景坤第一次尝到了草莓香甜的味道，那种滋味，他只沉浸片刻，立刻产生一种冲动，山城村也要种草莓。那个年代，许多人都没见过草莓，更别说尝过了，价格也超出了人们承受力。不过，好东西即使再贵也会有需求，他立刻诚恳地向人家请教栽培技术。

看到孙景坤如此真诚，技术员干脆受聘于山城村，上门指导种植技术。

草莓很容易种活，会种菜就会种草莓，可把草莓种出个儿大、汁丰、味甜可不是容易的事情。草莓对纬度、温度、湿度还有土壤的要求极高，只有北纬40度潮湿温润、具有腐殖土的地方才适宜。

与东沟相比，山城村的条件有一点儿差距，只沿一条大沙河，没有沿海。就像大米，山城村的大米再好吃，也成不了贡米，但咱们可以把自己当皇帝。草莓咱们不像东沟那样，出口创汇，那就"进口"，进到嘴里。

山城一队的耕地有限，没有种草莓的地块，在技术员的指导下，孙景坤在孔家沟里朝阳的山坡下，开辟了一片草莓种植园，那里阳光足，春来早，温度高，适合草莓的特殊气候要求。新开辟的荒地，土壤条件不够，那就把粉碎的秸秆、农家肥与合适的泥土配合在一起，铺在开辟的荒地上，给草莓造一个适合生长的温床，栽培出和东沟一样的"秸秆草莓"。

开始的时候，山城一队只出售草莓，后来，草莓被越来越多的人认可，栽培的生产队也越来越多，山城一队开始出售草莓苗，副业收入又增加了一项。据时任生产队会计曲华诚回忆，山城一队单凭草莓一项，每个劳动力每天的分值能增加二角多钱。20世纪50年代末，一角钱不是零花钱的概念，日常用品也不贵，蔬菜才几分钱一斤，一角钱已经不少了。

直至20世纪70年代初，丹东地区不少生产队的分值只能买一盒火柴（8分钱），大多数四五角钱，为吃饱肚子而发愁。而山城一队早已解决温饱问题，不为吃粮发愁，成了丹东市比较富裕的村落，生活面貌改变的程度远远地就能看到，山城一队消灭了茅草房，家家户户全都盖上了大瓦房。孙景坤家劳动力少，在山城一队的收入中等偏下，也建起了3间清堂瓦舍。半个世纪过去了，那3间瓦房，只是简单地修补过，和村里其他人家一样，依然没有显得破旧过时。

直至今日，丹东的特色产品"九九"草莓，获批"中国地理标志商标"，成为全国地域品牌百强，蜚声海内外。山城村依然是其一个生产基地，向市场提供产品，基础就是当年孙景坤当队长时打下的。

种 树 木

山城一队的前山和后山，原来是光秃秃的山，尤其是前山（山名为滚兔岭），1958年建了硫黄厂，熏得山上寸草不生。后来，因为种种原因，硫黄厂停窑下马。看着荒弃的山，孙景坤心疼啊，20世纪60年代初，他带着山城一队的社员，扒了破损的窑，在山上栽下落叶松，几年下来，一尺高的小苗逐渐长高，把整座山都铺绿了。

半个世纪过后，每一棵落叶松都长成材了，树干粗得一米八几的大个儿都搂不住。想想当年，山被污染得寸草不生，种植每一棵树都需要改良土壤，都需要拎水上山，多么的难。孙景坤把每一棵树都当成战友，看着它们横成排，纵成列，高大挺拔，多么像列队出征的战士，种活它们就像看到了当年的战友，就当他们起死回生。

种植落叶松，给村庄穿上绿装，是留给大自然、留给子孙的财富，却不能改变眼下村民贫困的生活状态，这样孙景坤心里很不安，拼死拼活地打江山，不就是为了让人民过上好日子吗？增加社员的收入，是迫切的问题。

孙景坤想起了新中国成立前外村的一个地主，每年很大的一笔收入就来自板栗树，他家种的油板栗，个儿大，味醇，又甜又面，特别好吃。从小穷怕了的孙景坤，对那种板栗有很深的记忆，既然地主能拿它出钱，我们怎么就不能？

那时，后山没有受过硫黄的污染，土质也很好，适合种板栗，孙景坤又是培植又是嫁接，使出浑身解数，终于搞出了和老地主家一样的板栗树。几年过后，后山栽满了板栗苗。板栗结果时，分给队里的社员，既可以当粮吃，又可以卖钱。

又过几年，树长大了，每株产量增加到了六七十斤，一棵树就能给山城一队带来100多元的收入，相当于城里一个工人4个月工资。几万株板栗树，就是山城一队的摇钱树哇。

孙景坤不太会算账，不过有一笔账他算得很清楚，山城一队的每寸土地都不能荒废。会算账的是生产队会计曲华诚，他很清楚地记得，二十几年时间里，队里种活的落叶松和板栗树至少也有13万株。

这些板栗树，成了梧桐树，外村的姑娘纷纷到山城一队找对象。即使到了改革开放后，孙景坤已是耄耋之年了，外村姑娘嫁进来之前，还要问一问，你家有几百棵板栗树？如果有四五百棵，对象就成了。

板栗树让山城一队辉煌了30年，直到20世纪末物质极大丰富之后，山城村的板栗才不那么耀眼了。当年孙景坤栽下的板栗树，如今的树龄大多数超过60年了，对于一个人来说，那是个由幼年到老年的过程，可对于板栗树来说，却是盛果的壮年。板栗作为丹东特色产品的品牌，山城村依然是其主要产地之一，也是农民增收的一条渠道。

度 饥 荒

1960年，我国进入了最艰难的三年困难时期，山城村也不例外。尽管那一年山城村并不歉收，可是山城一队的平地改成了菜地，产出的蔬菜全供应给市里的蔬菜公司，城里人也在挨饿，急需"瓜菜代"。洼地水田种的稻子，山坡地种的是黄豆，上级都给定了任务，必须全数上缴到粮库。队里的口粮田，已经不多了，只剩下能种高粱苞米的台田，还有山上的梯田。

往粮库送公粮的时候，全队的社员是含着眼泪呀，这些都是救命粮啊，都送走了，大家怎么活？孙景坤是党员，国家有困难了，不能只顾小家，不顾大家，要以大局为重，咬着牙也要完成任务。社员之所以听孙队长的话，是他们相信队长能够带着他们渡过难关。

从粮库领回返销的苞米和高粱并不多，根本不够吃。他们大眼瞪小眼地瞅着孙景坤，遇到克服困难的事情，他们习惯依赖队长。这种依赖，来自孙景坤的人格魅力，队里遇到困难，他都是吃苦在前，碰到好事儿，他都是先人后己。

祸不单行，1960年夏天，持续暴雨，造成了百年不遇的大灾，大沙河的洪水漫过堤坝，山城一队的大片菜地变成一片汪洋。孙景坤不顾自己不会游泳，蹚在浑浊的洪水中，带着社员冒雨排涝。蔬菜在水中泡久了就会烂掉，必须及时把水排出去。

水下去了，蔬菜地露出了绿色的秧苗，但看着还有无法排掉的水，孙景坤无力回天，欲哭无泪。

困难时期第一年就这样度过了，虽然人人都吃不饱，却没人饿得浮肿。

第二年更加艰难，尽管房前屋后，田头地脑都栽种上了地瓜，山城一队没有空闲的土地，都栽种上了各种能吃的作物，正是青黄不接季节，一天一人不到三两粮，还没有其他的副食，挨到秋后，还要等上一段时日。孙景坤想尽各种办法，给大家找吃的。平时烧柴用的玉米芯，被放在了碾盘上，用碾子推，轧成粉末，再过滤出淀粉。

还有波椤树叶子，平时大家蒸满族食品波椤叶饼时，怕黏手，铺在底下，既能把树叶的清香蒸出来，又方便了手拿食物。此时，波椤树叶成了好东西，也被粉碎了，捞出淀粉。有了这些淀粉，掺进些苞米面，兑入一些野菜，再熬出的粥不再稀得照人。

即使到了困难时期，公社还要搞"一大二公"，社员的自留地全部收归生产队，男女老少都要去生产队吃大食堂。向来听话的孙景坤，第一次提出反对意见，社员没有自留地，不利于度过饥荒，老人、孩子、病人和残疾人行动不便，有可能赶不到饭时吃不上饭，会出饿死人的问题。

因为固执己见，孙景坤背上了这辈子唯一的一次处分，直到3年后才被撤销。

淀粉吃光了，不能眼瞅着被饿死，孙景坤就带着社员进山，采野果野菜，采榆树叶、榆树钱。最后实在无食物可采，就扒榆树皮、桦树皮。榆树皮磨成粉，滑溜，掺在难以下咽的食物里，也能顺利地吃下去。没过多久，那座山上的榆树皮、桦树皮就全被扒光了，扒得山上一片白。

人活一张脸，树活一张皮，树皮被扒光了，必死无疑。孙景坤对着白花花的一片山说，等年景好了，再栽上树，要对得起这片救命的山。

孙景坤虽然听话，却不是死教条，也不是硬挺着，没有粮，向上边打报告，不批，他就另想办法。复员多年了，他从未给部队的首长找麻烦，可为了全队的生计，他找到了当年的老首长，以不能饿死大牲口为名，特批给了他们队里一些粮食。

这些本该喂牲口的粮食，孙景坤并没有喂给牲口，人饿死了，留着牲口还有什么用？虽说饿死大牲口会挨处分，他不在乎，把喂牲口的粮食20斤30斤地分出若干份，送到了身体弱、没能力自找食物的困难户家中，让他们在家中"开小灶"，度饥荒。

熬到了秋天，地瓜的产量出人意料地高，山城一队提前度过了困难时期。

那时候，孙景坤全家老少十口人，只有老闺女孙美艳没出生。父亲年龄大了，母亲一双小脚不能下地干活，最大的孩子孙美丽才10岁，壮劳动力只有他们夫妻二人。养活一大家子人，真是不容易，妻子张秀兰每天天不亮就起来，房前屋后种蔬菜，栽地瓜，后院靠山的墙根种南瓜，让秧子直接爬到山上，不影响菜园里其他作物生长，就差没把蔬菜种进墙缝里。

孙景坤一门心思地扑在队里，张秀兰的勤劳，弥补了丈夫的不顾家，即使没有粮食，多种出几根黄瓜，也不至于让孩子们饿着。

不关心孩子，是孙景坤这辈子最大的"毛病"，可他却是山城村出了名的孝子，不管自己受了多大的委屈，也不耽误他孝敬父母。在生产队吃食堂，他的那一份迟迟不吃，而是拿回家去，留给父母吃。

别人吃不下去的草根、树叶，他却嚼得很香。别人问他，又苦又涩，怎么往下咽哪？他淡淡地一笑，我是属鼠的，有啥不是鼠的食物？其实，他也不想吃这些，那是在朝鲜战场上磨炼出来的，嚼冰啃雪吃草根，三天吃一个小土豆都是奢侈的，早就炼出战士的钢筋铁骨。美国鬼子算着封锁的日期，早就超过了七天的饥饿极限，认为坑道里的志愿军都饿死了，大摇大摆地侵入阵地，结果吃了战士们的枪子。

经历过抗美援朝，我们还能惧怕什么。山城一队没有一个人因饥饿而死，就是因为有一群像孙景坤这样奋斗在基层的脊梁，他们不怕苦，不怕难，为国分忧，为民解愁。

换中国历史上的任何一个时代，饥荒都会带来暴乱，而我们却平稳地度过了，那是由于党的凝聚力。

搞 副 业

复垦河滩地，改造涝洼地，平整山坡地，积粪造肥，改良土壤，经过二十年的努力，孙景坤稳定了山城一队的耕地，每年的农业生产，都可以按部就班地进行了。

提到改良土壤，还要啰唆几句。庄稼一枝花，全靠粪当家，20世纪70年代，化肥还很少见，想让庄稼丰收，粪肥特别重要。别看孙景坤平时少言寡语，人缘却很好，他为人厚道，实在，肯干，很少向别人提要求，一旦他张了嘴，很少有人驳他的面子。

到市内拉粪，就是孙景坤靠面子争来的资源，毕竟山城村供应市民吃菜，粪与菜是互为因果的关系，市政部门把市内某一段落厕所的"专利"让给了山城一队，市内的粪肥源源不断地被挑到山城一队。

据山城二队队长刘振发回忆，老孙头儿一条扁担挑着两个装粪的大木桶，装满了有100多斤，每天天不亮就出发，带着社员到市内的厕所淘粪，再沿着16里的盘山路往回挑，天亮时已经赶回山城村。

这个行当，在改革开放之后消失了，可在当年，那也是不得了的事情。就像今天，假若有人提供免费的化肥，照样会争得不可开交，那个时代，城市厕所的粪便就是当今的化肥，不是随便给人的。

路遥的小说《人生》中对争粪的描写，就是那个时代的真实写照。山城一队的菜地与耕地，就是这样年复一年地养成了肥沃的土地。

种板栗、栽草莓，那是出于孙景坤的朴素副业意识，而种植蔬菜这个副业，是上边要求的，是任务。山城一队最肥沃的一大片土地，成了城市蔬菜基地，丹东市的菜篮子。浇灌、施肥、铲蹚，哪个时令种什么菜，啥样的蔬菜需要掐尖打蔓，啥样的瓜果需要人工授粉，这些都不是按天算的，而是按照时辰计算，该卯时干的活儿绝不能拖到辰时。有时别人起不了那么早，他就披星戴月地干。

正因为孙景坤严格的生产管理，山城一队的蔬菜一向都是丹东市民抢手的货，尤其是大白菜，有的一棵都能有20多斤。

孙景坤的长子孙福贵回忆道，20世纪70年代初，黄瓜长得有2尺长，茄子大得一个都有2斤重，菜篮子若是装上个大南瓜，塞上几只大青椒，让十几岁的孙福贵从地里拎到家里都拎不动。

100多亩的菜田，让山城一队的土地附加值增加了好几倍。

和土地相关的副业，给山城一队带来了甜头，孙景坤的眼界越来越宽广了。村里通电了，浇地有了水泵，很多靠人力干的活儿，都用电力替代了，上边分配给山城村拖拉机，翻地不再只靠牛耕马拉，一垄一垄地用犁杖翻，大马车也不那么忙了。生产效率高了，生产队不再需要那么多的劳动力了，闲着会让人变懒的。

孙景坤把眼光跳过庄稼地，跳到了山那边的丹东市区，向工农结合要效益。他不断与市内联系，找到相关单位，送人出工，送车拉脚，揽活施工，给生产队挣更多的钱。

城市搞建设，需要挖沟砌墙，少不了山城一队劳动者的身影；市里的工厂急需有人扛麻包，山城一队集体出动，一夜之间码成大垛；从火车站到兽药厂的短途运输，少不了山城一队奔跑的马车；新华造纸厂的废纸挑拣，少不了山城一队女社员和半大劳动力的出工。

孙景坤管理生产队的模式，就是在部队当排长的模式，他把社员当成士兵，劳动当成阵地，让每个人各尽所能，发挥最大的作用。

20世纪70年代初，丹东的大多数生产队，每日平均分值才三四角钱，贫困的村落，分值才一二角钱，而山城一队的分值已经一元多了，出满勤的劳动力，挣的钱不比城里的工人少。

有了钱，山城一队的社员开始改善居住条件，一户接一户地翻盖房子，把从前的茅草房扒掉，盖上敞亮的大瓦房。听到每家每户搬新家传来的鞭炮声，孙景坤的心里也是美滋滋的，奋斗了十几年，让大家过上好日子的愿望终于实现了。

是呀，当生产队长26年，孙景坤始终保持部队的作风，做事雷厉风行，脏活累活亲力亲为，始终保持着"一不怕苦、二不怕死"的精神。别看他总是那样平和，从不多言多语，却是不怒自威，每说一句话，都是板上钉钉。在他的影响下，山城一队的人，莫说是偷摸的行为，就是上工时偷懒都觉得对不起老队长。村里的人都说，山城一队民风正，干劲足，是老队长言传身教带出来的。

正因为如此，山城一队集体的力量无限扩大。

2020年国庆节，笔者第一次在山城村采访时，村里的老党员们充满激情地说，老队长一生恪守"默默无闻地做人、踏踏实实地做事"的原则，一辈子不忘初心，他是党员中的党员，样板中的样板，是通过持久的努力铸就的。

抓 工 业

"无农不稳，无工不富，无商不活。"这句话孙景坤在实践中已经摸索了20年，直至20世纪90年代才被广泛认同。从某种意义上讲，不懂得什么叫改革开放的孙景坤，已经在让人们过上好日子的美好憧憬中逐渐地总结出了经验，放开了自己的手脚。

就是因为孙景坤小建筑队、小运输队、小装卸队、小加工队做出了名声，1972年，村里要发展"五小工业"（中央政府第四个五年计划提出的，在县以下建设小钢铁、小煤矿、小机械、小水泥、小化肥五种工业企业，直接为农业生产服务），把他抽调到山城大队部，抓五小工业，同时，他还兼任山城一队生产队长。生产队的日常事务，由小他14岁的副队长陈明盛主持。

从此，孙景坤一个人挑上了两副担子。

就像当年攻打敌人的阵地，孙景坤到了大队，一个山头一个山头地攻。队办工业，基础薄弱，一口吃不成胖子，先易后难。孙景坤先成立了豆腐坊，这个离百姓生活最近，成本核算最容易，赚多少能一目了然。他找来村里的老豆腐匠，把豆腐坊开起来了。接下来是组建木匠车间，这个更简单，每个木匠都有自己称手的工具，只把村里会做木匠活的手艺人聚在一起，村里负责找活干，尤其是市里盖楼最缺的就是手艺好的木匠。再有就是铁匠炉，村里原来就有，每个生产队挂马掌，打镰刀、锄头、铁锹、铁镐，修补铁犁杖、农具，后来在铁匠炉的基础上，又增加了项目，制造钉子。

这些与村里人的日常生活，农业生产息息相关，也是大家平时接触最多的，都有成型的经验，孙景坤并不觉得难。让他操心的是，后来上马的一些工业，他确实是个门外汉。转业时去工厂，他不愿意去，因为惦记着父母。转了一圈儿，20年过去了，又转到了工厂，这次是逼上梁山，他不想做也不行。

机床厂成立了，对外加工珐琅盘，孙景坤对着那些图纸、数据，眉头皱起老高，那是擀面杖吹火——一窍不通。不过不需要他掌握技术，车床有人会操作，但需要他去跑外，把珐琅盘推销出去。

电焊车间成立了，弧光闪闪，小到每家每户的铁大门，每个生产队的装水罐，大到工厂的锅炉与槽罐，弧光从村里闪烁到市里。

随着效益越来越好，生意越来越广，石材加工厂、塑料厂、印刷厂，各种厂子接二连三地建了起来。孙景坤忙成了陀螺，天不亮就出发，天黑了才回家，两头不见日头，孩子们虽然都长大了，可也是贪睡的年龄，一天也见不到父亲，居然成了经常的事情。

这种没日没夜的日子，一直持续了8年。

笔者两次采访孙景坤的子女，7个孩子对父亲居然都是一个评价，我爸这个人，不管家，一天也看不着，对我们像生人一样。谈到他们的母亲，每个孩子都是红着眼圈儿说，我妈太不容易了，累了一辈子，上有老下有小，每个孩子的冷暖都牵挂在心上，一天福也没享着。

张秀兰是2003年去世的，享年76岁，患的是癌症，那一年孙景坤虚岁八十，失去了老伴儿，他一下子就衰老了。

1981年，年近六旬的孙景坤，被镇里相中了，免去了他当了26年的生产队长和他山城村"五小企业"负责人的职务，担任蛤蟆塘镇预制板厂厂长。

孙景坤离开了山城村，"五小企业"也就失去了主心骨，不再红红火火，没过几年，有的转为了个体经营；有的被承包出去各显神通了；有的因为技术落后停业了；有的质量不过关，失去了竞争优势；有的是重复建设，浪费资源，天生不足，更没发展前途了。再后来，这些企业就销声匿迹了。如今在山城村，招商引资引进的现代规模企业比比皆是，整个车间见不到一个人，全是自动化控制，当年简陋化的生产已经时过境迁，成为历史。

但历史不会忘记的是老一辈人老黄牛般的奋斗精神。

进入20世纪80年代，随着改革开放步伐的加快，丹东的城市建设也日新月异，对各种水泥预制板的需求也是日益增长。在孙景坤军事化管理的方式下，各种预制件有条不紊地按照流水线生产，质量是邦邦硬。很快，预制板厂的各种水泥构件供不应求，订单下到了半年后，产品成了抢手货。

那时做预制件，机械化程度不高，铺钢筋、浇注水泥混凝土、振捣等，许多活儿需要人工完成，不趁着水泥凝固之前抢时间干完活儿，会影响预制件质量，预制件完成了，还需要浇水养护。

每件产品，孙景坤都在现场盯，带头干，经常累得回到家里，一摊泥般躺在炕，腰疼得直不起来。妻子给他揉腰，第二天早上，他又精神抖擞地去上班了。

企业效益好，本来是好事儿，可效益好，需要数字说话，这恰恰是孙景坤的短处，没文化，不会算账，找来会算账的人帮助算。遇到好心人，会算得笔笔有宗，遇到心眼活络的，想占便宜的人，数字就有问题了。

虽然数字算不准，可看人，孙景坤却是心中有数，吃点儿小亏不算啥，衡量出了人的品行，纠正了，不会影响企业的运转。

1984年，随着农村土地承包制度的广泛推广，乡镇企业也开始了承包经营。蛤蟆塘镇预制板厂要实行个人承包经营。孙景坤是厂长，有优先选择权，虽说他算账能力不强，可他有7个孩子，最小的女儿都20岁了，谁不是一把好帮手？加上他善于管理，拥有人脉，预制板厂承包给他，那可是可观的收入。

孙景坤却想不通，集体经济就是集体经济，又不是干不下去了，凭什么承包给个人经营？不是什么都一包了之，集体主义精神谁能承包？一心为公的传统谁来继承？

为集体干了一辈子的孙景坤，不想当"资本家"，可执行党组织的决定，是他的习惯，脾气平和的他，没有和组织讲价钱，平静地放弃了利益。他已经60岁了，也许是老了，跟不上形势了，看不懂，他选择了告老回村，回家种地。

第八章　藏不住的军功章

军　功　章

从孙景坤放下枪杆子，抓起锄把子开始，他就当自己从没有当过兵，把战争年代的经历封存在记忆里。他主动复员回到山城村，到家放下行李，第一件事儿就是从行李里拿出所有的军功章，包裹在一起，让老妈压在箱子底下保管起来。

有些乡邻经常说老孙的兵是白当了，只剩下"一个老妈，一身伤疤"。他从不辩解，也不拿出军功章为自己辩白。所以，村里人没人知道他是个功臣，就连家里人也不知道。

孙景坤的长子孙福贵有个玩伴，叫张德胜，管孙景坤叫二大爷，常到孙家玩。二大爷的孝顺，张德胜经常看到眼里。孙家吃饭放着两张饭桌，二大爷陪着父母在小饭桌上吃，勤快地给父母盛饭，夹菜，照顾年迈的两位老人。二大妈照顾着7个孩子，在大饭桌上吃饭。大小饭桌的饭菜差距不大，但小饭桌时常开一点儿小灶，那是二大妈做的适合老人家胃口的饭菜。孙家敬老的习惯，在孙景坤的父亲孙文友去世后依然保留，孙景坤一个人陪着老妈吃饭，直到70年代末，82岁的老母亲去世，一家人才回归到一张大饭桌。

20世纪60年代末，孙福贵十二三岁，张德胜比孙福贵大一两岁，孙福贵的大弟弟孙福堂，只比哥哥小一岁。3个半大小子，淘得很，翻箱倒柜，把家里的东西掏个底朝天。那些军功章就是被三个淘小子翻出了箱子底。

张德胜清楚地记得，那些军功章包在一条"赠给最可爱的人"毛巾中，里面还裹着一层红布。在崇拜英雄的年代里，把这些军功章戴在胸前，那是多么荣耀的事情。尤其是孙福贵，他最大的愿望就是当兵，下雨时经常趴在玻璃窗前，念叨那时流行的一首儿歌：大雨哗哗下，北京来电话，让我去当兵，我还没长大。

3个孩子把军功章当成玩具，你一个我一个地分配着军功章，戴在胸前，满大街地显摆。孙景坤的母亲见拦不住孩子们，任孩子们去玩，只是再三叮嘱孩子们，不要弄坏了。

这是军功章被收藏了15年之后，第一次露面。平时安静寡言，从不发脾气的孙景坤，那一次发了很大的脾气，平时对母亲百依百顺，这一次破天荒地埋怨了几句。孩子们不知道错在哪里，以为不该把家里弄乱，乖乖地交出了军功章。他们并不知道，父亲不想让军功章露面。

在大家胸前都戴着毛主席像章的年代，挂在3个孩子胸前的那堆军功章，并没有引起多大的关注，只是有心人恍惚觉得，孙景坤的兵，当得不那么简单，否则，回村里做了那么多事，怎么会那么有板有眼，指挥得当？

疑问就是疑问，一晃而过，心细的人也问过，孙景坤只是一笑了之，纪念章罢了，不值得一提。从此，那些军功章再也不是孩子们的玩具了，被孙景坤深藏起来，没再露面。

直至丹东抗美援朝纪念馆平移重建，需要征集资料，在工作人员的劝说下，他犹豫再三，才默不作声地将立功证书、立功喜报和部分珍贵老照片捐出来，送给纪念馆永久保存，之后，又回归平静的生活中。

至于那些军功章，纪念上甘岭战役胜利六十周年时，相关部门找到他去北京参加活动，需要穿军装拍照，他才从深藏的箱子底下找出，重新挂在胸前。可是，挂在孙景坤胸前的这些军功章，还是少了好几枚，孩子们不懂得珍惜，拿出去玩时，弄丢了。好在父亲没在意，没有责备孩子们。

笔者从丹东市委宣传部提供的材料上，看到了孙景坤在解放战争和抗美援朝战争中，荣立一等功1次、二等功2次、三等功2次，并被授予解放东北纪念章、解放华北纪念章、解放中南纪念章、解放海南岛纪念章，还被朝鲜民主主义人民共和国授予抗美援朝一级战士荣誉勋章。这些军功都是有据可查的，笔者采访时发现，在一一九师的后代讲述，还有相关资料中，孙景坤立下的二等功、三等功，已经超过了材料上的次数，只是军功章丢了，孙景坤自己也回忆不起来了。

书的秘密

那些军功章，给张德胜留下了不可磨灭的印象，既然有军功章了，一定有打仗的故事。那时，他们对打仗的故事有浓厚的兴趣，总想探究军功章的秘密，根本不理解战争留给孙景坤的心理创伤，那种痛苦，是不堪回首的往事。

秘密是偶然被张德胜发现的。丹东东风造纸厂是山城一队的合作伙伴，队里经常派人到造纸厂劳务输出，张德胜也和大人们一块儿到厂里忙活，整理废旧纸张、书本，送到设备里，打成纸浆。这时候，张德胜在废纸堆里发现了一本书，书名叫"战斗在朝鲜"（第二卷），是中国人民志愿军第四十军政治部编写的。

爱看打仗故事的孩子们对这种书喜欢得不得了，张德胜不忍心将书扔进设备里化成纸浆，便悄悄地掖在怀里，拿回了家中。躺在炕上一一翻看，看着看着，张德胜一下子就蹦起来了，里边有一篇文章，篇名是"奋战在危急情况下的副排长孙景坤"，讲的是孙景坤在161高地战斗的故事。

张德胜如获至宝，拿着书跑到了孙家，翻开书中的第97页，指着篇名旁胸前挂着一堆军功章的军人画像，兴奋地对孙景坤说，二大爷，你上书了，你是书上的英雄。

孙景坤平静地说，那不是我。

张德胜一字一板地往下念，孙景坤还在说，重名了，不是我，直到念到副连长支全胜的名字时，孙景坤突然插嘴，他才是真英雄，腿都打没了。随后，孙景坤脸色凝重，眼里含泪，自言自语，都牺牲了。他让孩子别再念下去，叮嘱孩子把书收起来，不给别人看。

当时，张德胜满心欢喜想听打仗的故事，没想到会遭到拒绝。许多年过去后，张德胜已经是成熟的中年人了，总想解开心中之谜，多次询问孙景坤，二大爷，为什么不承认是自己？

孙景坤平静地说，活着回来，就占了大便宜，宣扬自己这件事儿，丢人，会让我没脸去见死去的战友们。

其实，那本书，孙景坤手里有，出书的当年，志愿军四十军政治部就送给他一本，和保存那些军功章一样，也被他深藏了起来。

书的秘密就这样被张德胜保留了下来。那件事情过去了半个世纪，直到纪念中国人民志愿军出国作战七十周年之前的国庆节假期，笔者到山城村采访，跟随了老队长孙景坤半辈子的副队长陈明盛、老会计曲华诚才知道有这本书，才知道他们的老队长当年抗美援朝时的英雄事迹和立下的赫赫战功，否则，他们一辈子都不知道他们一直跟着的这个从不发火的老队长，是个大英雄。

战友重逢

战场上的生死之谊，那是终生难以忘怀的，161高地守备战过去了20多年，孙景坤念念不忘从高地上一块下来的战友。然而，战友们离开了战场便各奔东西了，寻找起来也并非易事。他知道周腊生是江西人，趁着给村"五小企业"搞销售到江西出差，他特意找了一趟，却是音信皆无，失望而归。

比较容易找的是副连长支全胜，一条腿扔在了朝鲜，另一条腿也受过重伤，哪儿也去不了，只能住进荣誉军人疗养院，而专门收留志愿军伤残人员的荣誉军人疗养院就那么几家，他转业时听说过，副连长留在大连了。孙景坤试着写了封信，果然联络上了。两位生死战友一见面，哭成了泪人，互相问询了些分别后的情况。

听着孙景坤如数家珍地向老连副汇报建设家乡的事情，支全胜摸着自己的空裤腿，沉默不语了，虽然孙景坤选择了回村当农民，可风风火火，为国家建设办了那么多实事儿，年过半百了，还在为家乡建设奔波，而他自己呢，待在疗养院里，天天被人养着，不能为党工作，实在是难受。

孙景坤走后，支全胜想站起来，为党工作的愿望越来越强烈。随着医疗水平的提高，我国假肢的制造技术越来越成熟，不再像从前那样做成木假腿，沉甸甸的，练习走步没几天，大腿根处磨得鲜血淋淋，只得又回到轮椅上，让别人推着走。

那时候，临近离休的三五七团老团长朱玉荣，离开了四十军军长的岗位，调任旅大警备区任参谋长，在《旅大日报》庆祝八一建军节的一则消息中发现了支全胜的名字，找上门来。两个战友就这样联系上了，自然，孙景坤也和老团长建立了联系。

支全胜特别羡慕孙景坤，天天为老百姓奔忙，成为社会上有用的人。那时他安上了新假肢，经过艰苦练习，他已经能离开轮椅，独立行走了，他向老首长提出，转业到地方工作。

疗养院院长考虑到支全胜的残疾状况，不同意他转业，志愿军的二级战斗英雄，整个疗养院也没有几个，国家有义务照顾他们一生。

支全胜却认为，这种"照顾"是负担，他已经能自食其力了，不应给国家添麻烦。在他的强烈要求下，院长勉强答应，同意他到地方试试。经人介绍，支全胜到了大连纺织厂实习了3个月。实习期满，他说什么也不回疗养院了，直接转业到纺织厂，担任车间党支部书记。他在剩下不多的工作年限里，尽职尽责，兢兢业业，直到离休。

听说副连长转业了，孙景坤特意从丹东赶到大连来看望，也见到了分别许久的老团长。

再后来，老团长和支全胜都离休了。老团长虽然是正军级离休，却没赶上授衔，当了不是将军的将军。离休之后的老团长，穿着普通的便服，提着布兜子，平和、恬淡，一点儿也看不出当年曾在战场上叱咤风云。

支全胜是在工厂离休的，不再享受部队的待遇，离休金不高，生活还是比较清贫的，他和老伴办了个家庭幼儿园，一方面补贴家用，另一方面看到孩子们健康成长，对他是莫大的安慰。支全胜的儿子支文军，也没有满意的工作，父亲坚决不求老团长给儿子找个收入高的工作，生活压力一直很大，始终忙忙碌碌。

孙家和支家的后代，也结成了兄弟般的友谊，支全胜让儿子支文军叫孙景坤为孙爸爸，没有你孙爸爸，你亲爸爸就交待在战场上了。孙福贵和支文军见面最多的话题，就是埋怨父辈，从来不为自己的儿女考虑。可他们的父辈却说，我们能把你们带到这个世界上，就是你们的福分了，那些牺牲的战友，连个后代都没有。踏踏实实地做人，勤勤恳恳地做事儿，比什么都幸福，衣食无忧了，还贪图什么富贵。

那一代老革命，都是这样，不要名，不要利，什么都没有保留，把一生献给了党，这就是他们这一代人的共同想法。随着时光的流逝，当年——九师的后代也都到了退休的年龄，有了闲暇，他们你联系我，我联系他，相互联系起来，共同纪念和宣扬父辈的事迹，看望在世不多的老战士，很多鲜为人知的故事传播出来，包括孙景坤的故事。

十几年前，副连长支全胜去世了，支文军把这个消息告诉给孙家。孙景坤沉默了一天，没有说话。他比副连长大两岁，战争时留下的种种伤病折磨着他，他也不能站起来了，无法送副连长最后一程，只能用沉默表示哀悼。

最后一位老战友走了，孙景坤觉得特别孤单。

忘却不掉的纪念

事实上，没人能够忘却英雄，尤其是崇尚英雄的年代。20世纪70年代，看电影是大家文化生活很重要的组成部分，尤其在乡村，走上十几里，就为看上一场露天电影。孙景坤的二儿子孙福堂，是个电影迷，只要放映队到村里放电影，场场不落。

孙景坤对电影不感兴趣，尤其是战争影片，有时被大家拉扯着去了，看几眼就走了，队里家里有忙不完的活儿，哪儿有闲心看电影。

那一次，放映队到村里播放电影《英雄儿女》，二儿子硬是磨着父亲和他一块儿看，这一次，父亲看下去了，当看到王成对着步话机喊，为了胜利，向我开炮时，他却丢下儿子，回到家中。

孙福堂问父亲，为什么不看了。

孙景坤眼里噙着泪说，我知道那人是谁，他叫赵先有，六十五军的。说完之后，他又纠正了一下子，原话是：团长，敌人上来了，向我开炮，打吧！

儿子那时还小，不知道当时父亲是什么心理状态。残酷的战争场面，又一次撕开孙景坤心里的伤疤，尽管他知道电影里的画面都是假的，他也承受不了那种冲击。儿女们被电影里的英雄吸引住了，却根本不知道，他们的父亲，就是真正的英雄。

"烽烟滚滚唱英雄，四面青山侧耳听，侧耳听……"电影音乐响起，回荡在山城村孔家沟的前山和后山，谁也不知道，孙景坤是不是在听，也不知道他听到"为什么战旗美如画，英雄的鲜血染红了它；为什么大地春常在，英雄的生命开鲜花……"时，会不会为牺牲的战友而落泪。总之，孙景坤一直拒绝看战争电影。

许多年之后，电视普及到了每家每户，孙景坤每天看完《新闻联播》就走，任由儿女们随意调台，沉迷于他们喜欢的战争剧中。

那一次，孙景坤能把赵先有的名字脱口而出，是因为战场上，首长曾经拿赵先有的事迹激励过大家。赵先有死守67高地57个小时，最后时刻，为了阵地不落敌手，要求炮兵"向我开炮"，与敌人同归于尽。向我开炮，确实是那时大家共同的心声，美军的大炮太猛烈了，我军的炮火不压在阵地前打，就不能消灭冲上来的敌人，许多阵地就会丢失。

当年守备 161 高地时，孙景坤向团部喊话，和赵先有是一种心态，炮弹往自己的眼前打，敌人就攻不上来，能活着回去是捡的。

盼望我军炮火压制住美军，向我开炮，是志愿军战士的普遍心声。

在纪念上甘岭战役胜利六十周年的大会上，孙景坤和许多志愿军老战士一起去往北京，老战友们虽然是第一次见面，却是惺惺相惜，都知道彼此的传奇故事。从北京回来，老战友们就没断了联系，他们大多比孙景坤小几岁，便从各地来丹东看望他。

纪念上甘岭战役胜利六十周年的时候，那些立过显赫战功的志愿军老战士受邀进京参加会议，组织上要求每个人都把军功章戴上。深藏军功六十载的孙景坤，浮出了水面，想藏也藏不住了。

军功藏不住

孙景坤回避谈论战争，深藏着各种军功。可是，军史的档案是永久保存的，退役军人事务局的记载是清晰的，遗存的各种资料是固定的，任凭时光流逝，这些都永恒不变，无法磨灭。深藏军功只是孙景坤的个人意愿，每逢重要节日、重要纪念日，孙景坤的英雄事迹都会被大家提起。

历史不能尘封。

2014 年 9 月，丹东抗美援朝纪念馆大规模改扩建，通过多渠道发布消息，面向全社会征集抗美援朝的文物史料。纪念馆的"致敬最可爱的人"志愿团队，找到了孙景坤，向他讲述，文物是研究历史的物证，是陈列布展的前提，是进行爱国主义教育的生动教材，也是抗美援朝纪念馆开展研究、展示、宣教的基础和必要条件。

孙景坤被工作人员说服了，自己 90 岁了，再不把这些展示给后人，怎能让大家知道抗美援朝的艰难困苦？怎能让年轻一代深情地爱国？他便不再把军功深藏在自己家，默不作声地将立功证书、立功喜报和部分珍贵老照片捐出来。

如今，这些珍贵的资料已经陈列在抗美援朝纪念馆中，每年接受不计其数的人注目，默默无语地讲述着当年的峥嵘岁月。

2013年丹东市元宝区编纂地方史志，选取的年限是从1945年至2005年，总计60年。一般来说，志书都厚得像砖头，元宝区志相对较薄，林林总总的篇章压缩了许多，篇末元宝区人物简介一篇中，被列入词条中的人物仅有13人，都是大浪淘沙剩下的，都是60年间在元宝区历史进程中有突出贡献或者有着重大影响的，而且大多数是已故人物，孙景坤便是极少数的健在者之一。

词条中，孙景坤的出生年月，入伍和入党的时间，参加了哪些战役，立过哪些战功，获得了哪些荣誉，受到哪些国家领导人接见，都记载得清清楚楚。

地方史志，就是一个地区一个阶段的历史文化留存，也备受当地人的追捧，好多人家的书案上，都能摆上一本，孙景坤的名字和事迹白纸黑字印在那儿呢，就算他自己想藏功也无处可藏。

20世纪50年代，想藏功并不难，作为抗美援朝的国内大前方、朝鲜战场的重要后方，丹东地区到处都是来来往往的志愿军战士，遍布全市的支前民工。传播各种英勇故事的渠道、宣扬英雄事迹的报告会比比皆是，人们习以为常了。孙景坤的事迹，埋藏在众多的事迹中，没有露出冰山一角，是件很平常的事情。

刚复员回家时，按照规定，只要从战场上归来，村里都要给盖新房子，孙景坤说，家里已经有房子住了，不要。因此，村民们误会他许多年，认为他肯定没立过功，村里好几个当兵回来的，都给盖了新房子，为啥没有他的？

年过六旬时，孙景坤告老回家了，农民不同于工人，没有退休金，回家就意味着除了土地那点儿微薄收入，没有其他经济来源了。孩子们都长大了，接二连三地结婚生子，分家另过，孙景坤囊中羞涩，哪个孩子都没管。

那几年，到处落实政策，孩子们知道父亲离开部队时的职务是排长，属于干部身份，应该享受离休待遇，到市里去找。孙景坤阻止了孩子，回村是他自己的选择，和组织无关，没有待遇理所当然。

孩子们继续劝父亲，让父亲找组织说说，孙景坤火了，训斥着孩子们，我说什么呀，和我在一起的，都倒下了，我还有什么可说的，你们不理解。

尽管生活很困顿，孙景坤也不肯向组织伸手。不管怎么说，他在村里镇里干过企业，耳顺之年后，自己也办了个"企业"，在家摆了个柜台，办了个小卖店，卖一些生活用品，补贴家用。可是，山城村离镇里太近了，他人很实在，又不会算账，谁赊了账，也不会拿笔记下来，小卖店就开不下去了。

孙景坤又回到了他的老本行，种地，侍弄菜园子。

山城村支书邱大鹏对笔者说，老人家80多岁时，还那么要强，村里张罗着给他修房子，他依然拒绝了，自己爬上房去修，有企业家想赞助他修房子，他头摇得像拨浪鼓。

孙景坤90岁后，身体一年不如一年，尤其是受过伤的腿，想站都站不起来，只能卧床了。近十年，每逢年节，"七一""十一"，市、区、镇的领导都来地看望孙景坤，退役军人事务局也是年节不落地慰问老人家，照顾老人家的生活。山城村里的人也看出了端倪，孙老爷子不简单，年轻时肯定立过大功。

本来，孙景坤有资格进入退役军人光荣院，可他始终不肯去，直到2020年春天，在大家的共同劝说下，他才勉强答应，离开大女儿的家，入住坐落在凤城市的光荣院。那一天，市医院的救护车破例为非抢救的病人出车，一路护送孙景坤到达凤城。

村民这才恍然大悟，原来老队长是个功臣，国家要把他管到底了。

事实上，早在10年前，村里已经开始"管"孙景坤了，老人家从来不要村里的补助、补贴，不是他的劳动所得，他拿得愧疚，不安，活得不坦然，所以，他始终拒绝。村支书邱大鹏说，你就是个普通村民，我们也应该帮助你，何况你还是个战斗英雄。

每逢听到这句话，孙景坤总是把话岔过去，往别的话题上说。实在绕不过去，只是叹了口气说，啥英雄啊，能活着回来，都是英雄，我连怎么活着回来的都不知道。

既然老人家执意不要钱，那就"雪中送炭"，送他退不回去的东西，孙景坤身上有许多伤疤，老年病都找上来了，身体怕冷，大夏天还穿盖着棉衣。连续10年，无论孙景坤住在哪里，村里都要送上两吨越冬的煤。

煤送来了，孙景坤没有能力往回送，劝着邱大鹏，明年不要送了，战场上的坑道，那么冷，我们都挺过来了，有柴烧，有炕住，再冷能冷得过坑道吗？

村里刚开始给孙景坤送煤时，也有人攀比，说自己家困难，没柴烧，怎么不给他们家送煤。邱大鹏早就拿话等着呢，你能和老队长比吗？人家舍生忘死上战场当英雄时，你干吗呢？抗美援朝的一等功臣，能活着的，全国都不多了，这是山城村唯一的宝贝。

现在，各级组织如此呵护孙景坤，各种媒体纷纷讲述他的故事，英雄再度为人们所敬仰，即使他再想藏功，也藏不住了。

回乡务农60余载，孙景坤始终甘受清贫，只懂吃苦，不知享受，一家人在山城村始终过着中等偏下的生活。几十年如一日，他时时以革命军人的标准严格要求自己，似乎从没脱过军装。很多人不理解，问他，你本来可以躺在功劳簿上，为啥非要隐藏军功，这么拼命地干？

他很认真地说，活一天就是白捡来的一天，躺着享受，我对得起那些死去的战友吗？

就像深藏军功一样，孙福贵告诉笔者，回村以后，父亲的各种奖状摞起来快有两尺高了，却从不拿出来，依然深藏在家中，哪怕他被评为"时代楷模"了，也不展示给别人看。

现在，他承认自己是英雄了，不是为了自己，是为一个民族。

大音希声

——记中国科学院院士、著名力学家、教育家、
大连理工大学第二任校长钱令希

大方无隅，大器晚成，大音希声，大象无形。

——摘自老子《道德经》

2009年4月20日，天哭了。

这天是谷雨，也许老天知道这注定是个悲伤的日子，从前一个
夜晚开始，纷纷扬扬的雨便无止无休地洒，似乎特意为中国科学院
院士钱令希先生蓄足了眼泪。据统计，降水量达69毫米，是大连历
史上单日降水量最大的一场春雨。

尽管这一天对于大连理工大学的师生来说已有所准备，可这一
天真的来了，他们依然承受不了打击，他们不相信和他们朝夕相处
的先生真的会离开，不相信再也看不到先生的音容笑貌了。自2008
年8月，脑瘤日益严重，钱先生卧入病榻以来，师生都期盼着奇迹能
发生。

然而，奇迹没有发生，在大连医科大学附属第二医院，窗外淫
雨霏霏，在这一天的10时01分，在一片寂静之中，先生安详地合上
了眼睛，走完了93年的生命历程。

整个一冬天，大连没有雨雪，先生辞世之时，却是一场甘霖。

或许，这就是苍天为先生留下的一副无字挽联，追思先生穷尽一生，在力学领域不断探究和突破的精神。

一

让我们追溯到1993年前吧。

出无锡东行20里，有个镇叫鸿声里。小镇沿啸傲泾北岸而筑，南岸是肥沃的良田。应了"自古江南出才子"那句话，水不在深，有龙则灵，在啸傲泾北岸的钱氏家族中，孕育出了六位院士。其中两位是钱伯圭的儿子，一位是金属物理学家钱临照，另一位就是力学家钱令希，兄弟二人在1955年双双成为中国科学院首届学部委员。

1916年7月16日，古朴的钱家大院，人们忙碌着，迎接着又一个新生命的诞生，这个钱伯圭迟来的次子，就是我们的主人公——钱令希。

钱家比较殷实，每当有生活困难的族内人前来借米，父亲都会说一声"不自量"，意思就是不用量了，可以随便去舀，多少自便，当然也就不用还了。小小的钱令希还没板凳高，就会领着族人去粮仓取米。由此，钱家在族内威望甚高。

那时，钱令希还不是这个名字，父亲赐名为临熹，他却偏偏写不好自己的名字。倒是启蒙老师——他的舅舅有办法，给孩子改了名字，取其谐音，改为令希。这使喜欢简单的他格外欢喜。

两年后，11岁的钱令希便轻松地考取了江苏省省立苏州中学。

一个乡村的孩子，初次来城市，什么都感到新鲜，对于天生好奇的钱令希来说，这么多名胜古迹，这么多好玩的地方，又没有家庭的严厉管教，确实让他流连忘返。可是，一年之后，他却傻了眼，已经学了一年，英文26个字母还背不下来，历史考试也不及格。对于生在才子辈出的鸿声里的钱令希来说，考出如此成绩，怎能回家见爹娘？

他顿感事情的严重性，感觉对不起父亲和哥哥，自己把饭做夹生了，回锅也煮不熟了。此时，哥哥正在上海大同大学读书，暑假回家，哥哥没有责备他，而是给他带来个好消息，上海中法国立工学院高中部要招生，不用学英文，他想，他必须抓住这棵"救命稻草"，摆脱令他生畏的英语。在哥哥的帮助下，他从头学起，跳过初中，直接去考高中。

经过一百天的努力，1928年10月，钱令希一举考中，进入上海中法国立工学院高中部去学习。他汲取了教训，不再贪玩，一开始就潜心攻读。尽管高中一年级淘汰率很高，可他的法语学得扎扎实实，烂熟于心。第一年就以优异的成绩通过了法文集中训练，以后的三年，年年都是第一。到了大学阶段，第一年的功夫又是下得极深，微积分学得出奇的扎实，以后几年的学习颇受其益。

半个世纪过后，每每思考求学时期的那段往事，先生总是感慨万千。先生的法文、俄文非常之好，与法、俄两国科学家无异，而英文呢，总是略逊一筹。因此，先生经常用此段经历作为体会，向同学们做介绍："很后悔呀，至今英语都不好。但是这个挫折也是我的机遇，警醒我做事要慎于起步。学习就像在硬木头上钉螺丝钉，开头要搞正方向，用力锤几下，打牢基础后拧起来就容易了。如果开头没站稳，拧起来必然困难。"

1936年9月，钱令希大学毕业了，成绩是土木工程科第一名，被公费派往比利时的布鲁塞尔自由大学留学，为期两年。

在比利时修满了两年学业，便是1938年了，中国抗日战争已全面爆发，大片国土沦丧，使钱令希痛心不已。毕业证书刚一拿到手，他就迫不及待地赶往法国的马赛港，买来了船票，满怀着抗日救国的赤诚，立即乘船返回祖国。而比他晚出发一天的中国同学，却因所有的沿海港口被日军侵占，留在了国外。这艘轮船最终取道越南海防，在那里登陆，钱令希换乘滇越铁路列车，到达抗日战争的大后方，云南昆明。

在昆明，钱令希到刚刚成立的叙昆铁路工程局谋职，没想到，对方却说没有工作适合钱令希做，他诚恳地要求可以试用。刚好有人找局长要人，于是，这位局长就说，让"钱试用"去吧。当时，重庆是中国的临时首都，叙昆铁路就是为了打通四川到云南，再连通滇缅铁路，这是中国争取外援的唯一通道了。

就这样，22岁的"钱试用"和一位有经验的老工程师，翻山越岭，风餐露宿，在人烟稀少的西南边陲，进行桥梁勘测。一路上，他看到所有的村庄都是满目疮痍，遇到的行人，大多是衣衫褴褛，饥寒交迫。国家破败，民不聊生到了这种程度，残酷的现实让钱令希触目惊心，像重锤一样，砸进了他的脑子里。虽然他知道当时国家落后，但只是概念上的，从学校出来，到了祖国的大西南，钱令希真正体会到了，国家会落后成这个样子，科学救国已经刻不容缓。

经过麻风病流行的地区，随时有可能感染上这种不治之症，那可真是冒着生命危险。他们不敢吃那里的东西，不敢喝那里的水，可勘测又怎能避开当地的人呢？他们二人只能扔掉畏惧，为打通这条抗战大通道，获得爱国华侨和国际社会的援助，在所不惜。

那年冬天，他们硬是凭着两条腿，在86公里的线路上，为上百个大小桥梁、涵洞定位定型。

抗战期间，物资奇缺，钢轨、水泥也是少得可怜。钱令希把1300多年前建赵州桥时用的石拱桥的原理和自己所学的知识相结合，用当地的红土当水泥，用当地的石头替代钢筋混凝土，设计了涵洞和拱桥。战争越来越残酷，铁路修到了离昆明不远的曲靖就被迫停工了。然而，人生第一段的工作经历，确立了钱令希一生从事的研究，以及他所倡导的科学研究方向和目标，那就是解决实际问题。

后来，受熊庆来校长的邀请，钱令希到云南大学的土木系任教。从事教学的钱令希，如鱼得水，他把知识和实践相结合，讲法新鲜，实用性强，课堂上互动活泼，引起了轰动。25岁时精力充沛的钱令希便被聘为土木系教授，一学期开了3门课程。

1941年，钱令希邂逅了毕业于河南大学，同因爱国而赴云南大学任数学教师的倪晖，两人很快相识相恋，1942年2月便结婚了。两个人没有举办婚礼，没有亲朋的祝福，没有任何家具，只在报纸上刊登了一则简短的启事：钱令希与倪晖结婚了。

新婚的家，没有一点儿新婚的味道，连盛饭的碗都没有，只有一口做饭的锅。每天做好了饭，总是丈夫捧着锅先吃，然后妻子再吃。尽管如此艰苦，钱令希却感到很幸福。年底，他们的爱情结晶就在昆明出生了，他为长子取名为钱昆明，以示纪念。

1943年10月，内迁到贵州遵义的浙江大学工学院院长王国松教授向钱令希发出了热情的邀请。目前能在茅以昇这位举世闻名的桥梁专家麾下工作，他获益匪浅，但浙江大学素有"东方剑桥"之称，不仅名气大，更重要的是那里学术活跃，大师云集，有良好的学术环境，是个做学问的好地方，能够充分地研究自己钟爱的力学。因此，他欣然前往。

应该说，大山深处的遵义，本来就是个清苦的地方，又由于战争的原因，遵义的物质更为贫乏，住的是简陋民房，吃的是粗茶淡饭，用的是残损桌椅。但钱令希并不在乎，因为在浙江大学，他遇到了一批敬仰的学者，他享用了从未享用过的精神大餐，交流到了从未交流过的学术思想，他感到快乐无比。

浙江大学毕竟是内迁的，校舍是租借来的，学校的环境是相当艰苦的，仅仅算能有上课的地方而已。好在老师都是国家的学术精英，学生又都是满腔爱国热忱的才子。好在天上没有日军的飞机，地上没有兵匪添乱，在抗日战争最艰苦的阶段，这里就算是天堂了。

居住的地方简陋而脏乱，人气倒是旺得很。钱令希家的对面就是个杀猪坊，猪的惨叫声不绝于耳，小商小贩的叫卖声此起彼伏。

这地方似乎与学问无缘，然而，就是在这个地方，在这个嘈杂的环境中，钱令希让人惊奇地完成了他平生第一篇比较有分量的论文——《悬索桥的近似分析》。

在那段艰苦而又快乐的日子里，钱令希很感激的一个人就是校长竺可桢，是校长倡导了"求是"的学风，熏陶了整个浙大，让他有机会广交学术朋友，拜会许多老师。

每天早晨，钱令希总是约出几位同事，穿着竹布长衫，挂着根棍子，有时连袜子也不穿，一块儿到江边散步，边走边探索一些学术问题。到了晚上，他们避开住所嘈杂的环境，依然来到江边，交流做学问的经验和体会，有时兴致勃勃，竟聊到深夜。

浙大的家属们呢，干脆都打破了家的概念，谁家有了好吃的，把大家都请去；哪个孩子饿了，随便进一家就可以吃饭了。在某种意义上讲，浙大的生活方式接近"共产主义"的雏形了。

热闹的交流过后，夜已经深了。钱令希静下心来，在桐油盏下埋头钻研力学，潜心撰写论文，直至东方欲晓。入境时，猪的惨叫、商贩的叫卖，完全从他的耳旁滑过，他的心里只剩下了力学。

1948年，经当时内迁重庆的北平图书馆推荐，钱令希《悬索桥的近似分析》这篇论文在美国《土木工程学报》发表，引起大洋彼岸力学界震动，一个30岁刚出头的青年科学家的成就，得到了全世界力学界的公认。

三年后，也就是1951年，这篇论文获得了美国土木工程学会结构力学的莫采夫（Moiseff）奖。尽管朝鲜战争正酣，尽管中美两国关系交恶，可正常的学术交流并没有被完全禁止，钱令希完全有理由赴美国领奖。可是，他却写信拒绝了领奖，他用自己的声音抗议美国出兵朝鲜。

远离战火，偏安一隅的遵义，让钱令希有机会完全沉浸在学术之中，他拼命地汲取着各类知识，为突破未知的力学领域，做了大量的储备。1946年，当浙大迁回杭州之后，他开始了自己的收获期，也开始走进生命的黄金期。

在力学领域，德国学者恩格赛于1889年提出"余能理论"，很长时间没人能够给予证明。钱令希从中发现了奥秘，论证了余能的变分不仅可以表达结构的变形协调，并且不受物体虎克定律的限制。

1950年，这篇论文在《中国科学》上发表，这一突破性成果立刻引发中国力学界对变分原理的研究兴趣，并在国际上产生了一系列的重大影响。

除了这一得意的"作品"，钱令希还收获了另外两个得意的"作品"，那就是他的弟子胡海昌和潘家铮，这是他带出的最早的学生。

胡海昌得到钱令希的精心指导，开始钻研结构力学和弹性力学。特别是提前看到了"余能原理"的初稿，胡海昌喜爱得不得了。不久钱令希将其刻印出来，装订成了油印的小册子，赠给了学生，激励胡海昌以能量理论为核心，专心研究弹性力学。

得到了老师特殊重视的胡海昌，从此以后常把自己的工作比拟为水稻插秧，以此自勉、勉人，果真大有成就。毕业几年后，提出的三类变量变分原理（国际上称为"胡-鹫津原理"）奠定了力学界一项很重要的基本原理，胡氏亦成为国际力学界举足轻重的大师级人物。

后来，这两位学生都成了两院院士。

应该说，钱令希在浙大如日中天，他在这里畅快自由，年纪轻轻就备受关注，科研与教学成就令人瞩目，同事们更是亲如一家。每逢晚饭的时候，经常听到有人喊：钱先生，倪老师，别做饭了，过来一块儿吃吧。

倪晖不善做饭，钱令希的思绪完全在他的力学领域，也做不好饭，做饭成了他们家最大的问题。于是，他们经常走东家串西家，一方面省去了做饭的麻烦，另一方面在吃饭的时候，还多了层交流，孩子们呢，更是欢喜得不得了，有许多玩伴在一起，野得有些

"乐不思蜀"了，一听说在家吃饭，嘴噘得多高。

就连钱令希自己也想不到，这么好的学术与人文环境，他会离开这里。

那是1951年盛夏，土木系里来了个客人。客人来自大连工学院，名字叫屈伯川。这座大学成立仅仅两年，是伴随着东北解放成立的我党第一所正规大学。

几天过后，钱令希家就来了"不速之客"，就是在系里与他交流得十分融洽的屈院长。屈伯川不仅是饱学之士，也是久经沙场的老革命，多硬的仗都打过，他有信心请走钱令希。就这样，屈院长当起了三国时的刘备，恭敬地来到了钱令希的家。

一番说服没起作用，屈伯川便用起了兵法，那就是知己知彼，寻找钱令希心灵中最柔软的地方，那就是爱国主义的情感。那时候，钱令希还无法料到朝鲜战争会在什么时候结束，刚刚诞生的新中国与强大的美国对抗，战争必将是艰苦卓绝。大连作为抗美援朝的前线，更迫切地需要人才。他终于被屈伯川求贤若渴的真诚感动了，心思也活动了。

等到屈伯川"三顾茅庐"以诚相邀的时候，钱令希侃侃而谈地论起了在大连工学院发展力学的思路，那副样子，几乎是"未出茅庐，已知三分天下了"，只差没像隆中的卧龙先生那样，与"刘备"策马同行了。因为浙大的一些工作还没有做完，他为人做事的风格又是从来不留尾巴。

在屈伯川的翘首期盼中，1952年1月，钱令希风尘仆仆地来了。尽管钱令希把妻儿早早地送来，表示了自己的决心，但对于求贤若渴的屈伯川来说，那段时间也是度日如年，恐怕中途生变。

从此，这位学者从满头乌发到银发皓首，同这所大学同呼吸、共命运，一同走过了半个多世纪的风风雨雨。

整个50年代，钱令希忙成了一只陀螺，他把时间也换算成"最佳力学结构"，一分一秒都优化到工作中去了，分身有术地做着一件又一件关乎"大工"未来的事情。高强度的工作、一时难以适应的北方生活和严重的神经衰弱，压迫得钱令希喘不上来气，他经常成夜地失眠。时间剥茧抽丝一样，在抽掉钱令希的体重，直到一病不起。他被迫送到疗养院疗养时，只剩下了90斤。即使如此，他依然闲不住，并没有像个病人一样，整天躺在病床上，而是组织了一群疗养院里的伙伴，排演话剧，给自己找了许多高兴的事情去做，让身心放松下来，疗养结束时，病也就痊愈了。

到了60年代，钱令希培养出了一个又一个科学家，携手钟万勰的这段美谈，成为"大工"盛传不衰的佳话。

反右运动开始时，钟万勰被下放到北京郊区劳动。

正当别人对钟万勰避之不及、恐怕惹火烧身的时候，钱令希伸出一只温暖的手，把钟万勰拉到自己的身边，他也坦诚地对劝阻他的人说："这个年轻人，一头钻进科研里了，对党能有什么坏心眼儿?"

钱令希回到大连，迫不及待地向屈伯川院长提出把钟万勰调进来。对于求贤若渴的屈伯川来说，这也是天降的喜讯，"大工"就要群贤毕至，就是要把每一位学者的能力发挥到极限，否则，屈伯川院长不可能"三顾茅庐"地去请钱令希，也不可能把"大工"右派的人数压得微乎其微。

屈伯川很快就签下了调令。

1962年9月的一天清晨，从北京开出的火车到达了大连。

车上下来了一个年轻人，他深深地吸了几口大连的空气，感到格外的清新。这种清新的感觉，一方面来自大连的自然气候，另一方面来自这个年轻人的内心，他终于可以轻装上阵了。

钟万勰本想乘坐公交车去"大工"报到，出站口却站着一个翘首以待的人，当看到钟万勰时满脸都是春风，热切地迎了上来，那人就是钟万勰敬仰着的先生——钱令希。他没有想到，钱先生会大清早离开远在郊区的家，跑到车站亲自来接他，一路上的孤独与寂寞在一瞬间全部被情感融化了，只剩下感激的泪水在眼眶中盈动，他见到亲人了。

正像钱令希期待的那样，这棵好苗子果然苗壮地成长起来。就是在这种宽松条件下，钟万勰和钱先生密切合作，撰写了《论固体力学中的极限分析并建议一个一般变分原理》的论文，于1963年在《力学学报》和《中国科学》上发表，在力学界影响颇大。从那时起，钟万勰不断超越，不断进步，路越走越宽，成绩越来越显著。

30年之后，钟万勰当选为中国科学院院士，这是钱先生培养的第三位院士。每每谈到钟万勰，钱先生总是动情地说："多好哇，钟万勰的路子宽，干劲大，跑到我前面很远了。"

二

史无前例的"文化大革命"来了，很多有建树的专家学者都在劫难逃，就连延安时期的老革命屈伯川院长也不能幸免。钱令希被扣上"反动权威"的帽子，脖子上挂着个牌子，名字上被打了个红红的×，正在被红卫兵批斗，经常被叫到展览馆当解说员，解说自己的"罪孽深重"。钱先生怕自己的学生们吃亏，不断告诫他们不要尖刻，别当刺头，忍一忍海阔天高。

庙岭生产大队队长金孝发看到这一幕幕情景，心里打起了激灵，尽管那时他和钱先生并不认识，也不知道自己将要保护的人是名扬国内外的力学大师，凭着他朴素的情感，认定这个挨批斗的老师，一定是个能人，不能让他受罪。

于是，年仅30岁的金孝发，涌上来一股虎劲儿，愣是把钱先生从造反派手中要了下来，带到庙岭村去。

钱先生呢，顺势而行，遵循"识时务者为俊杰"之古训，到庙岭大队"接受贫下中农的再教育"去了。

事实上，金孝发用这种方式，把钱先生弄到村上保护了起来。

有一天，老金陪着钱先生散步，看到村里的社员差不多全部出去了，挑着担子，从山下的井中或小河沟里往山上挑水，浇灌那些果树。1967年的夏天也和这时候的人们一样，燥热不安，山上出现了少见的伏旱。于是，他们的眼前便呈现了抗旱的情景。

这时，老金对钱先生说："您能帮我干点活儿吗？"

钱先生问："什么活儿？"

老金说："我知道您是力学家，我看到'大工'那么多用过的生活用水，白白地流到海里了，多可惜，您帮我设计一个工程，把水引到山上来，我们利用一下浇果树。"

钱先生对面前的干旱看在眼里，急在心上，爽快地答应了。

不久，钱先生设计了一项水利工程，利用校园里用过的生活用水来灌溉果树。由于校园里埋设的排水管道经过学校南门，他在南门附近设计了一个水池，截住排往海里的废水，并在这个水池旁安装变压器和一台水泵。同时，他在庙岭小南山顶上也设计了大蓄水池，在两个水池间埋设管道，用水泵从校园内的水池一次性提水到山上的水池。这样，需要时只要打开山上水池的阀门，水就会往山下流淌，浇灌小南山上的5000多棵果树。

时隔不久，核潜艇工程办公室主任陈右铭建议起用钱令希。当时，核潜艇的研究遇到了壳体的强度、开孔和稳定性等技术难关，这是核潜艇的关键技术，直接影响潜艇能否在水底承受压力而不变形。

大家不约而同地想到一个人，那就是在大连被关进"牛棚"里的结构力学家钱令希。60年代初，苏联撤走了援华专家，艰难时期，钱先生和他的助手承担起了"潜艇结构锥、柱结合壳在静水压力下的稳定分析"任务，对于这方面的研究填补了国内的空白。

陈右铭于1967年7月来到大连。见到钱令希，陈右铭不禁潸然泪下。钱先生已经明显地消瘦和苍老了，才50岁出头就已经驼背了，脸上还出现了老年黑斑，一双眼睛是红的，可见受了多少磨难。

陈右铭有些后悔了，后悔自己不如早一点儿见总理，早一点儿把钱令希保护起来，免得遭受这么多罪。

钱令希紧紧握着陈右铭的手，久久地凝视着他，他简直不敢相信自己，这么个节骨眼上，自己的处境险恶，竟然有人不怕连累，拜访他这个"反动权威"来了。

看着钱先生彷徨而又犹豫的目光，陈右铭感到很意外，忙问："钱教授，难道你不认识我啦？"

钱令希摇摇头，如梦初醒般觉出了自己的失态，他忙解释："哎呀，陈主任，这个时候你怎么还敢来找我呀？快回去吧。"

陈右铭把同意他参加研究核潜艇绝密工程的事情告诉了钱令希。

钱令希异常激动，核潜艇是保卫祖国的重要装备，是现代战争不可或缺的筹码，能参与这项秘密研究，也是喜从天降啊，不管眼下的处境有多难，也要挺起腰杆，攻下难关。

人世间的事情往往就是这样令人啼笑皆非。这里刚刚领下绝密任务，那里却要开批斗会，勒令钱令希到图书馆去当管理员，继续现身说法地批判自己。

陈右铭一听就急了，转身去找学校的军管会。他对军管会主任说："今天下午，不能再批斗钱令希了，他要为国家的一项绝密工程开展工作。"

军管会主任向陈右铭要上级的红头文件或者是书信为凭证。

陈右铭说："来得匆忙，没来得及开具证明，我是这项绝密工程的负责人，错了我负责。"

军管会主任无奈，只得同意了。

于是，钱令希获得了初步的"解放"，他便趁热打铁，把钟万勰等"有问题"的青年教师也救了出来。

也算是苍天佑人吧。造反派突然从校园来到大连市内。校园立刻安静下来，钱先生抓住了这一天赐良机，带着钟万勰、林家浩两名助手，乘机回到办公室和实验室，摊开图纸，一张一张地细读起来。

可是，事情总是磕磕绊绊，正当攻关小组夜以继日地工作的时候，政治风浪还是把他们给裹挟进来。作为研究主力的钟万勰又一次被关进"牛棚"，研究小组面临解散的危险，可恶劣的环境仍阻挡不了他们完成国家赋予的使命的意志。

整个夏天，他们废寝忘食，夜以继日，马不停蹄，挥汗奋战，在没有任何参考书和计算工具的情况下，他们硬是凭着脑子中记下的公式，捡人家不要的废纸，进行公式推导。就连关在"牛棚"里的钟万勰，也完全沉浸在解决潜艇问题的思绪中，他以写思想汇报为由，钻进昏暗的小屋里，趁着看管不严之际，捡起用过的废纸，凭借小时候下围棋复盘练就的极好记忆功夫，前期推导的公式在脑中再现，用废纸的背面终于计算出潜艇结构的强度计算规则，掌握了这类壳体的有利和不利形式，并给出相应的理论和算法，完成了《腰鼓形壳体的稳定性问题》的论文。

那天，钟万勰从"牛棚"出来放风，他瞅准机会，迅速跑向钱令希，利用从钱先生身边擦身而过的一瞬间，把两张字条塞进先生的衣兜里，简单交代几句便匆忙离开。无须多言，彼此心照不宣。钱令希回去后，展开字条，细心阅读，他大喜过望，核心难题已经被钟万勰攻破了。钱先生几乎热泪盈眶了，处境如此艰难，钟万勰却依然能心无旁骛，还有什么困难能够压倒他们？钱先生以最快的速度，分析整理出一套结论性研究报告，为我国自行建造核潜艇计算出了潜艇结构的强度计算规则，研究出这类壳体的有利和不利形式，并给出相应的理论和算法。这些科技成果成功地应用于我国第一代核潜艇的研制，并被纳入国家设计规范。

可是，这些绝密级的技术文件放在哪里可确保安全呢？办公室肯定不行，所谓的保险柜也无险可保。钱先生发愁了，助手们也发愁了。

钱令希果断地做出决定，寄出去，寄到北京，寄给北京核潜艇工程有关单位！

1967年8月23日下午，炽热的阳光烘烤着大连的街巷，钱令希背着十几份包裹得严严实实的研究报告，汗流浃背地出现在邮局，他要用挂号的方式投寄。业务员没把这一堆厚厚的信件当成什么了不起的东西，也根本不知道这里面装着的图纸和资料涉及国家的安危，散漫地办理着业务。从邮局出来，钱先生心里空落落的，一方面是完成了一桩大事情的空落，另一方面是来自担心的空落，恐怕路途中给邮丢了。

真是万幸，就在那些学术报告寄出去的第二天，大连市的武斗升级了，再想搞科学研究，门都没有。钱先生长长叹息一声："此乃天意助我！"

峰回路转，1972年，被"批倒批臭"的钱令希，渐渐地香了起来，一度被人遗忘的"钱先生"这一称谓，又回到了他的身上。

"计算力学"是钱令希钟情已久的研究方向。谈起计算力学，还得归功于钱学森对他的启发。1955年，钱学森从美国回到祖国刚刚一个月，就来到东北考察，特意与钱令希谈论计算与力学的关系。钱学森预言，电子计算机将使科学工作从计算的困境中解放出来，如果把它运用到力学工作中，我们过去所视为畏途的计算困难将不在话下了。

钱先生从太极拳上得到了启发，想实现目标，有些时候就得学会打太极，学会以柔克刚。他就是用这种方式，为研究计算力学寻找到了一个最适宜发展的避风港，把那些骨干送出去，到外边厉兵秣马。而后来的发展也证明，这无疑是一次有深远意义的战略转移，我国的计算力学正是借此契机而逐渐赶上了世界的发展步伐。在"文革"期间，不能不说是奇迹。

钱先生又给身在逆境中的钟万勰寻找到了一个机会。他利用自己有限的一点儿影响，把钟万勰派到上海去探路了。

对于钟万勰来说，这又是一个天大的喜讯。

可是，整座上海，只有徐家汇的上海市计算中心有两台储存量分别为192KB和48KB的计算机，主要供军工项目之用。小分队一到上海就受阻了，他们这批"远方的客人"根本没有机会碰到计算机，更别说争取到上机的时间了。他们曾提出，无偿地给你们提供一些程序，可人家根本置之不理。

怎么办？直截了当地去争取，已经是不可能的事情了，当务之急就是设法在当地找到有影响的协作单位，通过他们争取上计算机的机会。但是，要说服工程界和小分队合作开展计算机的研究和应用却并非易事，在全国一流的建筑设计院，他们得到的回应是："我们用卡尼法手算几十年了，设计的房子不也没有倒吗？何必一定要用计算机呢？"

是呀，计算力学，在国外最发达的国家才开始有人运用，国内的人别说是运用，就是听都没听说过，很容易产生这种认识上的偏差。小分队没有办法了，给远在大连的钱令希打电话的腔调都变了。

"钱先生啊，人家不理我们，该怎么办哪？"

钱先生起身赶往上海，带着小分队成员，奔赴上海工业建筑设计院和上海市政工程设计院。钱先生非常客气地拜访了两个设计院的领导，滔滔不绝地讲起了应用计算机的优点和前景。正所谓"精诚所至，金石为开"，最先被打动的是那些对新事物饱含热情的年轻工程师，他们终于明白了计算机应用于力学会产生多么奇妙的效果，又帮钱先生说服了领导。于是，小分队以两个设计院的身份，争取到了上机操作的机会。

然而仅仅一个钟万勰，人才还远远不够，钱先生需要的是一个梯队。恰好1973年邓小平复出，提出要为著名专家学者配助手。对于爱才如命的钱先生，这可是个难得的机会，他绝不会错过的。他立刻提出要把程耿东、林家浩调回"大工"，当他的助手。

程耿东和林家浩都是因为家庭出身和社会关系问题，被下放了。钱先生对他们俩总是牵肠挂肚，一两个月不写封信，心里就放不下，他害怕两个人心灰意懒，总是给打气，让他们不要荒废了研究，要抓紧时间学习电子计算机知识。

当然，调动过程不可能是一帆风顺的。钱先生一直找上去，找到了一位在省里担任领导工作的老同志，反复介绍两位同志独特的才华，诚恳说明，这是工作的特殊需要。这位被打倒过、刚刚老中青"三结合"结合进来的老领导，心有余悸，原本不同意调人，被钱先生求贤若渴、锲而不舍的执着感动了，冒着再一次被打倒的危险，说服了方方面面，才让钱先生的心愿得以实现。

两个人刚刚到"大工"报到，钱先生便迫不及待地把他们送到了上海小分队，让他俩到小分队中锻炼。

1972年，国庆节就要到了，为了庆祝，上海市准备在市中心矗立一座电视塔。焊接完成了，如何完成整体吊装却成了难题，这么重大的吊装，在上海建设史上还未曾有过。能不能将电视塔竖起来？吊装的过程中间会不会断裂？没有人敢给出答案。有关人员找到了"大工"的上海小分队，请钟万勰帮助解决这一难题。钟万勰借助"群论"工具花了一个月左右的时间，画出了流程图，并在电子计算机上进行了非常精确的分析，解决了这个难题。

电视塔吊装那天，现场人山人海，大多数人是怀着好奇心来的，如此庞然大物，怎么才能竖起来？人海中的钟万勰也在紧张地观看安装的过程是否和他的计算吻合。从早晨到下午2时，上海电视塔按照计算的程序，吊装完毕，巨大的铁塔巍然耸立，直插云端，现场如潮的人群顿时欢呼雀跃。

钟万勰在解决这一实际问题的过程中发展了科学理论，后来写出的论文《群论在结构分析中的应用》获得了全国科学大会奖和国家自然科学奖。

小分队在上海引起了轰动，上海科学会堂组织了三次全国性的讲座，由钟万勰主讲。每次讲课都有数百名来自全国各地的工程技术人员参加，座无虚席。

小分队打响了中国计算力学的第一炮。

小分队离开上海时，上海方面深知今后计算机的用途会越来越广泛，他们投资100多万元又买了计算机，设备足足占据了好几间房子。

三

1973年，周恩来总理作出"三年改变港口面貌"的指示，国家把港口选定在了大连鲇鱼湾，作为大连新港。然而，我国经济状况极为困难，不仅原材料奇缺，资金又严重不足，既想少花钱，又想多办事，还要赶工期，怎么办？只能求助科学家，借科学家的头脑解决问题了。

1974年11月，钱先生领到这一任务，他深知，这个"既让马儿跑，又少给马吃草"的设计方案，着实让人头疼。

钱先生带着五名青年教师组成的课题小组，一遍又一遍地赶往远离大连市区百余里的鲇鱼湾。不管怎么勘测，从岸上到达能够停泊将近20万吨巨轮的深水处，只有两个方案，一个是动用大土方，填埋；另一个方案就是修海上栈桥。显然，移山填海地造出港口根本不现实，唯一的选择就是修建海上栈桥。

钱先生带领课题小组的青年教师，没日没夜地设计着最佳方案。然而，一个又一个方案都被否定了。想节省材料，就无法达到所规定的荷载；想达到荷载，又要消耗掉更多的钢材。那时，钱先生已经开始了工程结构优化设计的研究，他提出了一个方案，把所有的青年教师都惊呆了。

钱先生的方案是建一座"百米跨度空腹桁架全焊接钢栈桥"。

也就是说，这个设计方案主要是通过用于承载通油通水的管道和一个车道，将陆地与1公里外的油码头连通起来。这样，海里只需要9个桥墩，每个桥墩间距100米，不仅可以节约大量的钢筋混凝土，降低在大海中施工的难度，更重要的是，这个设计方案，最节省材料，也能缩短工期。

大家都不赞成这种设计方案，因为他们知道，20世纪30年代，曾在比利时阿尔培运河上有过几座这种桥。但是，那几座桥屡有事故发生，还酿成过灾祸，于是，政府下令拆除了，从此，这种设计方案不再流行，尤其是建造跨度较大的桥梁时，更没人敢冒这个风险了。

钱先生在比利时留学时，曾见过那几座桥，那几座桥确实漂亮，从力学上分析，从建筑美学上欣赏，确实是无可挑剔。全世界的力学家都知道，那桥有问题，可谁也没发现问题出在哪里，只是轻率地下了结论。

当钱先生决定采用"百米跨度空腹桁架全焊接钢栈桥"方案时，有人劝他："几十年没人采用这种设计方案了，何必去冒这个风险！"更何况，钱先生设计的桥还是30年代断裂桥两倍的跨度，等于给自己出了个大难题。

可是，除了这个办法，既要达到施工快、材料省的要求，又要符合受力合理、美观大方的高标准，已经没有其他的办法了。

最终确定下来的设计方案，就是颇有争议的"百米跨度空腹桁架全焊接钢栈桥"。在这个方案中，钱先生把结构力学发挥得淋漓尽致。对于桥跨结构的全焊、百米、拱形、空腹桁架这四大特点，他都是深思熟虑并胸有成竹的。以静载荷为主时，这种桥型就是最优化的结构，因此也是最轻型的结构，既节省钢材又美观大方。

然而，这毕竟是具体的工程，不仅仅是理论与数据，设计的理念与现实不能有任何差距，比如钢材的材质、焊接的材料、施工人员的素质，每一个细微之处，每一个环节的连接，都不能有丝毫差池，这一切的一切，都决定着设计的成败。为此，钱先生跑遍了大连10多家大型工厂，寻找到了所有扬长避短的办法。

本来，这些工作都可以由助手完成，钱先生之所以亲自去跑，是因为这个海上栈桥所有的施工难题，以及焊接的技术要领，他都可以直截了当地找到第一线的每一位具体工人，他要把每一个工人的智慧都调动出来，与他共同完成海上栈桥这一前所未有的工程，他相信，大连的焊接工人是最好的。是呀，从1952年到大连，20多年了，每每工厂里的工人遇到涉及工程力学方面的技术难题，首先想到的是找钱先生解决。而钱先生就像个高明的医生，总能手到病除，从根本上解决问题。比如，大连造船厂、机车车辆厂、起重机厂、重型机器厂、五二三厂等等，钱先生是他们的常客，那些劳模、工程师、"焊接大王""校正大王"，还有一些技术工人，一见面他都能叫出名字，还能一一把他们的技术特点说出来。

设计方案经过六次大的修改，最终敲定下来，中央和省里下了死命令，动员大连市一切力量，把栈桥码头建成，靠自己的力量建"争气港"。

钱先生把跑了10多个工厂要来的那些优秀的技术工人和经验丰富的老工人都集中起来，开始严格培训，亲自给那些焊接工人讲解焊接方法，把复杂的力学原理由浅入深地讲解出来。

建港大军从四面八方汇集到鲇鱼湾，原本供应条件很差的小渔村的民用物品顿显奇缺。淡水要到20公里外的金县去拉，而且仅够吃饭和饮用，洗脸水都特紧张，更别说洗澡了。蔬菜呢，要翻山越岭地到50公里外的大连市内去采购，而且还是限量供应。伙食定量每人每月3两油，半斤肉，吃上一碗饺子，就像过年一样。住的呢，是无法保暖的帐篷，而且拥挤不堪，工人只能共用一个被窝，倒班施工，轮流睡觉。

环境艰苦，上万人的施工队伍，即使给钱先生一些特殊待遇也好不到哪儿去。何况钱先生还离不开一线的焊接工人，他也把自己视为工人了，与他们同吃几分钱的咸菜，节约着喝每一杯水，住在冬天使人瑟瑟发抖、夏天蚊虫滋生的工棚。

有人劝他："钱先生啊，您是南方人，吃不惯东北的粗粮，细粮还是留给您吃吧。"

钱先生风趣地说："我早就是东北人了，吃不惯细粮。"

那些工人见到他们尊敬的科学家如此的简朴，如此的平易近人，似乎天然就是他们中间的一员，心中敬意油然而生，仿佛钱先生就是自己的父亲，心里话找他去说，心里有难解的疙瘩，求他给解。

尽管钱先生对每一名焊工都十分放心，可他依然坚持着责任到人，每一道焊缝都记录下焊工的名字。有时，工人在焊接的过程中对焊法有所改进，能起到更好的受力作用，达到更结实的牢固程度，钱先生便高兴得像个孩子，闪亮的眼睛盯着那名工人，虚心地听工人讲解，然后，向整个工地的焊工推广。

第一组钢桥终于制造出来了，但怎样试验、怎样计算钢桥的荷载能力却是难题。钢桥这么长这么高，怎么检验？小问题难倒了大科学家。还是工人有实践经验，工人建议钱先生用水箱装水负载，便能解决这个问题。

钱先生笑了，是呀，这么简单的问题，古时候曹冲称象的时候，就已经解决了，何不把这个原理重新运用一次呢？

于是，大家忙碌着调动水泵，找来了测试仪器，负载上水箱，开始注水加压。最后测试的结果每一跨的总荷载为840吨，再察看钢桥的刚度和强度，已经超过了设计的要求。一颗悬着的心总算落下来了，世界上第一座真正的"百米跨度空腹桁架全焊接钢栈桥"即将诞生了。

建桥总指挥部高兴得不得了，马上举行庆功宴会，宴请了包括学生在内的全体设计人员和施工人员，还有交通部和大连市的领导，他们被钱先生的能力和精神深深地折服了，中国人终于敢在全世界人面前再竖立起一个第一了。

试验成功了，工人们马不停蹄地准备吊装。

那一天是1975年8月5日，虽然钱先生已经把海上整体吊装的架桥方案制定得很详尽了，但安装这样的庞然大物，毕竟是第一次，大家心里依然没有底，因为这样的工程谁也没做过，根本没有经验。

第一次组装，大家都很紧张，就连钱先生也不例外。吊装的前几天，钱先生和设计组在一起，趴在图板上反复地画图示范，吊装的头一天晚上，钱先生一宿未眠，蹲在工地上与工人在一起做准备工作。而在此之前，他已经病了，组装前这二十几天，没日没夜地在工地折腾，每天要解决数不清的问题，别说是花甲老人，就是年轻人也是吃不消哇，不生病才怪呢。可是，吊装是栈桥建设中的最重要的环节，如果吊装失败，整个建港的大会战，就会前功尽弃。

按照潮汐预测，吊装这一天的上午，正赶上天文大潮，借着这个高潮位，能减少很多组装的麻烦。第一座吊装的钢桥选择了第四跨，钱先生之所以做出如此决策，是因为第四跨在中间位置，能够为以后的组装总结出更全面的经验。

这天早上，钱先生怀着和大家同样的心情守候在海边。然而，老天不遂人愿，天亮以后，海上刮起了大风，已经悬在浮吊上的钢桥在大风中左右摇摆，就是不听使唤。大家的心都吊到了嗓子眼儿，恐怕出现问题。

问题还是出现了，一根承担吊装的辅助钢柱咔嚓一下子，齐齐地折断了，吊装立刻暂停下来。好在那根钢柱与钢梁的受力无关，可是如此庞然大物，在风中摇摆，稍不小心，就会撞到桥墩上。刚才那根断了的钢柱只是个小问题，如果撞坏桥墩，麻烦可就大了，整个工程就要停工了。

怎么才能让钢桥在空中不再摇摆，钱先生向工人求教，工人成天工作在生产建设的第一线，他们有经验，有智慧。工人们想出了百试不爽的笨办法，实行人海战术，在钢梁上拴无数条绳子，靠人力稳住钢梁，再让浮吊将钢梁落在桥墩之上。

于是，就在这人海战术中，钢梁一点儿一点儿地移到了桥墩之上，在接近中午的时候，才稳稳地落实。

第二个钢梁安装在第三跨上，时间已经推迟到9月4日了。此前，钱先生设计了四个小板凳，焊接在钢梁之下，每个小板凳拉出四根钢丝，固定在不同方位，以减少遇到海风时的摇摆，他又在钢梁上加了八个斜拉杆来增强稳定性。这些安装附属物，本来没有给钢梁增加过多的荷载，可细心的钱先生还是拿出计算尺，左拉右拉着，计算出了结果，才肯组织施工。

本来已经万无一失了，安装的前一天晚上，钱先生还是不放心，他推测出后焊接上的斜拉杆很可能和浮吊上的钢丝绳碰上，时间久了，撞断了就会产生新的麻烦。为了防患于未然，那一晚，钱先生又没睡，和工人们一道，给那几根斜拉杆缠上了胶皮垫。

第二天的安装，顺利得毫无悬念。

一个月之后，九跨钢桥全部吊装完成，栈桥码头水上主体工程告捷。

这是一个当时国内尚无先例的成功的工程设计，整个工程仅用了不到一年的时间，它节省材料，受力合理，使用方便，美观大方。栈桥建成之日，那全长近1公里的九跨拱形钢结构长桥飞架在蓝天碧海之间，气势甚是雄伟壮观，赢得了中外工程界的称赞。

现在，栈桥已在海上服务34年了，依然完好如初，是大连一道亮丽的风景线。大连新港工程投产后，仅三年半就收回了建港的全部投资，它每年出口原油占全国总出口量的90%以上。这项工程荣获全国科学大会奖和70年代国家优秀设计奖。设计小组编写的《全焊空腹桁架钢桥》一书于1982年由人民交通出版社出版。

有一年，油码头因为意外，突然燃起了一把大火，要知道，如果殃及原油管线，或者是储存着原油的地方，那可是了不得的事情，整个码头就完全被毁了。栈桥仅仅8米宽，设计通过车辆的载重是8吨，可是，要想灭掉大火，仅仅一辆消防车是远远不够的。迫不得已，两辆消防车一同开进了栈桥，载重已经超过了16吨。直至大火被扑灭，栈桥毫发未损。

四

1978年3月18日，是钱先生一生难以忘怀的日子，中华大地终于迎来了科学的春天。这一天，全国科学大会召开了，钱先生作为大会的代表和受奖者坐在台下，认真地聆听邓小平的讲话。

在这次大会上，还有一个惊喜让钱先生兴奋不已，那就是大连工学院受到大会嘉奖的四项力学成果中，钟万勰在三项中发挥了重要作用。颁奖那天晚上，又是钱先生的一个不眠之夜，他奋笔疾书，连夜向学校党委写信报捷，介绍在科学大会上钟万勰的获奖情况。

从北京开完全国科学大会，回到"大工"，钱先生完全忘记了自己的年龄，他给自己减去了10岁，要把过去没机会做成的一切统统追回来。

全国科学大学结束不久，召开了全国力学规划会，钱先生前瞻性的阐释说服和感动了大家，计算力学这才作为力学发展方向之一，列入国家规划。更重要的是，大家通过大型组合程序JIGFEX，明晰地看到了计算力学将给房屋、桥梁、造船、航天、机械制造等各个领域，带来本质性的飞跃。

改革开放至今，我们放眼望去，城市高楼林立，原野桥梁跨越、江河大坝横拦，还有标志着我们大国地位的入海潜艇、升空飞船，哪一项不是计算力学为科技发展安上了腾飞的翅膀？

钱先生深知，一个学科的发展，需要众多学科的支撑。因此，他需要自己的团队，一个学识渊博、思维敏捷、触类旁通、兼收并蓄的团队。

为此，钱先生将一批又一批人才，公派到国外学习。

众所周知，改革开放之初，我国科技人员的待遇与西方国家相比，差距是天壤之别，公派留学的，回国率很低。

然而，钱先生派出去的留学人员，没有留在国外的，全都回到了"大工"，回到了他的身边。有人弄不明白，为什么钱先生派出去的都能回来，笔者也曾带着这个疑问采访过一些老师。

他们的回答让笔者感到震惊，他们的表情告诉了笔者，这不应该是个疑问。他们告诉我，他们从离开祖国的那天起，从来就没想过留在国外，他们的心里装满了钱先生的嘱托。因为每个人的留学去向，都是钱先生思考了好久才定下来的，留学的名额太有限了，想让每个人在短暂的国外学习期间得到最大的收获，钱先生确实是煞费苦心。公派出去学什么，到哪个地方去学，拜哪所大学的学者为师，还有哪些需要突破，钱先生早就在心中想好了，不待大家说出口，他已经替大家说出来了。

难怪大家说，钱先生懂得他的学生，超过他们的父母。

是呀，他们留学国外的日子里，有的学生收到钱先生的信，比他们的父母多。他们留学在国外，钱先生把他们的父母和家属当成自己的亲人一般对待。谁家有什么难题，钱先生一手帮助解决。他只图他们在国外学到真本事。

钱先生的高尚人格，钱先生对事业的执着，钱先生的大师风范，深深感染着他们。他们觉得自己就像是钱先生放飞的风筝，恐怕断了线，迷失了方向。钱先生已经成了他们的根，无论他们在哪里，那些弟子谁也不想离开这位像他们父亲一样的钱先生。

当历史的脚步迈进20世纪80年代，钱先生又像拧紧了发条的时钟一样，昼夜不停地忙碌着，工作时间自然不必说了，每逢夜晚来临，他们家的客厅便成了会议室，天天高朋满座。学生、同事、社会贤达以及工人、农民等等，钱先生各个时期的朋友，纷至沓来，或叙旧或讨教或请先生办事，抑或就想看一眼钱先生，坐在一角当旁听生，倾听钱先生的侃侃而谈便心满意足了。

细心的人也许会发现，钱先生有一个别人无法相信的"习惯"，他家的门24小时不上锁，只要肯推门，谁想进他家，随时都可以。

子夜，"曲终人散"，钱先生却伏案疾书，将所有的思路与想法记录下来，或者将新的发现向更深的领域探索。写累了，伏窗向外瞭望，发现谁家的窗子还亮着灯，钱先生还心疼地给人家打电话，劝人家别太累了，要注意休息，注意身体。

这就是我们的钱先生，对自己的家，常常是"大甩手"，对别人呢，却是"爱操心"。

那几年，钱先生虽然很忙很累，却很充实，很快乐。

1981年至1985年，钱先生接替屈伯川，担任大连工学院第二任院长，更是忙得不可开交。可钱先生利用统筹法，"大工"的大事小情，他处理得妥妥当当，各方面的业务打理得井井有条，手里头的科研课题一刻也没有耽搁。反倒因为他在国际力学界的影响，增强了"大工"与世界的交流，让"大工"与世界接轨。

那期间，钱先生在《人民教育》上发表一篇文章，题目取自宋代理学家朱熹的诗句"为有源头活水来"。传达出了他的办学理念：高等学校的教学与科研是相辅相成的，不开展科学研究，教学便是静水，活不起来。科学研究要注意在理论和实际结合上找动力和方向，切实面向经济建设，面向现代化建设。

在这种理念的支撑下，钱先生的教学、科学研究、学校管理、工程服务，几项大事齐头并进，忙得是不可开交。

工作如此忙碌，又成了"大工"院长，休息成了一种奢侈，钱先生也该闭门谢客了。可钱先生依然如故，屋门不锁，大门洞开，门槛喜迎八方客，沙发落座四面友，家里客厅依旧天天人满为患，先生不知疲倦，依旧谈笑风生，每天要送走一拨又一拨客人。

每天的话题都是那么多，可所有话题的核心其实只有两点：一个是人才，另一个是科技。钱先生继承了"大工"首任院长屈伯川求贤若渴的劲头，甚至比屈院长还要"狠"。科教兴国是立国之策，"大工"要发展，没有人才怎能行，他要把人才和科技牢牢地焊接在一起，让人尽其才，才尽其用。

1984年春，林安西当上"大工"副院长的头一天，钱先生就把他派出去，执行一项艰巨的任务，让他把著名数学家徐利治的工作关系从吉林大学办过来。尽管钱先生做了许多前期准备工作，林安西还是费了一番周折，才将徐利治调到"大工"。就像30年前钱先生来"大工"一样，徐利治来校后，在他的身边又形成了一个数学圈子，聚集了一批人才，使应用数学系得到长足发展，为今天数学科学学院的成立奠定了基础。

齐康院士是国内著名的建筑学家，钱先生在北京开会的时候见到了齐康院士，并邀请他来校工作。齐康院士很敬仰钱先生的学识，也很钦佩钱先生的人格，便欣然接受。钱先生唯恐生变，让陪同他来北京的林安西副院长立刻落实。齐康院士到校后，组建了建筑系，培养了一批博士生，今天建筑与艺术学院的诞生与齐康院士来校后的工作密不可分。获得鲁班奖的"大工"标志性建筑伯川图书馆和大连市贝壳博物馆的设计都是齐康院士的杰作。

虽然角色变了，但钱先生向计算力学更高目标迈进的步伐一丝没有减缓，反倒因为职务的变化，凝聚了更多的力量，发挥了更多人的作用。

1981年，钱先生开始领导开发DDDU系统（D、D、D、U是多单元、多工况、多约束、优化的汉语拼音缩写和音译），这是一种结构优化设计。它把力学概念同数学规划方法相结合，成功地克服了一些传统难点，被房屋、道桥、水利、机械、船舶、汽车、火车、航空、航天、通信、海洋、核工业等广泛应用，能把科学技术直接转换为生产力。1985年这项成果获得国家科技进步奖。

由于钱先生倡导计算力学，在全国产生了良好的影响，更由于他在科技界崇高的道德风尚和治学精神，在1982年召开的中国力学学会大会上，经过原理事长钱学森的推荐，大家一致选举他担任第二届中国力学学会理事长。钱学森做推荐时说："钱令希教授紧跟时代的步伐，及时更新知识，走到了前面。我表示十分钦佩！"

经过20多年的努力，钱先生在"大工"已经带出了三代享誉海内外的力学家：即20世纪60年代初以钟万勰为领军人物的第一代力学家、70年代以程耿东为领军人物的第二代力学家，以及80年代后期以顾元宪为领军人物的新生代力学家。

时间进入20世纪90年代，钱先生已经做了"大工"顾问好几年了，也不再担任全国人大代表了。他从烦冗的事务性工作中解脱出来。按理说，他早已年逾古稀，应该安享晚年了，可是，他一如既往地关心力学的发展、高校的发展和人才的成长。

可以说，从古稀之年走向耄耋之年的这10年间，钱先生如同灿烂的晚霞，生命的价值显得更加成熟、更加睿智、更加辉煌。

"大工"年轻的教授岳前进在回忆中说：他从事海冰研究十余年了，若说略有所成，实得益于钱先生的精心培养。从开始的研究方向，到后来申请国家自然科学重点基金，以及后来的项目执行，处处都留有钱先生的心血和汗水。

施浒立，一个特殊型的人才，本科读的是机械工程，硕士研究的是电子工程，而读博士的时候，慕名而来，偏要跟着钱先生学计算力学。从年幼入学，到成为中国自己培养的第一位双科博士，经历了漫漫40年，这需要何等远大的志向和坚韧的毅力。是钱先生的理念支撑着他，"终身努力，便成天才"。现在，施浒立是国家天文台天文导航首席研究员。

吴承伟，从机械专业转向力学，有些摸不清方向，在钱先生的点拨下，他把力学与机械结合，做交叉研究。1994年年底，吴承伟的爱人带着孩子准备去美国探望正在留学的他，临行时，母女二人去看望钱先生。钱先生说了一些进关时的注意事项，还一再叮嘱在孩子内衣上系一个卡片，写明美国亲人的联系电话、地址和中国亲人的联系电话和地址，以防孩子走失。这件事吴承伟和爱人一生难以忘怀。3年过后，吴承伟决定返回祖国，美国的项目老板非常吃惊，以为嫌待遇低，一味往上加薪，试图留住他。吴承伟以父母年迈需要照顾为名，回到了钱先生的身边。

耄耋之年的钱先生，从没认为自己是个老年人，他身体中的青春之火还在旺盛地燃烧着，他依然让自己生命的每一天都充满意义。他知道，在知识爆炸的年代，自己的学生已经跑到他的前边去了，可是在工程实践上，他还有饱满的余热，有别人无法匹敌的实践经验，还可以解决工程中的具体困难。

北良集团的总工程师浦历生，是20世纪70年代修建鲇鱼湾码头跨海栈桥时与钱先生建立下友谊的。30多年来，只要涉及港口的工程问题，不论多忙，钱先生是每求必应。1999年，钱先生已经是八十有三了，浦历生又一次找到了钱先生。"北良大型国家储备粮库筒仓结构加固工程"的施工出现了问题，钱先生并不满足于图纸的审阅与工程师的介绍，沿着陡峭的临时扶梯，一步一步地爬上50多米高的仓顶，仔细查看着，最后拿出了最佳改进方案。

在粮食的装仓过程中，又有一个难题难住浦历生。粮食从50米高空落下，总会有一部分被摔碎，便又去请教钱先生。即使是80多岁了，钱先生的头脑依然像年轻人一样聪慧和敏捷，他利用力学原理，提出了一个消能的方法，即在筒仓中设置一些遮板，缓冲粮食在装仓过程中的碰撞。钱先生的思路，让浦历生茅塞顿开。

钱先生的儿子钱昆明回忆道：有一次出差，听到了上铺的人正在热火朝天地议论自己的父亲。原来他们都是"大工"的老师，但他们之间却互不认识。他们正在绘声绘色讲，钱先生路过一个工地，看见那里有个起重机，觉得不对劲，突然停下来，找到一个负责人，对人家说，你们用的那个塔吊设计不合理，应该改进一下，随后，便一一指出问题。负责人恍然大悟，在钱先生的指导下，将毛病一一解决掉了，塔吊运用得更加灵便了。

一般来说，科学家在人们的印象中，似乎只有严谨和刻板，而钱先生则不然，思考问题时，他严谨认真，日常生活中，他却机智开朗，活泼幽默。

女儿不喜欢看钱先生的长眼皮，耷拉得已经影响视线了，多少次都建议父亲做个美容，割掉算了。钱先生则用力地挑起眼皮，露出了明亮的眼神，说，这才是本真的我呢。再劝，钱先生依然摇头不允，偶尔幽默地告诉女儿，他喜欢闭着眼睛思考问题。

钱先生很少到街上买东西，即使去买东西，他到了地方就买，买的都是最贵的。有时，女儿就责备他，爸，你让人家骗了。钱先生老是否定，说是一分钱一分货嘛。许多年前电视机刚刚流行，钱先生到了家具市场，进门就掏钱，买下一个电视柜就走。女儿说，爸，这又是最差的。钱先生却说，电视装进去，能看就行了，我买的是功能。

是呀，钱先生喜欢简单，他说，生活要简单，思想要丰富。喜欢简单的他，把自己的名字和一双儿女的名字都简单化了，简单得一看名字就知道在哪儿出生的。

乐观是钱先生一贯的生活态度，有人询问钱先生健康长寿的秘诀，钱先生编写了《四乐歌》，经常送给来探望他的人，他说："工作奉献求乐、处事助人为乐、生活知足常乐、闲暇自得其乐。"

钱先生能够长寿，还有一个秘籍，那就是"基本吃素，坚持走路"。钱先生喜欢体育运动，每天早晨上班，从家里出发，他故意绕到学校院内的花果山，走上一圈儿，再爬上教学楼，即使是90岁高龄，仍然健步如飞。即使是过了"米"字大寿（88岁），有朋友来探望，他也握住对方的手，问对方感没感觉到力量。

这就是钱先生，乐观而又童心不泯，即使是患病住进了医院也是如此。

五

死亡虽然是一个让人忌讳的话题，又是每一个人无法回避的问题。

2004年4月，沙尘暴袭击了大连，钱先生在沙尘暴中艰难地行走着，忽然间，他不由自主地向右偏过去，幸好被同行者抱住。站了一会儿，钱先生恢复了过来，又可以往前走了。走到实验室时，他仰头看墙上高处的资料，忽然站立不住，又要向右转，这一次又被人抱住，原地停顿了一会儿就没有事了。

钱先生感到奇怪，自己怎么总是这样反反复复又无法自控地向右旋转？应该到医院检查一下了。于是，钱先生去了位于大连的中国医科大学老年病院体检，做了脑部CT检查，报告的结果说3年前钱先生脑子里的小白点有较大发展，有患有胶质瘤的可能。这只是医生的推断，要想得到准确的结果，需要进一步检查。

进一步的检查就是使用核磁共振，最后不仅确诊了钱先生确实患上了脑胶质瘤，而且瘤体时刻威胁着大脑的功能。钱先生的身体之所以经常向右偏转，就是受病灶的影响。

那一段日子里，钱先生上网查资料，搜集治病的方案与注意事项，询问相关医生，一直在积极寻找治疗方法，并尽力调整自己的心态，让自己平静。他指着自己的头问医生："这种手术，会不会让它糊涂？"这是钱先生最关切的问题，他的头脑是用来思考的，一旦不能思考，留下生命还有何意义。

手术之前，长达半年的时间里，钱先生没有把自己当成患者，而把自己当成治疗的积极参与者，与医生一块研究治疗方案，一块打败潜伏在他脑袋里的病魔。

人们关心他，看望他，他反倒安慰别人说："人的一生，风风雨雨，什么事情都能遇到，要坚持以积极向上的追求精神和愉快乐观的态度对待生活，坚持过好每一天。"

经过科学的对照与权衡，钱先生做出了选择，决定去北京做手术。

有许多人不同意钱先生做手术，主张保守疗法，他们担心钱先生这么大年龄了，承受不了手术，万一下不了手术台怎么办？即使手术成功了，术后康复也是个大问题。

尽管钱先生很明白所面临着的风险，可他不怕，他需要清晰的头脑、健康的身体，这种风险值得一冒。更重要的是，对妻子倪晖，钱先生实在是放心不下，妻子的糖尿病已经到了晚期，神志不清瘫痪在床3年多了，每天需要他和保姆不断地给她翻身，以防生了褥疮，需要钱先生一口一口地喂饭，维持身体所需。妻子照顾他一辈子，现在已病入膏肓，他要陪好老伴最后一程。钱先生害怕自己得了阿尔茨海默病，或者是走到老伴的前边去，他要趁着有生之年，多还一些欠下老伴的债，多尽一些丈夫的责任。

临行时，钱先生手写了一份日程计划，让秘书武金瑛打印出来，他们人手一份，一块按计划消灭敌人。日程表上这样写着：11月22日出发赴京治疗，11月23日完成各项检查，11月24日进行手术，11月28日钱令希等一行人胜利返回大连。

也许是钱先生有预感，也许是钱先生总会用科学的办法安排一切。到北京治疗期间，差不多一切都是按照钱先生的日程表进行着，只是手术的日子延迟了一天，因此，出院的日子也顺延了一天。手术采用的是内放疗与外放疗微创相结合的方法，术后情况良好。

钱先生之所以如此精确地计算着每一天，是因为他时刻惦记着卧病在床的老伴，他期盼着早一点儿回来，帮老伴翻身，喂老伴吃饭，陪老伴说话，推老伴出来晒太阳。

出院回大连的途中，钱先生高兴得像个孩子了，手术没有留下后遗症，他恢复得很好，又是从前那个很健康的老头儿了。

终于回到了大连，回到了老伴的身旁，尽管老伴没有多少反应，钱先生依然很高兴，向老伴倾诉着自己的治疗过程。第二天一早，钱先生便给海军总医院写出了一封感谢信：我自11月29日出院后，身体感觉很好！现在虽走路略有困难，但饮食正常，思维清晰，心情愉快，不久便可恢复健康。现我单位领导满意，家人高兴，天伦之乐亦将伴我。念及此，心里尤为感谢海军医院的各位领导和同志们。

然而，钱先生没有想到，回到大连还不到一个月，老伴的病情急转直下。

2004年12月27日下午3时，陪伴着钱先生走过了63年风雨的倪晖老师，走完了自己的生命历程，撒手离开了钱先生。尽管钱先生知道这是人生必然的规律，可他却无法接受这个事实。

钱先生什么都能够面对，可他无法面对亲人的离去。

本来，病人去世后，遗体马上就应该运到太平间，钱先生却死活不同意，为的是再多陪一会儿爱妻。直至第二天，钱先生才勉强同意。

因为年龄，也是出于身体的原因，大家不让钱先生参加老伴的遗体告别仪式。当载着老伴骨灰的灵车缓缓启动的时候，钱先生死死拉着车门，泣不成声，说什么也不肯让灵车走。他不相信他的倪晖会抛下他，独自到另一个世界去。

妻子下葬后，钱先生为爱妻守灵七七四十九天，他身边的人无不为之动容。

正当钱先生的身体渐渐恢复过来之时，又一个消息晴天霹雳般砸向了钱先生。2005年5月30日，他最钟爱的学生、晚年的弟子、"大工"工程力学系主任顾元宪，在巴西里约热内卢参加第六届国际结构与多学科优化学术大会时心脏病突发，因公殉职，年仅51岁。

对于钱先生来说，顾元宪的辞世，不啻老年丧子。早在1982年，钱先生就发现了顾元宪这棵好苗子，带着他读完了硕士研究生，毕业后便把他留校任教。仅仅十几年，顾元宪就成了力学界一颗耀眼的新星，成为国家"百千万人才工程"第一、二层次首批入选者，教育部"长江学者奖励计划"首批特聘教授，被评为国家有突出贡献中青年专家。他主持过国家自然科学基金重点项目、国家"973计划""863计划"项目、海外青年学者合作研究基金等一批科研课题。他获得过全国五一劳动奖章，当选全国先进工作者，受到过胡锦涛等党和国家领导人的接见。

他以对科学近乎神圣的膜拜，不断追求优化的人生，并以自己的成果和献身科学的壮举优化了我们的生活和我们的心灵。

6月4日，国际结构与多学科优化学术大会的闭幕式上，破例奏响了雄壮的中华人民共和国国歌，向这位英年早逝的科学家顾元宪致以最高的敬意。

钱先生惊闻噩耗，难掩心中悲痛。在病房里，许久不曾写毛笔字的钱先生让秘书武金瑛摆好笔墨纸砚，老人泪洒衣襟，为爱徒的离去写了一幅字："冲锋陷阵，创新立业，尊称一代领军人物。"也许是因为生病，也许是因为过度的悲伤，钱先生握笔的手颤抖着，他很生气地写了扔掉，再写，再扔……

从此以后，钱先生再也不提毛笔了，这幅字，也就成了钱先生的绝笔。从此以后，钱先生元气大伤，在人们的视线中，他眼中多了几分忧郁，少了几分爽朗。

经历过两次生死离别，钱先生的身体每况愈下，脑水肿恶魔一般如影随形，他的活动范围越来越狭窄了，从家里到医院，从医院到家里，反反复复，往往是从医院出来已经能够正常行走了，可没过几天，又因为不由自主的旋转与眩晕，又住进了医院。

秘书武金瑛就这样跟随着钱先生家里医院不停地往返。有一次，钱先生又住院了，武金瑛去看望他。进了门，钱先生就问："你是谁呀？"武金瑛吓了一跳，以为先生病得连人都不认识了，连忙说："我是小武哇，您不认识我了吗？"

钱先生佯装认真地说："你不是小五，你是小六。"

说完，钱先生便哈哈大笑，武金瑛这才放下心来，原来先生是开玩笑。

是呀，先生天天躺在病床上，肯定会特别烦躁的，他是用幽默风趣的乐观对抗病魔，感染别人呢。

钟万勰院士来了，来医院看望钱先生。钱先生用期待的眼光看着钟万勰："不知我的《余能理论》在今天能否站得住脚？"钟万勰明白，钱先生是在考虑自己能为后人留下点儿什么。

程耿东院士来了，来医院看望钱先生。钱先生只说一句话："我还能做点儿什么？"说这话时，钱先生的眼神中充满着渴望，一方面，先生面对病痛的折磨表现出了无奈和痛苦；另一方面，先生还在用他的坚强诉说，即使明天死了，我今天也要活得有意义。

爱因斯坦受聘于美国普林斯顿大学时，学校给他丰厚的年薪，爱因斯坦却诚心诚意地请求校方：能否少给些？面对人们疑惑的目光，他解释说，科学探索需要的是一种简单的动机。越是简单的生活越有利于科学研究，任何多余的东西都会成为生活的包袱。

钱先生说，我姓钱，但我不爱钱。

精神财富是钱先生留下的最重要的财富，它是那样的丰富和广博。

1993年，钱先生倡导成立了"大连理工大学钱令希力学奖励基金会"。钱先生在弥留之际，立下遗嘱，留下相当可观的一笔钱，赠予基金会。

钱先生去世后，先生的子女将先生珍藏的书籍、笔记，包括珍贵的英文文献，以及来往信件、收藏的字画、奖章证书等珍贵的资料，作为文化遗产，全部赠送给学校的档案馆。他们说，先生不只是我们家的，更是祖国的。

对于长年照顾钱先生的两位保姆，他没有忘记。他在遗嘱中叮嘱，从遗产中专门拿出一部分赠予她们，对她们的付出表示感谢。

2007年，钱先生的病情加重，走路都变得困难了

2008年10月，钱先生被送进危重病房，从此便经常陷入昏迷。

2009年4月20日10时01分，钱先生在安详中溘然长逝，享年93岁。

雁过不留声，风过水无痕。钱先生用自己的博大与宽容，仁爱与睿智，走完了自己坎坷而又安静的一生。

四年前，钱先生已经为自己写好了墓志铭，简单得只有一行字：钱令希，中国科学院资深院士，大连理工大学教授。

云山苍苍，江水泱泱，先生之风，山高水长！

少年杨利伟

——记中国首位航天英雄的成长之路

　　巍峨的燕山余脉下，清澈而又宽阔的六股河畔，有一个美丽的小城，这个小城的条条街道上，漂亮别致充满现代气息的楼房比比皆是，街道上车辆川流不息。这个小城是关内外商品的集散地，街两旁商贾云集，交易不断。夜晚来临，小城到处霓虹闪烁，逛夜市的姑娘小伙、自娱自乐扭秧歌的老头儿老太太，让小城成了一座不夜城。

　　小城自有小城的特点。久负盛名，皮薄汁多肉甜的大白梨，让许多外国人知道了小城的名字，还有苹果、河鱼、海蟹滋味也是非比一般。秦始皇喜欢这里，修了碣石行宫；曹操热爱这里，留下千古绝句"东临碣石，以观沧海"，抒发英雄情怀。这里更是兵家必争之地，无论是明末的李自成和吴三桂的一片石大战，还是民国年间的直奉大战，以及阻止日寇入关，解放战争初期，共产党军队挺进东北，历次大的社会变革，都与小城外的世界文化遗产——水上长城九门口不无关系。

　　这个小城，自古以来就是英雄辈出，然而，无论哪个英雄都没有我们的航天英雄杨利伟更受瞩目。

　　现在，让我告诉你吧，这个小城，就是杨利伟的家乡，辽宁省葫芦岛市绥中县。

天性沉稳

1965年，绥中还是个陈旧的小城，不像如今这样高楼林立、商铺满街。那时的绥中，只有纵横有数的几条街道，街道两旁尽是些低矮的平房，街面上别说是轿车，就是拖拉机也不多见。

这一年的6月，绥中县西关街215号，一座普通的老宅院里，一个孩子降生了。那个孩子响亮地啼哭几声之后，就不哭了，小手小脚动起来没完。生他的那位年轻的女教师，抱起这个孩子，怜爱个没完，虽然她已经有个女儿了，但再有一个儿子她就更开心了。

一年多后，这位姓魏的年轻女教师，抱着一个咿呀学语的男孩儿，和几位老师带着学生去北京办事。

魏老师把小利伟交给了她住宿那个学校的一名陌生老师。天刚蒙蒙亮，师生就要去忙事情了，临走时，魏老师给小利伟扔下了一袋饼干。

一路上，教师和同学们都担心那个陌生老师照顾不好小利伟。魏老师却相信，这个世界上大多数人是善良的，孩子不会出问题。

小利伟超强的心理素质，大概是母亲遗传的，好像天生就不知道害怕。那一天，从天不亮到日落西山，小利伟和陌生老师说东道西，跑前跑后，玩得特愉快，不哭不闹也没有找妈妈。傍晚，师生回来了，看到小利伟还在活泼地玩耍，一颗悬着的心总算落下了。

这位老师看到魏老师，一脸的惊异："你家的孩子，奇了，才一两岁，就能独立地做事情。"

有个老师插上一句："这孩子，真是干大事的，怎么不懂得害怕。"

这句不经意的话，却在若干年后得到了证实。

小利伟的四季

"文革"期间，双职工的家庭，父母下班后有时也会留在单位。街巷里，到处奔跑着没人管束的孩子。

在大人的眼里，孩子们都是成帮成伙地奔跑、玩耍、淘气，偶尔会恶作剧般地祸害一下街两旁的人家。有一个淘小子和别的孩子淘法截然不同，他的身旁只有为数不多的小朋友，他们从不高声吵嚷，从不因为争强好胜打得头破血流，捉迷藏也好，捉坏蛋也罢，他们的游戏总能玩出些新花样。玩耍的时候，他像一只活泼的小鹿，倏地从街巷中穿过，转眼就不见踪影了。那些闲在家里的大人，观看孩子玩耍，留下了一片议论的声音。

"谁家的孩子，跑得这么快，一阵风似的，一眨眼就没影了。"

"这孩子，看起来挺普通，不多言也不多语，细品品，不简单，静中有动，动中有静，既活泼又认真，既好动又好奇，手脚不闲着，总是琢磨点儿事儿。"

"这孩子，身体真棒，大冬天穿这么点儿衣服，没见过他伤风感冒过。"

"这孩子，仁义着呢，别看身强体壮，从不欺负人。"

"谁家的孩子，这么好？"

"不知道吗？他是西街老杨家的，这孩子叫杨立伟，他爸叫杨德元，在土产公司上班，他妈叫魏桂兰，三中的语文老师。"

"怪不得，人家是书香门第。"

那时候，杨利伟的名字还不是"胜利"的"利"字，1983年参军的时候，他自作主张，把"立"字改成了现在的"利"，希望自己的军旅生涯成就一番胜利而又伟大的事业。二十年后，他的飞天愿望终于成真，对于中华航天第一人来说，"胜利"和"伟大"两个词赋予他，都是当之无愧。

七八岁的小利伟，还没有后来的远大抱负，孩提时不经意间的贪玩，练就了他超强的体质和超乎寻常的机敏，为他后来的成长打下了良好的基础。

夏季，几乎是孩子们的狂欢节日，县城北宽阔的六股河，是辽西最清澈、水产资源最丰富的河流，这条河里到处都是红鳞鱼、小白鱼、黑胖头、小青虾，毛夹蟹，还有河鲤、草梭、白鲢以及让日本人都馋得慌的鼋鱼。每天傍晚，小利伟都要跑到河边，畅游一圈儿之后就去逮鱼抓虾摸河蟹。鱼呀虾呀，被孩子们捉精了，见到人影就跑，孩子们的手再快，也没有鱼虾们跑得快呀。小利伟望着河水，琢磨开了，他先是观察出了鱼儿的游动规律，又用柳条编织出喇叭形状的憋鱼篓。每天，小利伟的收获总是比别人多。

秋风刮过来，河水凉了，再也不能游泳捉鱼了，小利伟的目光盯上了郊区广阔的原野，他在那里奔跑，在那里跳跃，整个原野成了他模仿武林高手的广阔天地，幼小的心灵里充满了英雄气概。有一次去了姑姑家，小利伟还没有从武林英雄的角色中走出来，居然用自制的大刀，将姑姑家快要成熟的蓖麻全部砍光。父亲生气了，小利伟一转身，跑得无影无踪。姑姑却原谅了侄儿的淘气，把侄儿找回家中。若干年之后，全家人聚在一起，谈论起杨利伟儿时的事情，这大概是他犯过的唯一"错误"。

寒冷的冬天，并不寂寞，利伟家后边的北大坑有一片偌大的冰面，那里是孩子们的天堂，滑冰车、打雪仗、抽冰猴，而最具刺激性的还是冰上捉人。玩这种游戏的孩子，滑的不是简单的冰车，而是单腿滑行，另一只腿做动力的冰板，需要很强的平衡性和灵活性。冰板下的冰刀做得不直，或者镶嵌得有一点点松动，本事再强也免不了当别人的俘虏。小利伟天性就是要强的，他怎肯当别人的俘虏。论机灵，小利伟没的说，可他的冰板，却不是孩子们中最好的，没有大孩子的滑得快，虽然很少当俘虏，可捉别人当俘虏也不是件容易的事儿。回到家，小利伟动起了脑筋，背着父母，他东凑西拼地弄来了几块红松木，做了一个前头高高翘起，俨然战船般的小冰车。可是拿什么做冰刀呢？铁丝太宽，铁片太软，都做不成最好的冰刀。细心的小利伟，想到了钢锯条，钢锯条刃薄、笔直，还很坚硬，做冰刀肯定好。他央求着在工厂工作的叔叔伯伯们，把用废的钢锯条送给他。叔叔伯伯们满足了他，他捧着几根旧锯条，高高兴兴地跑回家，用一把锋利的小刀，在冰板下刻了又细又直深浅适中的线，用力地将钢锯条塞进去，刚好镶嵌进三分之二。一个与众不同的小冰车做成了，小利伟将冰刀磨得锃亮，飞奔到孩子们的冰上乐园，放下冰板，滑起来，果然又快又稳，小利伟快活地滑着内圈外圈，甚至跳起来在冰上旋转，他无师自通地学会了电影里那些滑冰的花样。那一天，许多孩子不是被小利伟追得连滚带爬，就是乖乖地当了小利伟的俘虏。

如果非得要给杨利伟找一个最早的飞天愿望，恐怕就是春天放风筝了。很小很小的时候，只有四五岁吧，小利伟就爱放风筝，开始的时候，是父亲带着他，慢慢地，他开始自己做风筝，自己跑到原野里放风筝。他做过蝴蝶、做过蜻蜓、做过飞机，做过好多种形态各异的风筝。一向活泼好动的小利伟，在放风筝的时候，是那样的沉静，他总是能让自己的风筝飞得最高，飞得最好。湛蓝的天空中，小利伟亲手制作的风筝越飞越小了，只有风筝的细线，捏在手中，牵扯着他的心。看了他那副专注的样子，谁都能感受得出，小利伟的心沿着风筝的细线，飞向了高高的蓝天。

英雄畅想曲

刚刚上小学，杨利伟当英雄的愿望就表现出来。有一天，县城的一个广场正在放映露天电影。那时候，没有电视，演一场露天电影，是县城里较大的文化活动了，小利伟早早去了广场。电影开演不多久，小利伟急着看电影时的那份高兴劲儿就没有了，随着剧情的发展，小利伟的胸脯一鼓一鼓的，充满了气愤。原来，那场电影是《林则徐》。

看完电影，回家的途中，小利伟依然气愤难平，连拉着他的手一同回家的小伙伴，都感觉出了小利伟的手有点儿发颤。进了家门，小利伟的眼角还挂着泪花。

母亲问他："演的是啥电影，给我儿子气这样？"

小利伟说："演的是《林则徐》，洋鬼子太欺负人了，大清朝太窝囊了。"

母亲又问："看了这个电影，有啥启示？"

小利伟的回答让妈妈感到意外，他说："等我长大了，一定去当兵，保家卫国，不让我们再受欺负。"

母亲抱紧了儿子，感觉到，幼小的儿子，身体里有一颗坚强的心。

杨利伟的家是一个百年老宅，老宅是条石根基，青砖砌墙，粗梁圆柱，房檐下还有雕刻的装饰。这个老院子，和和美美地生活着好几户人家。与杨利伟的家紧挨着的是赵大娘家，夫妇俩都是抗日老英雄。每天放学回来，小利伟总是带着一群同学，蹦蹦跳跳地去赵大娘家，缠着老两口给他们讲抗日的故事。老两口坐在炕头上，绘声绘色地讲起了当年他们如何和日本鬼子周旋，如何端鬼子的炮楼，如何机智地消灭鬼子，如何清除叛徒、特务和汉奸。每一次听完故事，小利伟总是热血沸腾，恨不得自己也成为抗日英雄。

听完故事，小利伟来了情绪，高低要把抗日的故事演习演习。他带着小伙伴们，一路奔向六股河畔。他们选择了宽阔的沙滩，分好了哪一伙演八路军，哪一伙演日本鬼子。别看小利伟既淘气又调皮，却不愿意和别人争吵打架，不过让他演日本鬼子，他绝对不干，每一次他准是演英勇的八路军。小利伟聪明，点子多，伙伴们都不愿意日本鬼子胜，所以，小利伟当八路军总不会有太多的争议。

他们在沙滩上堆起碉堡，扮演日本鬼子的伙伴们顽强地守着炮楼，小利伟带着自己的伙伴们拼命地攻，虽然对方的小伙伴们注定失败，可是要拿下对方，还真不是件容易的事儿。有一天，扮演日本鬼子的小伙伴们坚决不投降，游戏便玩得很晚了，天上的星星都挤进了他们的游戏中。荒郊野外，伙伴们迷失了方向，小利伟却不慌不忙，辨别着远方的灯光，判断着回家的路。

路已经不成为路了，除了远方的灯光，几乎伸手不见五指，伙伴们经常被石头树藤绊倒。勇敢的小利伟挺身而出，走在最前面，在黑暗中给伙伴们探路。慢慢地他们摸上了大路，摸准了回家的方向，这时，小利伟已经滚成了泥人。

这副样子回家，父母准生气，家里虽然不算太困难，但买件新衣服，父母还得掂量掂量，那个年代，家家户户过的都是节衣缩食的日子。懂事的小利伟不想让父母生气，他没有回自己的家，而是去了赵大娘家。把衣服洗净，然后烤干。

即使在这个时候，小利伟依然对没能拿下"日本鬼子"的碉堡耿耿于怀。边烤衣服，他边嘀咕："纸飞机不行，拿不下碉堡，等我长大了，开真飞机，一炮就能将日本鬼子的碉堡炸飞。"

从此，开真飞机，就成了小利伟梦寐以求的事情。

那天晚上，家里可急坏了，爸爸妈妈姐姐找遍了县城，也没找到小利伟的身影，直到赵大娘将小利伟送回家，家里人的心神才算安定下来。

父亲批评着他："你知不知道自己犯了错，害得大人满街找你?"

小利伟自知理亏，甘愿受罚。

杨家惩罚孩子的方式很特别，不像有的人家除了打就是骂，而是让孩子蹲下来，不断地用手掌拍地。小利伟把一双小手都拍红了，父亲依然不饶，赵大娘禁不住上去说情："这么懂事的孩子，偶尔犯点儿小错，原谅他吧。"

小伟利却不求饶，也不顶撞，把父亲对他的惩罚当成了游戏，权当自己在那儿开飞机呢。

在男孩子面前，小利伟绝对是个"英雄"，可是在同桌的女同学面前，他却是个小绵羊，经常被同桌的女同学高丽丽"欺负"。淘气而又聪明的孩子，往往爱犯一种错误，那就是有时不爱听讲。

也许，杨利伟天生就有飞天的缘分，他最爱画的就是月亮，有时，老师在上面讲课，他在下面没完没了地画，上弦月、下弦月、弯月牙儿、圆月亮，大大小小的纸上布满了小利伟的月亮。同桌高丽丽对小利伟不满了，管起了小利伟，让他注意听讲，小利伟的心沉在了月亮里，不听高丽丽的批评。高丽丽生气了，在桌上画出一道线，警告小利伟，过了线就属于"侵略"，侵略必须挨打。小利伟画得太专注了，不知不觉中过了"国境线"，胳膊没少挨高丽丽文具盒敲打。

可是，劳动的时候，身薄体弱的高丽丽就没咒念了。那一次，全班同学到城外的羊奶山植树，山上的土只是薄薄的一小层，下面全是石头。小利伟身体棒，分给他的10个树坑，没费多大的劲儿就挖完了。可是，高丽丽却愁眉不展了，吃奶的劲儿都使出来了，一个坑都挖不下去，另外4个树坑还在等着她呢，要强的高丽丽眼泪都急出来了。

小利伟"不计前嫌"，立刻支援同桌，没多久就让同桌的苦脸变成笑脸了。心细的小利伟，知道劳动之后肯定要口渴，特意从家里背来了特大号的军用水壶，装了满满一壶水，除了饭盒里装了他正常带的饭菜，衣兜里还揣了十几个鸡蛋，中午吃饭的时候，他全分给了同学们。

羊奶山是辽沈战役旧战场，山上有好几座碉堡。吃完饭，精力旺剩的小利伟，摘下高丽丽的红纱巾当解放军的红旗，带头向碉堡"冲锋"，不顾碉堡里还有浅浅积水，冲进去，把红纱巾从射击孔中扬出来，冲着山下大声喊："我胜利了。"

有一天，同学们边走边玩，玩到了一家工厂旁。那是家钢铁加工企业，院内是成品钢材，废钢烂铁没处放，都挤到了工厂的院子外。有几名同学张罗着拿几块送废品公司卖了。

小利伟纠正道："这不是拿，是偷盗，老师讲过，不许偷盗。"

听了小利伟这句话，有的同学放下了拿到手里的废铁，有的还在犹豫，有的同学坚持着说："拿了，大伙都不说，谁也不知道。"

小利伟说："越是没人知道，越是不能拿，缺零花钱，向爸妈要。"

听着小利伟这么说，同学们远远地离开了废铁，到别处玩去了。

小利伟讨厌小偷小摸，可是有一次，他却不由自主地当了一次"小偷"。父亲上班的土产公司离他们学校很近，每天中午，小利伟都要去父亲那儿吃饭。有一天，经过公司的废纸仓库，眼尖的小利伟突然发现，废纸堆里堆着一堆小人书。小人书是那个时代孩子的精神食粮，利伟和他的好伙伴顾大伟从窗子爬了进去，如饥似渴地翻起了小人书，一边翻一边感谢那些把小人书当成废纸卖了的人。

一向崇拜英雄的小利伟，一下子喜欢上了《甲午风云》，蹲在脏乱而又昏暗的废纸库里，一页接一页地往下翻，邓世昌的英雄壮举，深深地吸引着小利伟。时间一分一秒地过去了，再翻下去，可能要耽误上课时间了。

万般无奈，小利伟当了一次"小偷"，把《甲午风云》藏在怀里，顺手挑出十几本自己喜欢的小人书，也塞进怀里，爬出了废纸库。出来之后，两个人你看我我看你，笑出了声，原来，他们俩都脏得不像样子，头上沾满蜘蛛网，满身都是尘土，没办法见同学。

两个人你追我赶地跑到六股河，泡在河里洗了衣服洗了澡，又穿着湿衣服往学校跑，总算赶上了上课的铃声。

尽管那本小人书值不上几分钱，拿了别人的东西，小利伟的心总是不大舒服。他选择了这本小人书中最让他难忘的画面，用一张薄得透明的纸铺在上面，拿起铅笔，细心地描画着。

一幅惟妙惟肖的图画，浮现在那张薄纸上。一轮明月照耀在天空，月下悬崖高耸，崖下的大海汹涌翻腾，邓世昌站在悬崖上，手挥宝剑，满脸的悲怆。描画这幅图的时候，小利伟的心中充满强烈的爱国激情，甚至折断了铅笔芯。

小利伟把邓世昌"留了下来"。

小人书的秘密还是没有守住，父亲发现了利伟的书包里一下子多了这么多小人书，追问了起来，小利伟不会说谎，只好如实地"交代"了。父亲听了，十分生气，毫不留情地将小人书全部没收。尽管这些小人书是土产公司当废纸收的，不值几个钱，父亲决不容忍孩子从小染上占便宜的习惯。小利伟恋恋不舍地看着父亲将小人书装了起来，送回到公司的废纸库。

除了林则徐、邓世昌，小利伟还崇拜过一个英雄，那就是闻鸡起舞的祖逖。小利伟从小热爱武术，祖逖的故事感染了小利伟，每天早晨跑步的习惯就是从那时养成的。他学着连环画中祖逖的动作，一招一式地练习。

班里有个同学，叫马全利，长得又瘦又小，却爱动手。听说杨利伟练武术，找碴儿和小利伟比试比试。利伟说："我练武术是锻炼身体，不是为了打架欺负人。"

趁着小利伟不注意，马全利突然伸过拳头，打在了小利伟的眼睛上，一下子把眼睛打肿了。好朋友顾大伟不干了，训斥道，你含过利伟的糖块，吃过利伟的鸡蛋，他对你这么好，你还伸手。顾大伟上去对着马全利一顿拳脚。小利伟一边捂着眼睛，一边劝顾大伟："算了，别打了，他不是故意的。"

回到家，母亲看着儿子红肿的眼睛，心疼了，想去讨个说法。

小利伟安慰着母亲："别去找，他们家可穷呢，我没事儿，上点儿眼药就好了。你去了，不是让人家犯难吗？就当没这么回事儿。"

母亲在儿子的再三请求下，答应下来。可是，母亲为了验证孩子说的话，悄悄地去了马全利的家，进门一看，真的是家徒四壁。

善良的小利伟，没有计较这件事儿，和从前一样，有好吃的照样分给马全利一份儿，更不允许小伙伴们欺负马全利。

梦想蓝天

杨利伟的一位从幼儿园就在一起的同学高丽丽，在不经意间道出了小利伟想当飞行员的最早愿望。那一年，他们刚刚6岁，在幼儿园的大班。那时的幼儿园是青砖灰瓦，雕梁画栋，院子也很宽敞。幼儿园的老师挑选了10名男孩儿和10名女孩儿，穿着飞行服，戴着飞行帽，还有咔咔响的小皮靴，表演舞蹈"我们是勇敢的小空军"。小利伟没有被老师选中，别的孩子没被选中，不是哭就是闹，或者就是放弃了。小利伟偏不，他说："我就是勇敢的小空军，我非参加演出不可。"

边说着，小利伟边做着舞蹈动作。没有人教，也没和小朋友一块排练，举手投足就有模有样，老师一看，就被这聪明的小家伙感动了，演出的队伍就多出了一个小男孩儿。

没多久，孩子们到绥中郊外的海军航空兵机场慰问演出。那是小利伟第一次看到飞机，他的眼光被一架架战鹰深深地吸引住了，从此，他便和飞机结下了不解之缘。

这就是小利伟的性格，想要做的事情，一定要做成。他在院子里种下了一棵樱桃树，他望着蓝天说："等这棵樱桃树长大了，我也能开飞机了。"

樱桃树一年一年地生长，小利伟开飞机的愿望在心里一天一天地膨胀，樱桃树长得再快，也没有小利伟的心思长得快。樱桃树结果了，红红的和白白的小樱桃挂满了枝头，晶莹得像红玛瑙像白珍珠，可是结了果的樱桃树，却依然是矮矮的，比小利伟高不了多少。院子里各家各户的人都来分享小利伟的果实，小利伟嘴里含着酸甜可口的樱桃，心里却在想，樱桃树哇，你快点儿长啊。

绥中郊外的海军航空兵机场，是个专门训练飞行员的地方，天气好的时候，总会有一架接一架的战鹰飞入蓝天，轰鸣着，掠过县城的上空。这时，小利伟的脚步准会停下来，不错眼珠地盯着飞机，眼睛追随着飞机的飞翔与起落。他心中的理想像鼓满风的帆，他特别特别想亲手摸一摸飞机，坐进驾驶舱里，感受一番当飞行员的骄傲。

他把自己的想法说给了好伙伴陈绥新，约他一块钻进机场，坐进飞机，过一把当飞行员的瘾。说做就做，两个小伙伴步行十五六里，围绕机场开始了侦察，他俩佯装满不在乎的样子，在机场外的围墙和铁丝网前转悠了好几天。可是，"军事禁区"的大牌子，威严的岗哨把他们牢牢地挡在了外面。

停机坪上一排排银灰色的飞机，在太阳下闪动着熠熠的光芒，深深地诱惑着小利伟的眼睛。小利伟天生就不服输，尽管战机旁戒备森严，可是飞机近在眼前了，不亲手摸一下，他决不会罢休。

顺着墙角，小哥儿俩摸下去，摸到了一个偏僻的地方。那地方，草木丛生，两个孩子学着侦察英雄的样子，一步一步向前爬去，草丛完全淹没了他们俩的身子。慢慢地，他们俩接近了铁丝网。插进木棍，用力一挑，铁丝网被挑开了一个洞，洞虽然不大，钻进他们两个身材瘦小的孩子还不成问题。

钻进去，匍匐了一阵，躲过了哨兵的视线，小利伟撒开小腿，一阵风似的跑到了飞机旁，陈绥新也跟随着跑了过去。

终于摸到飞机了，小利伟心里别提有多高兴了，爱不释手地摸来摸去。可惜的是他个子太矮，于是，他蹬着小伙伴陈绥新的肩膀，爬上飞机的翅膀，再去驾驶舱看个究竟。正当小利伟的目标即将达成的时候，哨兵发现了他们，跑过来，用枪逼住了他们。

哨兵喝道："不许碰飞机。"

陈绥新吓坏了，别看平时玩的时候，又是枪啊又是炮，可哨兵的真家伙对准他们的时候，他已经不知所措了，以为摸飞机就是滔天大罪了。小利伟却一点儿也不害怕，面对枪口，挺起了小胸脯。

哨兵又喝道："这是军事禁区，任何人都不得进入。"

小利伟从容不迫地解释道："我们不是搞破坏的，只是想看看飞机，等我们长大了，也像你一样，保卫祖国的蓝天。"

一番话把哨兵说笑了，哨兵没有继续责怪他们，一边将他们送出机场，一边告诉他们，想保卫祖国的蓝天，必须现在就要学好知识，锻炼好身体。

出了机场的大门，小利伟还恋恋不舍地回过头，望着停机坪上的一架架银鹰。他心里牢牢地记住了哨兵的话，好好学习，锻炼身体。

没有坐进飞机的驾驶舱，始终是小利伟的一件憾事儿。后来，班里转来一名从长春来的同学，名叫顾大伟，也是个既聪明又淘气的孩子。顾大伟的父亲是中国第一代飞行员，参加过抗美援朝，到绥中机场担任领导职务。对于小利伟来说，这是天大的好消息，他可以跟随顾大伟自由地出入飞机场了。

两个淘气的孩子，一拍即合。此后，小利伟不时地跑到机场，看飞行员每天怎样生活，看他们如何做体能训练，看飞行员的单杠双杠的动作怎么做，怎么在空中旋转身体，怎样跑步，怎样游泳，怎样练摔跤，又有怎样的起居习惯。小利伟把这一切都牢牢地记在心中，在学校的单杠和双杠上，他没完没了地练习从飞行员那里学来的动作，直到练得像模像样。哪怕在家里，他也不忘训练自己，他曾细心地数过，飞行员做引体向上每次都能达到三十几个，他就把自家的门楼当单杠，不停歇地练，让自己也能做出三十几个。每天早晨天刚亮，也像飞行员那样，出去长跑。没多久，飞行员做的鹞子翻身、大回转、直体倒立等动作，小利伟也能做出来了。

飞行员的各种训练动作，小利伟差不多都尝试了，唯一让他难以理解的是，飞行员怎么练摔跤哇，是不是闹着玩的。一名飞行员从机场的院里走出来，小利伟观摩飞行员体能训练时间长了，也就认识了这名飞行员，他追上前，问个究竟。飞行员摸着小利伟的头，回答道，这是磨炼意志。

听罢这句话，小利伟点了点头，回到学校，找来他同学中最能摔跤的籍强，他要和籍强一块"磨炼意志"。两个人在课余时间，时常没完没了地摔，放学后，两个人经常较量一两个小时，互相憋着劲儿，谁也不服谁。摔跤不像其他的体育运动，弄不好会撕坏衣服，每逢这时，小利伟用一块胶布细心地将撕开的缝子粘好，粘得尽量看不出痕迹。第二天，小利伟又把这件洗得发白的衣服穿了出来，在操场上，人们看到的依然是爱干净的小利伟。

有人不经意地说过，当飞行员，飞机在天上转多少圈也不迷糊，咱们让人悠两圈就完蛋了，谁也当不了飞行员。小利伟记住了这句话，想起了儿时的游戏"迷乐歌"，让别人抱上自己，悠上几圈，扔在地上不许动，马上指出眼前的人是谁。课余的时候，小利伟捡起了这个游戏，他让同学们悠他。时间久了，他能同时承受三个同学悠他，悠得三个同学全都迷倒了，好半天也摆脱不了天旋地转，可是小利伟呢，被扔到地上时，还能稳稳地站立，连珠炮似的指出身旁几个同学的名字，东南西北的方向，指得丝毫不差。

谁也不知道，这是小利伟在有意锻炼自己，因为他梦寐以求地想当飞行员。有个孩子，不怀好意地嘲笑小利伟："这么多人悠你都没事儿，明儿你磨豆腐吧。"

绥中的水豆腐在关里关外是非常有名的，家家户户都有磨豆腐的习惯，可是在磨盘前一圈一圈磨豆腐的都是毛驴，那个孩子有意骂小利伟是驴呢。

小利伟生长在有修养的家庭，绝不会粗野地和人家对骂，他不动声色地离开了那个粗野的孩子。"燕雀安知鸿鹄之志"，小利伟不想和人计较这些鸡毛蒜皮的小事儿，该怎么样还怎么样，继续让同学们悠他。

后来，杨利伟让人们称奇的抗旋转能力，和他年少时的锻炼不无关系。

"不可争辩的品格"

人类历史上第一位飞入太空的航天员是苏联的加加林，过去和现在一直有人提出这个问题，为什么把人类历史上最珍贵的殊荣给加加林？苏联首批航天员领导人之一卡尔诺夫说："那是因为加加林具备如下不可争辩的品格：坚定的爱国主义精神，对飞行成功的坚定信念，优秀的体质，乐观主义精神，随机应变的智能，勤劳、好学、勇敢、果断、认真、镇静、纯朴、谦逊和热忱。"

杨利伟之所以从数千名飞行员中脱颖而出，最终从14名航天员中被确定承担首飞任务，是因为加加林这些品质，在杨利伟的身上体现得更加完美，甚至在心理素质方面，杨利伟超过了加加林，飞船起飞那一刻，杨利伟的心率仅为70次/分，而加加林起飞那一刻，心率已经超过了100次/分。

杨利伟的好朋友陈绥新，讲述起他们少年时的一件往事，对杨利伟当年的沉着冷静倍加称赞。

那是个夏日的下午，小伙伴们在一块打蜻蜓，打着打着，他们不由自主地打到了城西的黄泥坑，因为那里水草多，蜻蜓也多。平时，大人们不愿意让孩子们去那里，那个水坑又大又深，哪一年都有冒失的孩子淹死在里边。可是，孩子们打蜻蜓打上了瘾，哪里还记得大人的忠告。

蜻蜓真是太多了，孩子们每挥舞几下手里的树枝，准会有蜻蜓被击落，简直像打日本鬼子的飞机一样过瘾。正得意忘形之际，陈绥新一时不注意，滑到了坑里。水坑足有两米深，不会游泳的小绥新一下子就沉入了水底，等他挣扎着浮出水面，一句"救命"说了半截，又沉到水下。越是挣扎，小绥新越是远离岸边。

小伙伴们傻了眼，有的呆愣在那里，有的撒腿就跑，有的不知所措地乱转，有的孩子对小利伟说："你会游泳，跳下去救他呀。"

小利伟的眼睛机灵地转动着，他看到路旁有一根长长的木棍，迅速地跑过去，抓在了手中，回到水坑旁，将木棍递向水中挣扎的小绥新，嘴里说着："别怕，别怕，抓住木棍，啥事都没有了。"

水中的小绥新，几乎快呛蒙了，恍惚中，他感觉到小利伟救他来了，求生的本能让胡乱挣扎的小绥新抓到了木棍。

小绥新被拖上了岸，小利伟从容不迫地让小绥新趴在地上，捶打着小绥新的背，让小绥新吐出呛到肺子里和灌进肚子里的水。经过一番折腾，小绥新没事儿了，小伙伴一同返回县城。从那以后，他们的手中再也没有打蜻蜓用的树枝了，身旁的蜻蜓飞得再多，也勾引不出他们的兴趣了，带着劫后余生的庆幸，伙伴们手牵着手往回走，他们决定保守这个秘密，永远不和大人说。

盛夏的烈日渐渐地烤干了小绥新的衣服，然而，再强的烈日也烤不干小绥新那颗潮湿的心。这段惊心动魄的往事，压在他们的心底，一直压了将近30年，直到杨利伟飞天成功，面对着蜂拥而来的记者，陈绥新才道出了这段鲜为人知的经历。陈绥新说，直到现在，他还在后怕，要不是杨利伟把他拉出来，他早就没命了。

冷静、果断、勇敢、心细，这些良好的素质，都是杨利伟从小养成的。如果当初小小年纪的杨利伟跳入水中，那将是什么结果？

陈绥新，这个杨利伟儿时的好伙伴，至今依然和杨利伟保持着友谊。去酒泉发射基地的前一天，杨利伟还和陈绥新通了电话，对自己首飞充满了自信。安全着陆后，杨利伟成了举世瞩目的英雄，他依然惦记着陈绥新，通个电话，报个平安，还兴奋地讲述起太空感受。

杨利伟从小养成的求真精神，也是他能成长为航天员的重要因素。无论做什么，小利伟非做明白不可，决不中途放弃。

玩是孩子们的天性，在20世纪70年代的中国，孩子们绝大多数都是在大自然中疯玩，在家中享受玩具的孩子寥寥无几。小利伟是个节俭的孩子，别说是买玩具，就是爸爸给他一毛钱，让他买两根冰棍，他只买一根，剩下的五分钱，舍不得花，攥出汗来，送给母亲，让母亲给弟弟也买一根。有一天，有个孩子拿出个木车玩具来炫耀，比小利伟小6岁的弟弟俊伟也要玩这种玩具。

小利伟蹲在玩具旁，观察了好一阵，弄明白了原理。回到家，他自己埋头做起了玩具，一次不行，又一次还不行，小利伟足足憋了两个星期，连看的人都失去耐心了。可小利伟依然反复琢磨，反复掂量，反复试验齿轮之间怎样咬合才能提高玩具车的动力，渐渐地，玩具车有模有样了。当把最后的一个部件组装上的时候，小利伟的嘴角露出了满意的微笑。他终于做成半米多高能自动奔跑的木车，而且还带个刹车，玩的时候，控制不住，一拉刹车，立刻停下。小伙伴看了之后，羡慕极了，围着小利伟做成的玩具车跑来跑去。那个最早拥有玩具的孩子不再骄傲了，因为利伟的玩具车比他的高大好几倍，功能也比他的全，利伟的玩具车能让伙伴们一块玩，和利伟的木车比，他的玩具车简直是小人国的。

弟弟俊伟为拥有这样的玩具车，乐得没法说，推着玩具，走在街头，他觉得特牛气。

那时，杨利伟和陈绥新和顾大伟在一个学习小组，老师让每个学习小组做一项科学实验。三个小伙伴琢磨开了，搞什么实验好呢？顾大伟的父亲有一本书叫"激光在军事当中的利用"，三个伙伴异想天开地想制造激光。他们仅仅是小学五六年级的学生，所学的知识远远不够。有的同学嘲笑他们，说你们的实验比登天还难。小利伟不服气，登天有啥难的，别看我们激光做不了，我们肯定做成一件让你们吃惊的实验。

三个伙伴动开了脑筋，小利伟突然从《三国演义》中得到灵感，诸葛亮制造的灯能发送信号，能进攻敌人，他能做，我们为什么不能做。他说："我们制造孔明灯，飞一把天，让他们看看，到底谁有真本领。"

说做就做，三个伙伴开始分工，劈竹条，扎灯笼，糊外壳，忙了小半天，终于做成了。他们在孔明灯下的盘子上点燃了蜡烛，希望飞起来，可是几支蜡烛快要点完了，孔明灯还是纹丝不动。三个伙伴挠着脑袋，想了半天也没想明白究竟错在了哪儿。最终，他们一致下了定论，肯定是火力不够，孔明灯飞不动。

用什么办法增加燃烧的强度呢？小利伟想起了火药的配比，把主意打在了硫黄上。他找来一堆废弃的电瓷瓶，砸开包裹在外边的瓷，取出了里面的硫黄，碾成碎末，又把松香面掺在了里面。

本来应该第二天拿到学校，给老师看实验的结果，三个小伙伴等不得了。当天晚上，他们抱着孔明灯，去了北大坑。在那里玩耍的同学们见到了他们，都好奇地围过来。他们把火柴丢进灯下的盘子，一股烈焰瞬间燃起，热浪在灯笼内翻滚着，产生了一股上升的力量。

孔明灯成功了，携带着他们的努力和他们的希望，扶摇直上。夜空里，那盏灯是那样的明亮。

许多年后，当神舟五号飞船载着杨利伟起飞的那一刻，两位同学不约而同地想起了孔明灯飞入夜空的情景。

还有一次，小利伟和陈绥新争论起了火车的一节车厢长还是汽车长。两个孩子争得面红耳赤，都说自己对，谁也不让谁。小利伟却觉得，这样争论下去，没有意义，不如亲自比量一下。到中午吃饭的时候，谁也找不到小利伟，原来他一口气跑了六七里路，到火车站比量到底是火车的车厢长还是汽车长。结果是小利伟舒了一口气，事实证明，他坚持的没有错，火车的车厢比汽车长。

类似这样较真儿的事儿，在杨利伟身上经常发生。

有一年的大年初五，杨利伟和两个小伙伴看到远方的山上有个小圆顶，他们为那个小圆顶是什么争论开了，有的说是烽火台，有的说就是山尖。相持不下，没有别的办法，只能亲眼看看才能知道是什么。三个孩子为了寻个究竟，沿着六股河向上游走去。

那山看起来不远，可是他们忘了"望山跑死马"这个道理，真的走起来，五六十里依然没到脚下，其他两个伙伴打了好几次退堂鼓，小利伟说："已经走了这么远，离目标越来越近了，回去多么可惜，不管干啥事，都应该干到底。"

看到小利伟如此坚决，两个小伙伴也不退却了。歇了歇脚，跟随着小利伟走了下去，一直走到山下，爬上山顶，认证了那真是一座古代放狼烟的烽火台。这时，太阳已经落山了，等他们下到山底时，天已经黑了。

前面的路，看不见了，他们听着六股河的水声，顺流而下。走了大半夜，才摸到离县城不太远的滚水坝。"轰隆隆"的水声，在夜深的时候格外响亮。三个孩子忍不住哈哈大笑起来，他们知道，家，离他们不太远了。

进了家门，时钟指向了后半夜，小利伟过年新买的棉鞋都跑掉了底。

淘归淘，玩归玩，却没有影响小利伟的学习成绩，用杨利伟小学班主任老师的话来说，这孩子精力过剩，学中有玩，玩中有学，淘气也淘得聪明，淘得可爱，淘得不声不响，淘得有创造性。

在一次考试中，杨利伟的作文题目是"周总理接见了我"，作文中绘声绘色地描写周总理如何如何在百忙中接见他，如何如何鼓励他好好学习，成为国家的栋梁之材。判卷的老师边看边笑，说这孩子真会瞎说，有鼻子有眼的，真的一样，当看到文章结尾的时候，老师忽然间拍案而起，原来小利伟在结尾处笔锋一转，道明了这是一个梦。

判卷的老师纷纷传看这篇作文。当时，利伟的母亲也是判卷老师之一，她拿过来一看，说："这不是我儿子的破字儿吗？"

小学时的杨利伟，字写得确实不好，流利的钢笔字，是后来练出来的。老师们不信魏老师的淘儿子能写出这么好的作文，后来等到开卷时，果然那张卷纸上歪歪趔趔地写着"杨立伟"。

假如周总理活到现在，肯定会为这位中华民族的航天骄子杨利伟感到骄傲。值得欣慰的是，党中央新一代领导集体，不仅亲自接见了他，飞天的时候，每时每刻都在牵挂着他。成为航天英雄之后，很多媒体记者问他的成功感受，他都会铿锵有力地说："感谢党，感谢人民对我的培养。"

这都是他发自肺腑的声音。

1978年，杨利伟考上了县城唯一的重点中学，绥中县第一初级中学，他又被按成绩分进了尖子班，一年一班。

那时候，"文革"结束刚刚两年，恢复高考刚刚一年多，全国各地重新掀起了学习的热潮。小利伟是个从不示弱的孩子，体育他在全校出类拔萃，唱歌他是班里的骨干，图画他回回是优，学习上他更不肯让别人落下，他要做尖子班的尖子生。

一次考试，利伟的一道几何题丢了12分，名次因此掉了下来，回到家，一声不吭地进了自己的屋。姐姐安慰他："没关系，还有下一次呢，先吃饭吧，吃完饭再做题。"

利伟说："这次难题没做出来，下次再有难题该怎么办呢，学习知识是不能欠债的，债欠多了，就不想还了。"

见弟弟这么坚定，姐姐没有再催弟弟。

利伟拿着笔，在几何图形上比来比去，直到找到了正确答案。尽管吃饭的时候已经很晚了，利伟觉得，这样的饭吃得才香呢。

没多久，全县举行了一次数学竞赛，杨利伟代表学校参加了竞赛，还拿了奖。

作为航天员，杨利伟卓越的身体素质、心理素质和品格，自觉或者是不自觉地在少年时期就养成了。中国的载人航天刚刚开始，许多孩子像他当初想当飞行员那样，都表现出了想当航天员的强烈愿望。作为中国航天第一人，杨利伟少年的故事，将会成为中国未来航天员成长的动力。

大爱无边

——记鞍钢集团矿业公司齐大山铁矿生产技术室采矿公路管理员郭明义

引 子

一个人感动几个人并不难，难的是感动成千上万的人。

一个人做一些奉献并不难，难的是一辈子只做奉献，不去索取。

一个人得到几许赞誉并不难，难的是众口一词的赞誉，没有杂音。

郭明义，一个普通得不能再普通的鞍钢生产第一线上的技术管理员，就是这样的一个人。30年了，无论在哪个岗位，他都是先进，都是典型，可他从没有大红大紫过。他珍惜荣誉，却从来不去追求名利。他热爱身边所有的人，却从不图一丝一毫的回报。他淡泊明志，一切顺其自然，脚踏实地做好每一件事儿。他注重今天在做些什么，明天准备干些什么，从不把自己留在昨天。

有人说，郭明义把好人做到了家；有人说，郭明义把雷锋的生命延长了；有人说，郭明义就是一面流动的党旗；也有人说，郭明义的身上，体现着一种民族精神与民族美德。他身边的工友对他的评价是，热血丹心铸大爱；胡锦涛读过他的事迹，称赞他是，助人为乐的道德模范。

郭明义，不再是一个普通的名字，而是无私奉献的象征。现在，就让我们走进郭明义的成长历程，了解他如何历经时间的考验，成长为一个高尚的人，一个平凡而又伟大的人。

毫无疑问，像许多年前的雷锋一样，郭明义，已经从一个普通的名字，变成了一个爱的符号，一个奉献的标志。

半个世纪悄悄地流逝过去，我们沿着郭明义从童年到少年、从青年到壮年的足迹寻找下去，我们就会发现：郭明义的奉献，是超乎寻常的奉献；郭明义的爱，是常人难以企及的大爱。所有认识郭明义的人，了解郭明义的人，对他的赞许是众口一词，没有杂音。在他的身旁，我们处处能感受到人性的光芒。

一个人把人做得如此纯粹，确实令人难以置信，不解与猜疑实属正常，世间怎会有这样的人？是呀，金无足赤，人无完人，谁能没有毛病呢？可是，在郭明义身上挑毛病，如同在透明的玻璃上找瑕疵一样艰难。我也曾对此产生过疑问，在半年多的时间里，我曾3次深度采访和体验生活。为了找出郭明义身上的缺点，我在齐大山镇一家小饭店吃午餐时，与店主和店员聊得火热，除了郭明义身上数不胜数的优点，还想聊出来，他还有啥毛病。没想到，我竟然遭到了店主的白眼，刚才还是春风扑面，马上就变得怒气冲天了，指责我，哪儿有夸人还夸缺点的。再说下去，就有可能被人家轰出小店。

随着时间的推移，大家对郭明义的议论越来越多，我与他的距离越来越近，他在我头脑里的形象也就越来越清晰，疑问这块坚冰逐渐被他阳光般的炙热给融化了。

因此，我愿与读者同行，回顾郭明义的人生历程，走进郭明义的内心世界，与读者共同解读郭明义。

如果把郭明义比喻成一部书，他就是一部深奥的书，厚重的书，复杂的书，却也是一部简单的书。

说他深奥，是因为他所有的付出，都超乎寻常，达到极致，让常人难以理解，难以相信；说他厚重，他的精神品质，蕴藏着一个民族的精神内核，对理想，有着孜孜不倦的追求；说他复杂，许多事情，他我行我素，甚至是一意孤行，像谜，让人猜解不透；说他简单，他的一言一行一举一动，干脆简洁，如一汪清水，透彻到底。

自从2010年8月，我随辽宁省委宣传部、组织部，省总工会联合调研采访团采访郭明义之后，一直在啃郭明义这部难懂的天书。有时，他的简单如同围棋的棋子，一黑一白，一目了然；有时他就像充满玄机的棋局，深邃，深沉而又深远。半年多来，随着采访与体验生活愈加深入，我与他的心灵越贴越近了，这部天书，我也是越啃越有滋味。

奇怪的是，我离他越近，对他的理解却越模糊，他究竟是个什么样的人，我无法立刻给读者答案，只能像一位辛勤的淘金匠，把郭明义沉淀在生活深处的点滴闪光点聚集起来，多侧面地展示，与大家共同分享郭明义，理解郭明义，还原一个有血有肉的郭明义。

钢，从粗砾的矿石，到国家建设的脊梁，需要先化为齑粉，再被烈火焚烧，后又经千锤百炼，才可跨越长江，成为支撑未来的栋梁。

人，从咿呀学语，到成为民族之英才，亦需历经风吹雨打，承受反复锤炼，方能百炼成钢，成为民族精神的火种。

郭明义之所以成为如今的郭明义，是大东北这块热土，是时代的洪流，是鞍钢这座大熔炉，把他打造成了时代的楷模。

当你来到鞍钢，走进矿山，看到变形金刚一般威武庞大的电铲、电动轮，将整座山峰挖掉的时候；当你来到选矿厂，看到硕大的池子，翻江倒海滚动着矿浆，将历经遴选的铁矿粉源源送出的时候；当你看到耸立的高炉，将铁粉焚化成红流，滚滚流淌下去的时候；当走近宽阔的轧钢生产线，看到厚厚的钢板，化成薄如纸片的卷板时，你就会知道，什么叫博大，什么叫壮观，什么是钢铁的意志，什么是钢铁的性格。

鞍钢，共和国钢铁工业的长子，中国钢铁工业的摇篮，不仅为共和国奉献钢铁，还奉献出一代又一代和钢铁一样坚强的英雄。新中国成立以来，仅获得全国五一劳动奖章等荣誉的劳动模范就多达70余人。

1948年2月19日，伴随着辽沈战役的隆隆炮声，鞍山回到了人民的怀抱，可鞍钢已经在战乱中千疮百孔。老英雄孟泰，组织工友没日没夜地收集废旧材料，开展"献交器材"运动，车拉人抬毛驴驮，把器材送进"孟泰仓库"，在荒芜了的土地上，把老高炉重新矗立，炼出了新鞍钢的第一炉铁水；走在时间前边的人王崇伦，发明了"万能工具胎"，提高工效六七倍，大轧辊的研制成功，填补了我国冶金史上的一项空白。

新中国成立之初，中央倡导"全国支援鞍钢"，"为鞍钢就是为全中国"，许多热血青年，把去鞍钢当成抗战时期的去延安，为新中国的建设投入了极大的热情。来自全国各地的英杰，五百罗汉聚鞍山，建设百废待兴的鞍钢。曾经解放过东北的四野师团职的干部，不恋官位，不恋城市，转业到鞍钢，宁可当车间主任，做共和国钢铁工业的奠基石。还有那些来自全国的技术人员和普通劳动者，千军万马，齐聚鞍钢，为刚刚诞生的新中国挺起脊梁。

1958年8月，报名参加鞍钢建设当推土机手的雷锋，也是其中一员。雷锋坐了几天几夜的闷罐车，从遥远的湖南，奔赴鞍山。虽然他身高不够，但是即使站着开推土机，也要把建设祖国的热情释放出去。

在这块英雄辈出的土地上，在这个容纳五湖四海的地方，宽容与奉献，已经成为一种习惯，并且将这一习惯延续了下去，持续了一个甲子，仍绵延不息。所以，新时期的鞍钢，出现郭明义，已不足为奇。

至于郭明义的事迹，随着媒体的广泛传播，已经家喻户晓，人人皆知了：做齐大山铁矿采场公路管理员15年，起早贪黑，不休节假日及休息日，多干了5年的工作量；在鞍钢工作28年，总收入29万元，为"希望工程"、困难职工和灾区群众累计捐款14万元，除保证自己最低生活标准之外，基本上倾其所有；20年来，累计无偿献血6万毫升，相当于自身总血量的10倍，几乎是个人献血的极限。虽说这些都是简单的数据，可每一桩每一件，每一点每一滴，都充满温暖、温情与温馨，都是一个个感人的故事。虽然，这都是些普普通通的事儿，可这些小事儿累积起来，却是既平凡而又非凡。说平凡，是因为这些事情谁都能做得到，说非凡，谁能把这些事做得如此持之以恒？

　　有人说他傻，有人说他侠，有人说他义，有人说他不正常，也有人说他一根筋。有人被他的事迹所感动，热泪盈眶；有人为他振奋，认定这是一种民族美德；有人坚定不移地跟随着他，形成了传递爱的浩荡大军；也有人对他不解，质疑他，还有人不相信这是真的，认为一个人奉献了这么多，还是人吗？

　　面对蜂拥而来的记者，郭明义最怕的事情，就是被拔高了，被神化了，他自己说，真的那样，就不是我了。

　　在与我多次的交流中，郭明义一再强调，我就是一个普通的人，做的也是普通的事儿，不是惊天动地的英雄，真实地把我写下来就行了，别往我脸上贴金。

　　我们在迷惑惘然之中苦苦地寻找着生命的价值，却如灯下黑一般，忽视了身边的郭明义们。

　　典型更需要有人性的价值。

　　曾经有人问过我，你写郭明义呢，说说吧，他不顾一切地做好事，到底图的是啥？我一时语塞，因为我真的没有发现，郭明义做这些事情，有什么目的性，除了注重做这些事情的过程，没有功利色彩，做过了一切也都结束了，如同吃饭一样简单与习惯。同样的问题，也有人直截了当地问郭明义，你这样做，图的是啥？他很朴素地回答，见到穷人，我就落泪，见到有困难的人，我就心酸，不帮他们，我就寝食不安，如果非让我说出图啥，我图的就是贫困的孩子有学上，图的是身边的工友不再有困难，图的是挽救每一个生命垂危的病人。

郭明义太实在了，他始终以普通人的心态，对待一切，从来不给自己的行动戴高帽。

我心底突然涌上一种困惑，有人说时代变了，雷锋走远了。当执着地践行雷锋精神的郭明义站在我们面前时，有人居然产生了一种陌生感。也难怪，在市场经济的背景下，一些人的价值取向已经发生了扭曲，利益成了一些人的唯一价值取向，衡量人的尺码，从道德无耻地漂移向了功利。有这一叶障目，我们当然就看不见郭明义，读不懂郭明义。如果我们移开"利"这枚挡在我们眼前的"树叶"，我们就会突然看到一个更广阔的世界。

幸福不等于财富，也不与财富相伴共生。生命的价值在于人生价值的体现，心灵的健康，才是幸福之源。

郭明义是个生产幸福与快乐的人，他把给予看成生命中最幸福的事儿，他就像太阳，从不向别人索取温暖。

我不想为郭明义辩解，也不想为他唱颂歌，只想踏踏实实地从点点滴滴入手，讲述他的生活经历与心路历程，与他一起成长，一起成熟，一起让清纯的风吹进人们的心灵，吹散所有的阴霾，把一个透明的郭明义展现给读者。

第一章　善良的基因

每个人的启蒙老师，一般都是自己的父母。

郭明义十分幸运，降生到了郭洪俊的家，成为郭洪俊与叶景兰这对年轻夫妇的长子。

老郭家是被街坊四邻频频称道的仁义之家，很有人缘。有事找老郭家，成了大家的口头禅。老郭家的人，像他们生于斯长于斯的矿山一样，粗犷豪放，古道热肠。

自然，老郭家有事儿，大家也都愿意过来帮忙。这不，听说叶景兰临产了，姐妹们都拥到了郭家。

那时，郭家和大多数矿工都住在矿山脚下一大溜简易的石头房里，每户仅有两间石头垒成的小房子，四面漏风，很冷。姐妹们一进屋，有人烧热水，有人暖屋子，有人封堵墙体的缝隙，有人找出了新生儿的衣物，铺好了婴儿床，有人喂叶景兰糖水，有人抓住她的双手，有人为她鼓劲儿。

本来，叶景兰的婆婆就懂得接生，把许多孩子引到了这个世界，可面对儿媳妇，她却怯手了。小夫妻也觉得，不是不相信母亲，这么大的事情，还是有医生在身边放心。于是，有人忙着跑到铁矿医院请医生。

请来的医生到了，大家向门口望去，却愣住了，谁也没有想到，进来的居然是一位金发碧眼的女医生。

不管是哪国的医生，要紧的是接生。在女医生生疏的汉语声中，大家按照她的吩咐，开始忙碌起来。

一转眼，大家完成了接生的全部准备，只待新生命的来临。

那是1958年12月一个寒冷的早晨，辽宁省鞍山市齐大山铁矿（当时称为樱桃园铁矿）矿工住宅区的一座简易的平房里，温暖如春，人们期待着，期待着郭家第一个孩子来到这个世界。半个世纪过去了，年过古稀的叶景兰老人，依然清晰地记得，那个从苏联到铁矿医院来实习的女医生，高高的个儿，生着雪白雪白的脸。尽管第一次生孩子，疼痛难忍，可她对女医生那张白脸的记忆尤为深刻。许多年后，她淡忘了生产的疼痛，却牢牢地记住了女医生那张白得让人羡慕的脸。即使是2011年元宵节，老人家坐在床上与我聊天时，还在啧啧不已，那脸哪，真白。

随着一声嘹亮的哭声传出，外国女医生完成了她的使命，婴儿平安顺利地降生了，是个男孩儿。这孩子，嗓门大，音量足。疲惫的母亲和忙碌的父亲，凝视着他们的长子，怜爱不够。

随后，这对年轻的夫妇思考着，给孩子取个什么名字呢？

父亲与母亲都希望孩子长大后，成为一个有道德，有修养，有品行，知事理，讲仁义，聚日月之精华，伸人间之大义，像太阳一样温暖别人的人。夫妻俩一商量，给孩子起名叫郭明日，等家里有了老二，再叫郭明月。到那时，咱们老郭家就日月同辉了。

可是，在鞍山的口音中，日与义不分，常常把天上的太阳叫成义（日）头，时间一长，郭明日就叫成郭明义了。好在义也顺乎郭家夫妇的心愿，还能起到一字双关的效果，也就顺其自然，把儿子的名字改成了郭明义。

正像父母期待的那样，从懂事开始，他就是个敦厚、仁义、诚实，讲求信誉、注重名誉的孩子。母亲告诉他，不许到外边疯野，他就守在家里，扫地，洗碗，烧水，做饭，擦桌子，屋里的活儿忙完了，就到院子里去，拔草，收拾菜园子。后来，家里有了弟弟妹妹，他也替母亲照管，带弟弟妹妹玩，在家里简直就是个小大人。

父母也在着意培养老大在家里的威信，他们不在家的时候，老大就是家里的"家长"，只要老大不犯错误，弟弟妹妹也不敢犯错误。

和后来的郭明义一样，父亲也是一个把矿山视为生命的人，即使大年三十，也是很晚才回家。郭明义带着弟弟妹妹就守在家门口，一直等到父亲回来，他们才在老大的指挥下，一同燃放爆竹。

在郭明义童年的记忆里，听到邻居们说得最多的话，还是那句"有事找老郭家"。每逢听到这句话，父母的脸上都洋溢着幸福。郭明义呢，也为生长在这个家庭而感到自豪，拍着胸脯和小朋友们说，有事找我们老郭家，没问题。

从小到大，"没问题"是郭明义的口头语，也是他从父亲那里继承下来的，谁家遇到为难遭窄的事情，再难，他也会硬着头皮帮下去，直至不让"问题"成为问题。

老郭家个个热心肠，爽快，仗义，能给心窄的人解心宽，能给遇到难事的人家想出办法。他们家人人心灵手巧，居家过日子碰到不会干的活儿，跟老郭家打个招呼，没问题。即使遇到了不会干的活计，每天晚上，家里的炕沿上椅子上，坐着一大群串门的邻居和工友，随便招呼一嗓子，就能有人站出来。人多力量大，主意多，困难算个啥。

许多年后，有事找老郭家，找的不再是父亲，而是郭明义，大家追根溯源，发现郭家的老大之所以成了"活雷锋"，其思想源头就在他的父亲，老大越来越像他爹了。

郭明义的父亲郭洪俊，16岁就独自撑起了家。抡大锤，放炮眼，钻矿洞，背矿石，成天在矿山里忙碌，干的是矿山里最重的体力活儿，不但帮助别人，还养活了一家六口，供一个弟弟念完了大学。

即使是自己挑家过日子了，弟弟家里没粮了，找哥哥借几瓢，郭洪俊总是说，不用还了，自己舀。邻居家来借粮，郭洪俊也常说，不用还了。人家不好意思舀，已经长高了的郭明义就自己跳上去，给人家舀，舀到人家忙说够了够了，上去抢瓢为止。

郭明义的姨家，条件也很艰苦，经常两家吃一家粮。那时候的粮食是供应制，粮食给了别人，自己家就不够吃了，母亲就熬稀的，父亲在下班路上，顺便采点儿野菜掺进去。日子就这样艰苦却又快乐地过下去。

从年轻到年迈，大半辈子里，父亲经常教育儿女，自己过好了，就要想想别人谁过得不好。

母亲常挂在嘴边的一句话是，能帮人就帮人，这是本分。

那时候的鞍钢，没有现代化的采矿设备，工人们的劳动强度很大，日积月累，许多工人腰椎臂膀和关节都有损伤，常找母亲来治。母亲虽然是矿综合厂的一名普通工人，却出生于一个懂得民间医道的家庭里。受姥姥的耳濡目染，细心的母亲很小就学会了姥姥的本事，能把胳膊脱臼的同学治好，成了姥姥的小帮手。

后来，母亲又从姥姥那里学会一套推拿按摩、接骨缝、拔火罐的功夫，结婚后，全派上了用场，几乎天天晚上，母亲无偿地为矿区人民治病疗伤，谁有个头疼脑热、发烧感冒、腰酸背疼、身子扭伤等一些小病小伤，用不着去医院，到了老郭家，让叶景兰大姐一顿"收拾"，就手到病除了，她被矿工和邻里称为"大善人"。

在进入矿综合厂之前，母亲没有正式工作，只是被任命为矿家属队队长。所谓的家属队，就是矿里把没有工作的矿工家属组织在一起，承担一些临时性工作。那时，母亲非常年轻，干活时像个壮劳力，修尾矿坝，带着大伙儿，往坝顶上抬土，都是跑着干。回到家里，还要照顾一家老小，幸亏老大郭明义手脚勤快，否则，真会把母亲累坏了。

直到今天，77岁的老母亲依然是家属院里的楼长，谁家有了红白事，都是老人家帮忙张罗，谁家的水管子坏了，暖气坏了，邻里间谁家闹矛盾了，都找老叶太太。家属楼的卫生费，母亲跑上跑下地收，社区有啥事儿，都愿意找她来帮忙。即使是练太极拳，她也是忙里忙外的组织者和召集人，若不是73岁那年摔伤了腰，行动不像从前那样灵便了，她还会是个闲不住的大忙人。

尤其是郭明义出名之后，郭明义的母亲叶景兰成了远近闻名的英雄母亲，不再像从前那样说她儿子傻了，她也不再替儿子辩解说傻人有傻福了。无论在菜市场，还是在公园，人们都投去敬佩的目光，夸奖她，你生了个好儿子，在全国都是响当当。母亲也非常自豪，让老郭家的好家风传遍全国，何乐而不为呢？

走在鞍山的大街上，有个五六岁的孩子，突然拦住了她，歪着脑袋瞅，然后问道，你是不是郭明义的妈妈？叶景兰感到很奇怪，这么小的孩子怎么会认识我？小孩子骄傲地说，我从电视里看到过你。

由此可见，郭明义已经在一个幼儿的心里扎下了根。

老郭家淳厚的家风，被郭明义最大限度地传扬了出去。

当然，影响着郭明义成长的，还有他的奶奶。奶奶也是矿工家属，当年随着爷爷一块闯关东，落到日伪统治下的鞍山，爷爷成为一名矿工。新中国成立后，是共产党让他们摆脱奴役，成为主人。爷爷爱矿山，奶奶也爱矿山。

郭明义小的时候，爷爷就去世了，奶奶的年龄也很大了，常年的劳作，让奶奶患上了严重的腰疼病，最怕的事情就是弯腰了。每每看到矿车上的矿石洒落在路上，她总是那样的心疼，嘴里念叨着，这都是矿上的财富哇。

随后，奶奶便挎着小筐，艰难地弯下腰，将矿石一块一块地捡起，送回到矿上去。有时候，她还带着孩子们一块去捡，当然也包括蹒跚学步的郭明义。

矿山上，不缺的就是矿石，他们习惯地把矿石等同于石头了，没人去捡矿石。所以，老郭家一家老小在山上捡矿石，成了齐大山铁矿一道独特的风景，至今还深深地留在矿山人的记忆里。

奶奶在矿区里人缘好，还懂得接生，谁家生孩子，都来请老太太。除了没敢给孙子接生，矿区里的那些孩子，除了难产的送进了医院，有一多半是老太太给接到这个世界上来的。

按照惯例，喜得贵子或者千金的人家，都会给接生婆红包的，奶奶从来不要，顶多在人家吃一口饭。孩子的妈下奶那天，她还要拎筐鸡蛋去贺喜。

孩子们往家里拿东西，奶奶就会很凶，快快送回去，你妈看到该打你了，小时候偷根针，长大就偷座山，咱老郭家人，别人的一棵草刺都不能拿。

孙子爱学习，奶奶就特高兴，告诉孙子，好好学习，将来当大官。奶奶没文化，奶奶对有出息的概念仅限于当大官。

郭明义十分幸运，上天就赐予了他一对好老师和一个好家庭。许多年后，当年过半百的郭明义成为具有全国影响力的人物时，他念念不忘的还是自己的父母和奶奶。他感谢父母和奶奶言传身教培养了他许多良好的品质。善良的传承，在郭明义的生命中开出鲜艳的花朵。助人的快乐，更让他明白了幸福的真谛。

当我们回忆起自己成长历程的时候，童年的印痕，是终生难以抹掉的，甚至耄耋之年，很多人还念念不忘童年。童年是性格养成的关键期，一个人经历过什么样的童年，对他的人生态度有着难以改变的影响。可见，童年对于一个人的成长，是多么重要。

郭明义的成长，应该让我们深思，现在为了培养孩子，我们应该营造怎样的家庭环境？在呵护有加环境中成长的孩子，许多都认为自己不幸福，甚至存在心理问题。这似乎是个矛盾，泡在蜜罐里的孩子，怎么会感到不幸福？

许多人对孩子的教育，有着一种功利化的追求。总是把自己没有完成的理想，强加于孩子，让幼小的孩子，背上沉重的学习负担，恰恰忽视了对孩子潜移默化的品德修养教育。没让孩子享受阳光雨露，没有让孩子在自然规律下生长，总是揠苗助长。

许多年过后，郭明义也成为父亲，他抛弃了父亲那套"棍棒出孝子"教育方法，从不批评和责怪女儿，基本上是"弃管"，被女儿称为不合格的父亲。然而，女儿郭瑞雪依然是出类拔萃，从小学到高中，都是班干部，都是尖子生，即使到了大学，还承担校学生会的工作。从小到大，他从来不苛求女儿的学习，而是和女儿面对面地一块儿学习，身教重于言教。他从不娇生惯养自己的独生女儿，他认为，不经历风雨，怎能见彩虹？孩子需要自己去闯，自己去面对一切困难，他赋予孩子的是独立性和社会性，还有"有事找老郭家"的奉献精神。

父亲更是郭明义的楷模，父亲郭洪俊被鞍钢矿业公司齐大山铁矿的老少爷们儿称为郭老英雄。父亲的年代，是矿山最艰苦的年代，开始是钻矿洞，后来虽然能够露天开采了，几乎没有大型的装备，近于原始的采矿作业。震耳欲聋的爆破过后，牢固合一的矿体便被炸得支离破碎，大小不一的铁矿石横陈在他们面前，需要他们抡起大锤，不遗余力地砸碎，还要挥锹装入运输车辆。

劳动的现场，尘土飞扬，无论冬夏工人都要戴上厚厚的防尘口罩。工作环境如此艰苦，劳动强度如此之大，父亲也毫不吝惜自己的体力，经常超额完成工作量。甚至，嫌戴口罩干活时憋闷，影响劳动进程，他摘下口罩，挥锹劳作。

那时候，父亲还很年轻，没觉得什么，长此以往，灰尘累积于肺，终究成病。1999年，刚刚65岁的父亲，终因硅肺病缠身，不治而逝。

郭明义汲取父辈们的教训，长大成人后，他从部队复员，回到齐大山铁矿工作时，不仅对自己，对工友也特别注意劳动保护，还因劳保用品发放不到位，替工友找相关部门讲道理，讨说法，哪怕是个口罩，也要争个脸红脖子粗。

当年，父亲靠双手创造出让人难以置信的产量，评上了辽宁省劳动模范，戴上大红花。参加省里的群英会，斗大的字识不了几个的父亲，仅仅听了几遍别人念给他的讲话稿，上台讲话便头头是道。谁也不相信，台上侃侃而谈的人，居然是个文盲。

让父亲终生引以为豪的是，作为"响山英雄集体"的代表，他曾经到北京做事迹报告，受到过毛主席的接见，周恩来总理的宴请。

事情发生在1968年7月2日，那时，郭明义刚刚读完小学一年级。

暑假将至，按照学工学农又学军的要求，齐大山铁矿子弟学校的初中生，跟随着解放军某部三连到邻近的辽阳市兰家公社响山大队进行野营训练。学生们也学着解放军战士的样子，给驻地的社员家里挑水，扫院子，每家每户都要"缸满地光"。老百姓称这些来自齐大山的孩子为"不穿军装的解放军"。

这些初中生，都是十几岁的孩子，况且家家都有自来水，没有到大井打水的经验，一名初中一年级的学生把群众家里的水桶掉进了井里，捞不上来了。在那个物资奇缺的年代，对于一个农户人家，水桶不仅是重要的生活用品，还是重要的生产工具。少了一只水桶，生活就有欠缺了。

怎么办？同学们匆匆忙忙地跑来，找到学生中的"头儿"，学军活动的副排长，初三的学生毛新平。毛新平17岁了，比低年级的学生有胆量，他让同学们把绳子系在他的腰上，要下到井里把水桶捞上来。

这是一口百年老井，有三丈多深，水深三尺，毛新平在寒气逼人的井底打捞了20多分钟，井上的同学要替换他，连声催他上来。毛新平却只有一个心思，一定要把水桶捞上来。

突然轰隆一声，意外发生了，井壁塌落了，大量的石子和泥土一齐滚下，将毛新平埋在了井底。

解放军战士闻讯赶来，争分夺秒地清理井里塌方下来的土石，然而，不幸接连发生，又一次塌方将排长吴绍谦也压在了里面。

郭明义的父亲郭洪俊听到这个消息后，带着齐大山铁矿的工友们，疾速赶到响山村塌方现场，和解放军及当地群众一起，用双手将落下的石头一块一块地搬出来，哪怕双手磨得鲜血淋淋，也不停歇。

工人天天和矿石打交道，深谙石头的习性，怎样搬运石头，怎样留住遇险人员的生存空间，他们最有发言权。因此，矿工自然成为救援的主力。而平时被大家当成主心骨的郭洪俊，此时更成了主心骨。在他的号令下，大家统一行动。井里范围狭小，被埋的人挤在更狭小的缝隙里，稍有不慎就会危及两个人的生命，所以，他们既要干得小心，又要有速度。

时间一分一秒地过去，耽误一秒钟，被救援的两个人就多一分生命危险。而大量的塌方土石，完全依靠他们的双手，一点点往下抠。

25个小时过去了，他们终于用双手抠穿了古井，将两个人救了出来。但不幸的是年仅17岁的毛新平已经遇难，郭洪俊也受了重伤。

从此，郭老英雄的名声越传越远，一直传到国务院总理周恩来那里。至今，老郭家依然保存着周恩来送给郭洪俊的请柬。

40多年过去了，大家对这段往事都淡忘了，而响山英雄纪念碑仍在，虽然残破了，可记录这段事迹的碑文却没有损毁，成为一份难得的资料，并有幸与我这部作品结缘。

那一年，尽管还未满10岁的郭明义没有机会去现场，可这件事已经成了樱桃园一带街谈巷议的话题，没有郭老英雄带着这群铁爷们儿及时出现帮忙，解放军那个排长肯定没救了。所以，郭明义对这件事情记忆特别深刻，并且一直影响着他。

有其父必有其子，这句话似乎有一点儿唯心，却不无道理。

侠肝义胆，具有遗传性。

还在幼儿园的时候，郭明义的优良品质已经初见端倪。

人们说，好孩子是夸出来的。刚刚懂事的郭明义，最喜欢的事情是被人夸奖，每每做出一件事情，得到了夸奖，他便会把这件事一直做下去。即使年过半百了，那份童心依然不改，他还是喜欢听到别人对他的肯定。

那时候，始建于日伪时期的齐大山铁矿，开始了有规模的重新开工，这里不仅远离市区，还远离村落，十分荒凉，生活条件特别艰苦。没有遮风挡雨的地方，漫天灰尘也无法躲避，就是简单的喝水都是问题，矿工经常干渴难忍。夏天还好说一些，备一大桶凉水，随时都能喝上几大口。冬天就麻烦了，简陋的矿区，没有烧水的地方，不可能喝到热水。

矿工子弟就居住在矿山下的平房里，是那种尖顶子的红房子，还有个院子，比郭明义出生时的简易石头房强了好多。因为考虑到矿工上班方便，家属房跨出家门就可以爬山入矿。他经常和小伙伴们一块儿去矿山，看他们的父亲，看采矿的叔叔伯伯们，看沸腾的生产场景，听父辈吼"咱们工人有力量"。

这些"铁爷们儿"的孩子，都很懂事，尽管他们的肩膀还很稚嫩，在母亲的教导下，背起穿上"小棉袄"的水壶，冒着凛冽的寒风，走上好几里山路，给叔叔伯伯和自己的父亲送热水。

同是热水，小郭明义送来的热水，却与众不同，叔叔伯伯们特别爱喝，原因是，水是甜的，他把家里的糖放了进去。那时候，糖是紧俏商品，要凭票供应，家家户户都舍不得吃，留在过节烙糖饼，或者是孩子们闹病时喝苦药用。

父亲知道了儿子送来的是甜水，不但没有责备孩子，还夸儿子做得对，好东西就要与大家分享。可是，没过多久，糖没了，再想买，没有糖票，只能等到下个月发糖票了。后来，小郭明义就把送糖水改成了送茶水。

想让水甜，需要抓上一大把糖，放进水壶里，全家一个月的供应量，用不了多少天就被小郭明义送光了。茶就不同了，放进去一点点，就香味四溢了，能送好长一段日子。送茶水，听叔叔伯伯的夸，让小郭明义高兴了好长一段日子。

要知道，物资匮乏的年代，茶也稀缺，况且家家都很困难，买茶也是一种奢侈，只有家里来客人，才会舍得泡上几杯。小郭明义却天天沏在热水里，送给了父亲的工友。

慢慢地，自己家的茶也快泡光了，给叔叔伯伯送白开水，那得多没面子？小郭明义想到了奶奶，他从奶奶那里要茶叶，终于将送茶水上矿山的事情连续上了。

这让小郭明义很有成就感。

1975年2月4日，海城发生了7.3级强烈地震。离震中不远的鞍山，震感强烈，有些陈旧的破房子出现了裂纹或坍塌。大家谁也不敢在屋子里住了，忙在外面搭设临时的防震棚。时值隆冬，简易的防震棚里，四面漏风，冻得大家受不了，又不敢回屋里住，真是难住了很多人。

尤其是晚上睡觉最难熬，那个冷啊，像在冰窖里一般。郭明义发明了一种取暖的办法，他把砖头塞进火里，烧热了，外面包裹着一层布，送到父母弟妹和邻居家去，让他们搂在被窝里取暖。等到被窝里的砖头凉了，他把刚烧热的砖头又送到大家的被窝里。

越是这种特殊的时期，郭明义就越是爱管事儿。谁家搭防震棚缺人手了，他跑过去帮人家支架子，铺防寒的稻草帘子，搭板铺，甚至垒火炕。防震棚里，谁家缺东少西，他帮助给人家找。谁冻得受不了，他把自己的棉大衣脱下来，给人家披身上，他自己冻得在外边一圈一圈地跑。

晚上，他带上自己的伙伴们，组成一个巡逻队，看一看每家每户的锁头锁没锁好，窗户关没关严。回过头，他们还要走回到搭设防震棚的地方，防止坏人和野狗钻进防震棚，让自己的家人和邻居睡个安稳觉。

那段日子，感动了很多邻居，大家见着郭明义的父母，都说，你们家的老大，真仁义。父亲却不以为然，说，我们家的老大已不小了，这点儿规矩还不懂吗？这是他的本分。

父亲对孩子们的教育相当严厉，基本上秉承了"棍棒出孝子"这一古训，家里挨打最多的就是郭明义，因为他是老大。只要管住了老大，让老大知道，啥事该做，啥事不该做，老大就会管好他的弟弟妹妹。父亲的理念是，打，就是让他们不敢犯错误，养成不会犯错误的习惯。

当然，父亲打他们，还是有分寸的，把棍棒改成了柳条子，可用的劲儿却没打折扣。

郭明义挨打最多，一是他脾气犟，挨了打也不服软，爱说自己的理；二是，他是老大，弟弟妹妹犯的错，他都揽了过去，常替弟弟妹妹挨打。回忆小的时候，已经是警察的老三郭明春总结道：我们之所以怕大哥，尊重大哥，就因为从小大哥总是为我们承担，错都让他揽过去了。

父亲的理论是，小孩子太小，没有分辨力，就是一张白纸，说几句很快就忘了，只有打，才能让他们知道啥是切肤之疼，啥是不可原谅，让孩子们一辈子不忘，也不能犯错误了。孩子小时候，爹妈给涂上啥色，一辈子就是啥色了。

一次，郭明义带着弟弟郭明月到矿山采榛子，那时，矿山还是个名副其实的山，不像现在，已经是凹陷下去的巨坑了。山上林木丛生，生长着许多榛子树，尤其是秋天，山上红褐黄绿，色彩斑斓，还有诱人的榛子已经成熟，那是难得的坚果。

兄弟俩一时忘情，忽略了早上父亲的警告。结果，那一天矿上放炮，哥儿俩差一点儿跑进危险区。晚上回来，父亲瞅都不瞅兄弟俩的"成果"，让哥儿俩跪下，抢起柳条，一顿狠揍。当然，父亲只打老大，不打老二，打老大是为了震慑老二，让他们永远记住，什么是危险。无论什么时候，必须牢记安全。

母亲不像父亲那样脾气暴躁，虽和风细雨，却是坚定不移。她教育孩子，手指盖大的东西也不许往家拿，哪怕在路上捡个木片儿，也要交公。和小伙伴们一块儿看《草原英雄小姐妹》等电影，父母把钱都给足了，不让别的小伙伴买电影票。

有一次，郭明义捡了别人扔掉的一双旧袜子，母亲看到后，勒令他送回捡到的地方，挂到路边的树上，谁捡也不许他捡。

受父母的影响，郭家的孩子，个个简朴乐观，吃苦耐劳，一件衣服老大穿完老二穿，破破烂烂给老三。没有一个孩子因为穿得破不高兴，等到长大一些，郭明义就开始捡父亲的旧衣服穿了，并且一直持续下来。不爱穿新衣服，这是郭明义从小养成的习惯，一直到今天。不管衣服补成了什么样子，他都喜欢穿最旧的。

父母的肯于奉献，乐善好施，让郭家有着良好的人际关系，童年的郭明义深得其益，他的宽厚、仁慈、善良和诚实的品格，在不知不觉中渐渐形成。他爱身边所有的人，爱养育自己的家乡，爱家乡的一草一木。他和他的那些同为矿工子弟的小伙伴，不仅享受着人间的爱，还经常享受着大自然赐予他们的爱。

即使人到中年，他还是念念不忘儿时的记忆，他在《家乡的小河》这篇散文中写道：

> 家乡的小河，清纯、透明、色彩斑斓的浪花，载着儿时的梦想，流向远方……
>
> 小时候，我时常同伙伴们到西南郊的矿山脚下一条缓缓流淌的沙河边。清澈见底的小河弯弯曲曲，宽宽窄窄，它时快时慢，哗哗啦啦地流淌着。小河是矿山上叮咚叮咚响个不停的泉水汇聚而来的，河床上长着参差不齐的柳树、杨树、榆树，树倒映在水面上，波光粼粼，煞是好看。我和伙伴们在石缝里，水草中一起捉麦穗鱼、小鲫鱼，惬意极了。
>
> 玩累了，我们就趴下来喝几口甘甜的河水，玩热了，就躺在布满鹅卵石的河岸，沐浴着金色的阳光，忘记了饥饿，忘记了家里妈妈焦急的等待，在美好的大自然里享受。
>
> 家乡的小河，是哺育我成长的摇篮，我热爱家乡的小河，我守候这片被小河滋润的热土。它给我灵感，给我无

限的遐想，使我长出快乐的翅膀，飞翔在蓝天里，载着我的梦想，日夜不息地流向远方……

第二章　特殊的学生时代

转眼间，到了1967年，郭明义上学了。可是，"文化大革命"已开始，要求停课闹革命，刚刚背起的书包，又要放下。

年级升高了，学习却没有恢复正常，学校开门办学，学生去学工学农学军，接受贫下中农再教育。自然，高考也被取消了，学生们也乐得逍遥，疯玩一气。

从小学到初中，郭明义始终是班级干部，班级干部中谁都愿意当班长，班长就是班里的头儿，神气。最没人愿意当的班级干部是劳动委员，郭明义就是劳动委员。学校里的学工学农，说到底就是劳动，又苦又脏的事儿，自然就得劳动委员带头干，有时甚至只剩下他自己干。个别同学在一旁不怀好意地喊加油，郭明义却听不出来，或者并不在意，还干得特别起劲儿。

别人不愿意干的事儿，郭明义却很喜欢干，所以，这劳动委员像标签一样，贴在了他身上，从小学贴到了初中，直到参军入伍。

母亲叶景兰在回忆自己儿子小时候时说，我们家的老大，会走路时就会干活了，从小到大，只要睁开眼睛就闲不住，他把干活当成了乐趣。

喜欢劳动，成了郭明义一生的习惯。

班级里，只要有郭明义在，教室就会温暖，就会干净，只要他在前边张罗，学工学农的任务总会提前完成。有这样的班干部，班主任是省心。所以，在"劳动等于一切的年代"，老师不可能再让别人当劳动委员。

父亲郭洪俊是个非常有主见的人，他不为时局所动。尽管外面的"文化大革命"搞得轰轰烈烈，大字报铺天盖地，可父亲还是坚持让自己儿子学文化课。别人把书包都扔了，搞革命，他依然把家里节省下来的钱，给儿子女儿买书籍，买学习用品。

怕孩子受社会的影响，不爱学习，不识字的父亲开始学习写字了，而且是正襟危坐，拿张小饭桌，放在床上，一笔一画地写，哪怕满页纸上写的都是自己的名字——那时，父亲刚会写自己的名字。看着父亲也在学习，孩子们谁也不敢乱动，都捧着书看，拿着笔写，把家里弄成了寂静的教室。

学习时间结束了，父亲才把孩子放飞，让他们去玩。事实上，写字对于文盲的父亲来说，也是件残酷的事情，人到中年，学习是件困难的事情，十几天也记不住一个字，笔画都不会，简直是在画字，可他不在乎自己能否学得会，而是给孩子们做个榜样，以此看住孩子们，让他们收心，养成良好的学习习惯。

父亲这辈子苦就苦在了没文化上，连看上一段报纸都费很大的劲儿，父亲希望儿子做有知识有学问的人，替父亲争口气。

一个初春的夜晚，郭明义回到家，已经累得筋疲力尽，整整一个白天，在工厂里参加生产实践，消耗了大量体力。那时候，工厂的机械化程度很低，所谓的社会实践，就是体力劳动，毕竟是孩子，和大人一样干活，身体哪能承受得了？

即使这样，郭明义还像每天那样，坐在灯下，温习功课。父亲很感动，也很幸福，骄傲地陪儿子学习。他对儿子说，不管社会上刮什么风，搞啥运动，文化课说啥也不能丢，你一定要做个有知识有学问的人。

望着满眼都是期待的父亲，郭明义使劲地点着头，暗下决心，白天没时间，那就晚上学，周日学。"好好学习，给老爸争口气"的念头牢牢地印在了他的脑子里。他给自己制定了课程表，再困再累也不能让课程落下来。

一家七口人，只有两间房。因为老大热爱学习，如果奶奶来了，父亲就给郭明义特殊的待遇，单独让他一个人在一间屋子里学习，大家都挤在另一间屋子里，不让大家打扰他。那间屋子，弟弟妹妹都很渴望，一张蓝布单整洁地铺在床上，屋里头也特别干净，一个脏脚印都没有，不像他们那间挤满人的大屋子。哥哥一个人在那里，埋头写下去，一直写到晚上10点多，还没学够。

弟弟妹妹还小，只嫉妒哥哥有自己的空间，却爱玩不爱学习，没有人像大哥那样，学到了忘我的份儿上。谁爱学习父亲就偏向谁，老大爱学习，就绝对不允许弟弟妹妹去捣乱，否则，柳条子就要伺候他们的屁股。

那时，有一部很有名的电影，叫《向阳院里的故事》，矿工家属这一大片居住区，也被改叫"向阳院"了，在学校当班级干部的郭明义被推举为大队长，戴着黄袖标巡逻。除了巡逻治安，郭明义还巡视弟弟妹妹和左邻右舍的孩子爱不爱学习。他知道教科书上的内容单调枯燥，就从图书馆里借一些小人书，像《海岛女民兵》这一类的，一借就是10本。巡逻回来，他要检查，看谁把小人书里的内容复述得最好，讲得最生动，字认得最全，就奖励谁。

就这样，郭明义自然而然地成了孩子王。

1973年，邓小平出来主持国务院工作，"文革"中唯一一次出现教育回潮，学校重新重视学习，按照考试成绩全校拉大榜，全年级近百名学生，郭明义考进了前五名。

小学毕业了，许多同学分数和小数都算不好，郭明义却已经预习代数了。然而，随着"反击右倾翻案风"运动的开始，初中阶段，郭明义和他的同学们的文化课学习几乎又被学工学农所取代了。

当然，学工学农，郭明义也不甘示弱，做啥都要做得最好，无论大事小事，只要做了，就要认真去做，这也是父母熏陶给他的好习惯。

最好的学农方式是啥？当然是捡粪。有句流行了很久的老话，庄稼一枝花，全靠肥当家。在缺少化肥的年代，粪肥可是生产队里的宝。哪个学校想当支农模范，粪肥是一个硬指标。于是，学校开展了拾粪竞赛，谁交得多，就让谁当三好学生。

郭明义当然要当三好学生，拾粪也不甘示弱。那时候，矿工子弟都住在棚户区，每家每户都有个大院子，冬天也不用种菜，用它来堆粪，啥也不耽搁。

每天早晨天不亮，郭明义就从炕上爬起来，挎上土篮子，顶着凛冽的寒风，在街巷里，在旷野中，东寻西找。世间万物，哪怕最简单的事情，都有自己的窍门，拾粪也不例外，不用心，也是一无所获。慢慢地，郭明义就寻找出了规律：狗喜欢在固定的地方屙屎，牛马粪在出村子的路上最多。还有时间要把握得恰到好处，比牲口到得早，什么也拾不到，去晚了，会被别人拾去了。还有，附近村民经常在夜里赶着大车把病人送进医院，医院里专门有个拴马的棚子，那里的马粪最多。

有了规律可循，效率就特别高。日积月累，郭明义把院里的粪堆成了一座小山。

同学们呢，都嫌粪臭，更吃不了起五更爬半夜的苦，却谁也不肯放弃当三好学生的机会，就打起了河泥的主意。他们砸开冰面，掏出河底下黑色的淤泥，一坨坨地冻上，样子和狗粪没有多大差别，交给学校，很容易混过老师的眼睛。

当然，这个"窍门"不是同学们的发明，每到隆冬腊月，总有相邻村落的生产队到矿区来收购大粪，有人就将黄泥和雪块掺在大粪里卖出去。上过当之后，生产队里的人就警觉了，挨家挨户认真地查看。

等看到郭明义家时，发现院里的粪货真价实，找不出掺有黄泥和河泥的地方，就提出要高价收购，给到了15元。那时的15元，是普通工人半个月的工资，已经很可观了。奶奶被说动了，答应下来。

价格是奶奶和来人谈下来的，来人付了钱，喜滋滋地回去了，赶来了两辆大车，准备拉粪。中午，他们来到郭家的时候，却傻了眼，粪的主人郭明义回来了，他坐在地上哇哇大哭，死活不让卖。孙子哭得有理，奶奶无法再和孙子执拗，她曾经教育过孙子，老郭家是承诺重于泰山，虽然自己的承诺与孙子的承诺发生了冲突，可理在孙子这边，她不能不让步，很不好意思地把钱退给了人家。

没过多久，郭明义把粪送给了学校指定的生产队。

不论事情大小，视承诺为生命，是郭明义从小到大一直坚守的人生信条，并且始终如一，不悔不改。

少年时期，类似的事情，在郭明义身上比比皆是：吃忆苦饭，把同学领到他家去；学习小组没有课桌，他从家里搬；班级生炉子，没柴火，他背着家里的柴火早早地到学校，生完自己班级的炉子，再到弟弟妹妹的班级去生炉子。

炉火刚刚生起时，烟冒得很大，他打开三个教室的窗户，放跑教室里的烟。直到炉子不再冒烟，他再把窗户关好，随后，还要把三个教室的地打扫干净，洒上清水，再把课桌擦干净。等到同学们到校时，教室里已经温暖如春了。

做完这些事情，已经一个多小时了，同学们这才陆陆续续地赶到学校。

有一次，他们一家还上了报纸，那是奶奶带着他们捡矿石，支援国家建设。这让郭明义很高兴，因为他从小就喜欢被表扬，受到表扬，像打了一针兴奋剂。

还有一次，老师问，谁会做小抹布，送给厂里擦设备。老师问的是女生，因为小抹布是用碎布拼接缝合而成的，每块小抹布的规格必须一致，男孩子不会做针线活儿，老师只能问女生。没想到，郭明义却把手举起来了，大家都笑了。可郭明义呢，既然把手举起来了，坚决不能放下，既然承诺了，就不管自己是不是女生了。

任务是领回来了，可真的拿起针，他就感到力不从心，便向母亲求援。母亲忙了一夜，总算帮儿子兑现了承诺。

是呀，郭家老少三代人，都视承诺为金，都把鞍钢、把矿山当成了自己的命根子，再忙再累都不觉得。

无论是童年的伙伴，还是中小学时的同学，对郭明义的评价是，他的心眼儿，是石头碰石头，实打实呀，手把手教他，都学不会掺假。

放假前，学校给每个学生定打苍蝇、灭老鼠的任务，暑假结束后，必须完成任务。学校的统计方式是，苍蝇用玻璃瓶计算，老鼠用尾巴计算。事事争先的郭明义，这一次却落后了。

打苍蝇，郭明义完成得还不错，同学们都嫌脏，不去做，抢着去灭老鼠。因为，灭老鼠只交尾巴不交死老鼠，这就有了许多窍门。一只老鼠尾巴可以剁好几根，灭一只老鼠就等于完成好几只的任务。还有更容易的窍门，与老鼠一点儿关系都没有，那就是做假，拿车老板的鞭鞘子充数。

每逢有乡下的马车到商店里送菜，同学们都拥上来，假装帮助卸菜，趁着车老板不注意，就把鞭子偷走，剪掉鞭鞘子，再把鞭子还回来。郭明义也常来帮助卸菜，那是实实在在地帮人家干活，从来没打人家鞭鞘子的主意。

同学们得手之后，把鞭鞘子用锉刀锉圆了，用砂纸再撸几遍，打磨出毛来，就和老鼠的尾巴一模一样了，不去用手摸，真的分不出来。他们还剪下几段，分给郭明义，让他也当成任务交。他没有要，他说，别再做这种事儿了，让人家咋赶车？

郭明义的阻挡没起作用，这种游戏既好玩又刺激，同学们正乐此不疲呢。只是他们看不到郭明义的身影了，他忙于一心一意地抓老鼠。

老鼠和苍蝇不一样，狡猾得很，不费一番脑筋，真的捉不住。

郭明义在老鼠常走的线路上，下套子，设诱饵，整整一假期，只捉到两只老鼠。

开学时，同学们将辉煌的"战绩"交给老师。爱干净的老师嫌老鼠脏，更害怕招上病菌，没有认真检查，只是数了数，就过去了。郭明义心知肚明，却没有戳穿里面的秘密，把自己那两只真正的老鼠尾巴交了上去。虽然他没有得到老师的表扬，却很心安，至少他保持住了自己的诚实。

不管吃多大的亏，一生都不许说谎，都要真诚地对待每一个人。父母总是这样谆谆教导他。

郭明义从小养成的本分与诚实，值得我们反思。

世界需要干净的水，更需要干净的心灵。

第三章　接过雷锋的枪

郭明义没有想到，自己会和雷锋有如此多的相像之处。

1976年年底，刚满18周岁的郭明义，实现了小时候的愿望，被批准参加中国人民解放军，成为一名光荣的战士，介绍郭明义入伍的是当时的鞍山军分区副政委余新元。也许是冥冥之中老天的安排，这位当年介绍雷锋入伍的老红军，又把后来新时期的雷锋——郭明义送到了革命的大熔炉。

郭明义的父亲郭洪俊与余新元是好朋友，一次交谈中，他向余新元述说了儿子的心愿，余新元说："老郭，你的儿子想当兵，这是件好事，部队需要这样有志向的好孩子，我一定帮忙积极推荐。"正是老红军余新元的帮助，郭明义才迈出了人生最重要的一步。

转过年来的1月，鞍山火车站广场，在一片锣鼓声中，来自鞍钢的200多名新兵正在举行庄严的出发仪式。郭明义作为新兵代表，健步走上讲台，他没有羞涩，没有拘谨，只有激情与流畅，手中的讲演稿他居然一眼未看，新兵们感到惊讶，首长们感到欣慰。

运送新兵的列车缓缓开动了，新兵们又一次感到惊讶的是，帮列车员打扫车厢、为新兵倒热水的就是刚才发言的来自齐大山的郭明义。

历史就是这样惊人的相似，当年的雷锋也是从鞍钢入伍，也是从鞍山火车站出发，也是代表新兵发言，也是列车行千里，好事做了一火车。

更巧合的是，他们当的都是汽车兵，不同的是，雷锋在辽宁的抚顺，郭明义在黑龙江省牡丹江市的海林。

既然是汽车连，学习开车技术那是理所应当，新兵们谁不想学？可入伍的第一年，郭明义没能摸上方向盘，被分配到炊事班。班里的新兵们思想很不稳定，有人很消沉，只有郭明义看得很平淡，人是铁饭是钢，一顿不吃饿得慌，汽车可以不开，饭不能不吃。一贯喜欢用行动感化别人的郭明义，依然用行动感化这些刚刚熟悉的战友。

那时，部队的伙食标准还不高，粗细粮搭配，连队每天早上要喝玉米楂子粥。但大楂子又粗又硬，很难熬开，吃下去又不好消化，有的战友为此犯了胃病。怎样把楂子粥做得好吃？郭明义动起了脑筋。对于玉米，郭明义有着很深的感情。困难时期，父亲舍不得多吃一口，把省下来的玉米面粥喂给他吃。小时候家庭困难，玉米是家里的主要粮食，母亲心灵手巧，能把玉米做出好多风味。

为让战友吃得好，他悄悄地写信给母亲，向母亲讨教如何把楂子粥做得好吃。从母亲那取来真经后，他每天很早很早地起床，用清水将大楂子泡软，再花上几个小时熬大楂子粥，熬得又软又黏又可口，比细粮还好吃。从此，战友们喜欢上了早餐，都想多喝一碗郭明义熬出的大楂子粥。也许，就是从那个时候开始，郭明义养成了每天早上四点钟起床的习惯。

许多年后，郭明义写过两篇散文，一篇是《母亲的玉米饼》，另一篇是《父爱如春》，他把对父母的爱与对玉米的感情融为了一体。

一年过后，郭明义不再是新兵了，和雷锋一样，成了真正的汽车兵，他的"钉子"精神和雷锋又是惊人的相似。

那段日子，写笔记，记心得，读名著，是郭明义的日常习惯。掌握汽车原理，熟练驾驶技术，是郭明义的主攻方向。毕竟比别的战士学得晚，他拿出了干啥都要最出色的劲头。白天的时间不够用，夜里熄灯号响了，他在被窝里打着手电，学习驾驶技术方面的书。当时的连指导员康玉久发现了这个秘密，却不忍心批评他，他喜欢带这样的兵。

没多久，他不但驾驶技术过硬，还能凭着记忆熟练地把汽车电路图画下来，听声音就能判断出汽车的故障在哪儿。这般本事，老司机也要修炼好几年，郭明义却仅用了几个月就掌握了。1980年，部队举行汽车教员大比武，他拿下了理论考试和实际操作两个第一名。

有人问他这里有什么窍门，他却一时回答不出来。是呀，窍门是什么呢？他觉得，他是靠一股激情来学习的，而他的激情来自哪里呢？他所在的连队，是沈阳某部一连具有光荣传统，是参加过抗美援朝上甘岭战役、丁字山战役的连队，被称为"钢铁英雄连"，在连史陈列馆里，一面面被鲜血染红的旗帜，一件件英雄留下的遗物，让他热泪盈眶，既然是这个连队的战士，就不能给英雄们丢脸。还有部队所在的地区，也是英雄杨子荣安息的地方，他时常徘徊于杨子荣的墓前，浮想联翩。我们生长在和平环境里，本身就是幸福，祭奠英烈最好的办法，就是让生命更有价值。这就是他为自己总结出的窍门。

许多年后，郭明义的两篇回忆部队生活的散文，不经意间记录下了他的心路历程。

服役期间，郭明义把汽车当成自己的伴侣，擦得一尘不染，精心维护，驾驶时更是小心呵护，他的车从没出现过大的故障，更没出过事故。物资送到时，他既是驾驶员，又是装卸工，忙前忙后，一刻不停，令在场的人无不感动，称赞他，这个小伙子，眼里有活儿。所以，首长对他特别放心，总是放他单飞，派他出去支援地方建设。

当然，郭明义和雷锋最为相似的，还是助人为乐。

冬天，部队驻地异常寒冷。每天早上，郭明义第一个起床，顶着寒风外出挑水。地面结冰，脚下打滑，扁担上的水桶不停地摆动，溅出来的水在衣服上结成冰，进屋的时候，他已经成了冰人。缸里的水满了，他又忙着砍柴、生炉子、烧水，只为了能让战友们起床后马上就用上热水。自己班里忙完了，他又到别的班，常常是全排的杂事让他一个人包了。

寒冷是对军人品质的磨炼。执行战备机动任务，时常选择最寒冷的日子。一次执行运送物资任务，途中一名战友驾驶的车，横拉杆脱落了，驾驶室外，零下40摄氏度，滴水成冰，维修成了大问题。郭明义二话没说，跳下车去，爬到战友的车底下，过去帮助抢修。车下狭窄，40多分钟的抢修时间里，不能穿厚重的衣服，不能戴厚厚的棉手套，冻得浑身打战也得咬牙忍着。等到车修好时，他的耳朵钻心地疼，到了目的地，经医生检查，确诊耳朵严重冻伤，甚至影响到了一只耳朵的耳膜，至今，他的那只耳朵听力还明显不行。

每当战友的车遇到了故障，总能看到他第一个跑去，帮助推车、修车。一次，战友驾驶的车行驶在冰雪路面上，滑得无法行走，他脱下大衣，垫到车轮下，等到车正常行驶了，他的大衣已经被碾得支离破碎。

5年服役期，郭明义始终如一地为班里所有的战士服务，为大家洗衣服、打水、做被，很多人都觉得他这样做有些傻气。部队当时的被子都是自己洗、自己做，郭明义看到许多新兵不会做，就主动为他们做好。一旦别人对他做出点儿啥，他要感恩一辈子。一天，轮到他站岗，由于白天太辛苦误了岗，排长不忍心叫醒他，就替他站了一次岗。回想起这段经历，他总是觉得愧疚，30年过去了，他还念念不忘，写了一篇《想念排长》的散文，刊登在矿业公司的报纸上。

入伍5年，郭明义5次获得嘉奖，被评为全师"学雷锋标兵"。

1980年6月12日，郭明义光荣地加入中国共产党。

1978年12月，汽训队给郭明义的鉴定中写道：郭明义在各项工作中以雷锋为榜样……全心全意为同志们服务，保持和发扬了艰苦朴素和艰苦奋斗的光荣传统。

1981年10月15日，连党支部给郭明义的技术鉴定中写道：……郭明义刻苦钻研技术，驾驶作风正派，在业务考核中成绩优良，在复杂情况下能单独完成任务，并多次受到上级领导和用车单位的表扬和好评，行车几年来无事故，为部队建设做出了一定贡献。

1979年3月，郭明义在广播中听到云南普洱地区发生了6.8级地震，财产损失很大，又有人员伤亡，他柔软的心肠受不了，眼泪流了下来，马上把自己入伍以来积攒的100多元津贴，全部寄给了灾区。从此，为灾区、为贫困人员捐款的善举，他再也没有停歇下来。

30多年来，无论走到哪里、从事什么工作，郭明义都始终保持着革命战士的光荣传统。他在回忆部队工作生活时写道："长期的部队生活，锻炼了自己……我感到，人活着，就要努力奋斗；人活着，就要为他人多谋福利。这样才使得生命有价值、有意义。"

不久前，当年所在部队的首长来鞍钢看望他，历数他在部队所获得的嘉奖，所做过的好事，他似乎忘记了这些，反问着首长："有这么多吗？"首长是在档案里提取到的准确数据，当然不会错。

郭明义一笑，回答道："谁都不能天天扛着荣誉过日子，荣誉属于快乐，属于昨天。"

第四章　岗位就是命根子

1982年1月，郭明义履行完了军人的义务，复员到鞍钢集团矿业公司齐大山铁矿，成为一名大型生产车辆的司机。人回来了，在部队里养成的良好作风，也被他带了回来。

1983年年初，郭明义创造了单车年产的最高纪录。

同年5月，郭明义被评为鞍钢青年精神文明建设先进个人。

1984年，郭明义被推选为车间团支部书记，所带领的"青年号"T20运输车队，车头镶着团徽，收工回来，整辆车冲刷得戴白手套都摸不出灰尘。一年后，他所在的团支部就成为全矿的标杆团支部。

同年4月，郭明义参加了人事部组织的全国统一录用干部考试，并顺利通过，身份由一线工人转为机关干部。

正是因为郭明义出色的工作表现，单位同意他参加成人高考。1985年12月，他被鞍山市委党校大专班录取，脱产并免费学习两年。

1987年郭明义毕业后，被调入齐大山矿党委宣传部，任理论教育干事。办矿长培训班时，他发现这些基层领导，底子薄，理论基础差，怎么才能让大家听得懂，学得透？他很费了一番心思，从《通俗哲学》这本书入手，把理论糅进大家平时摸得着、看得见的实际生活，培训既生动活泼，又能让学员活学活用，他把课给讲活了。大家都说，听郭明义讲课，是一种享受。这一年，他撰写的党课教案在矿山公司的评比中获得一等奖。

复员5年来，郭明义的事业一直是顺风顺水，无论给他什么工作，他都干得很出色，在齐矿的人气和影响与日俱增。有人猜测：照这个速度发展下去，郭明义前途无量啊，早晚是矿领导。

然而，1988年6月，郭明义的命运发生了180度的大转弯。按照上级的统一精神，齐矿的政工系统被大幅精简，党委宣传部被撤销。虽然大家都认可郭明义的业务能力和综合素养，但由于他年纪最小，来宣传部工作最晚，也被排在20多名分流人员之内。

对于一般人来说，很难承受，郭明义内心虽有波澜，却挺了过来。分流不等于失去工作，只要有活儿干，就是快乐的事儿，无论干啥，都能干得最好，那才是真本事。

分流的人员集中在矿内的劳务市场参加培训，大家的情绪波动很大，谁还有心培训？有人哭有人闹，而郭明义有板有眼地把培训当回事儿，无论理论还是实际操作，都非常上心。

当时，齐矿工人张毓春也被安排到劳务市场。20岁出头的张毓春怎么也想不通，郭明义和他是邻居，听说后多次做他的思想工作，使张毓春终于想通了。郭明义在劳务大队带领大家劳动期间，张毓春表现非常积极，被提前安排上岗工作。

看到矿里最有前途的郭明义都那么安静，大家也都安定下来。短暂的培训结束了，许多同志放下了沉重的思想包袱，选择了新的岗位。

矿领导征求郭明义的意见，问他是否愿意到基层车间工作。郭明义马上表态，只有干不了的人，没有干不了的工作，到哪儿都没问题。

就这样，郭明义被精简到机动车间担任统计员兼人事员。

面对着陌生的工作，郭明义照样干得出色，他说，人不管干什么，都得投入，越小的事儿，越能看出大品质，人来到这个世上，是来做事的，不是当官的，做事儿不分官大官小，不想做事，官儿当得再大，能有什么用？

其间，他撰写了100多篇新闻稿件，及时地把机动车间的工作报道出去，把大家的工作热情调动起来。至于统计工作呢，自然精准无误。1991年，他参加了统计员全国统考，是当时矿山公司唯一获得资质证书的人。

后来，有人说，这个岗位男同志不太适合，换个女同志吧。郭明义二话没说，让出了岗位，转到了生产科的生产技术室。

1992年，国家"七五"重点建设项目——齐矿扩建工程进入开工准备阶段，人才问题便迫在眉睫了，尤其是懂英语的人才。矿山扩建工程，需要引进世界上最先进的矿山设备，需要和外方技术人员直接沟通，没有人才意味着没法沟通。

就这样，热爱学习的郭明义被领导纳入视野。郭明义自学英语10年了，这一次好钢还得用在刀刃上。于是，他就被派到钢铁学院英语强化班进行为期一年的强化学习。

班级里，郭明义是年纪最大，进步也是最快，当然，也是最用功的学员。学好英语，没有窍门，必须下苦功夫反反复复地背，还要营造出一个语言环境，锻炼口语，所以，他尽最大可能和外教交流，甚至把外教请到鞍钢，一起生活。到1993年结业时，他的口语和书面翻译能力，已经能够熟练地与外方人员交流。

此后，郭明义在齐矿扩建工程办公室英文翻译的岗位上，一干就是3年。

所谓的英文翻译，就是现场组装33台载重量154吨的生产汽车——电动轮的时候，他在一旁与来自美国、加拿大等国的生产厂商派来的外方人员进行沟通。矿山设备术语成堆，对于靠自学，靠仅一年的英语强化学习的郭明义来说，难度该有多大？可现场有外国人，有大量的说明书，有其他的翻译人员，这也是天赐的提高他语言能力的机会。

每一天，郭明义都是披着星星来到现场，走的时候，晚霞早就消失了。要知道，电动轮每辆价值都在1000多万元，组装时，丝毫的差错就会带来不小的损失。早来晚走，翻译之余，他在现场利用自己所学的英语，研究电动轮的构造与原理，这里面除了敬业精神，还有更深层次的内涵，他要管一管"闲事"，为矿山把住组装质量，为国家看守财富。

郭明义的敬业精神感动了外方人员，他们认为郭明义是最值得信赖的合作伙伴。见此情景，领导又让他兼任外方人员的司机。只要他们有事，郭明义24小时随叫随到。

3年的朝夕相处中，外方工程技术人员十分感谢郭明义对他们的照顾，在工作以外的时间里出车的时候，技术人员多次要给他几美元的小费作为酬劳，对于当时月工资200多元的郭明义来说，这可是一笔不小的收入哇。可是，他不能要，这不是钱的问题，他虽然服务于外国工程技术人员，却不比他们低气，他在守护自己的尊严。

这期间，鞍钢的经营临时出现资金困难，当月工资没有发，一名外方人员拿出厚厚的一沓钱，私下送给郭明义，帮助他的生活，他毫不犹豫地推辞了。外方技术人员总是觉得欠他的，经常要单独邀请他到饭店吃饭，他从没去过。可是，来自澳大利亚的艾伦得知他到市希望办为失学儿童捐款，要跟他一块儿去时，他带着外国朋友，愉快地去了，还帮助艾伦为两名岫岩的孩子捐了款。

郭明义就是通过这些小事，让外方技术人员感受到，中国人有志气，有感情，有爱心。

美国犹格里德公司澳大利亚售后技术服务部中国区总管，喜欢上了郭明义，对郭明义的敬业精神、技术能力和高尚品格非常赞赏，非常渴望自己的公司能拥有这样一名员工，两次劝郭明义到他所在的中国区工作，并承诺可以拿到比他当时每月收入高6～7倍的工资。

郭明义不为所动，很明确地表示："我现在干得挺好，我对自己的企业有感情，对企业的发展有信心。"

总管竖起拇指，鞍钢拥有这样的员工，腾飞那是注定的事。

感情归感情，合作归合作，在原则问题上郭明义一点儿也不让步。虽然电动轮的进口备件质量检验不归他管，可每一次对着备件做中文翻译时，他都认真检查，发现问题，马上纠正。

一次，电动轮汽车组装完成后运转起来，郭明义听到声音有些不对，马上让司机停车，他要检查。他只是一名翻译，没有质检的权限，他却毫不顾及自己的身份，头一次失掉风度，和外方技术人员大喊大叫起来。

一般来说，电动轮经过调试，投入运转后，外方技术人员便认为大功告成，不再对质量问题负责了。面对郭明义的大吼大叫，他们也强硬起来，硬是说，你们自己使用坏了。

郭明义不服输，他要抓到第一手证据，证明设备质量不过关，有问题。他脱掉衣服，钻进窄小的电机箱子里，一项一项地检查，拍下里面每一项英文说明，掌握第一手证据。从里面爬出来，他写出中英文说明，通过矿里和外国技术人员据理力争，终于用事实说服他们。

五台电动轮汽车都有同样的质量问题，郭明义多出一只耳朵听，多管一件"闲"事，就让矿里获得外方10万美元的赔偿。

33台电动轮全部组装完成了，外国技术人员就要离开，他们没有因为郭明义执着地让他们赔偿而伤了感情，反倒不停地称赞他，还赠送他一块价值1000多元的手表，以示纪念。这一次，无论他怎样推却，都没能推却掉。捧着手表，他总觉得心里不安，直到把这块手表送给了上级纪检部门，他才了却了一桩心事。

电动轮汽车对采场公路的要求很挑剔，路要平坦，坡度要缓，弯路的角度要适合，一旦这个庞然大物发生了侧翻，那可就是天大的麻烦。为此，澳大利亚的矿山为电动轮汽车专修了一条柏油公路。我们矿山，矿石品位没有人家的高，剥岩的工程量又特别大，几乎是三比一，没有修柏油路的可能，土路的维护便提上了日程，要把土路铺得平平展展，没有一名责任心极强的专业技术干部，那是万万不能的，莫说是一辆电动轮出了问题就是上千万元的损失，哪怕是轮胎磨损了，也起码要花上几十万元来换，还要影响生产进度。由谁来主管采场公路的设计、建设和管护工作？

齐矿的领导不约而同地选择了郭明义。

这是个十分重要的岗位，亦是个异常艰苦的岗位，而郭明义刚刚完成的工作，又是那样的出色，送他到这个岗位，总有让好人吃亏的感觉。

没想到，找郭明义谈话，异常顺利，他非常愉快地接受了，他说："我只有一个女儿，现在，又多了33个孩子，他们都是我的心头肉。"从此，他扑在了这个岗位上，一干就是15年。

在齐大山这座亚洲最大的铁矿山的采场里，无论春夏秋冬，无论雨雪冰霜，每天早上5点40分，有一个身影总会像时钟一样准地站到这里。在这个全长43公里，段高在66米至–135米、高差200多米的作业平台之间，这个身影每天至少步行10公里。15年里，这个身影走过的路程长达6万公里，相当于走完了4次长征。

这个身影就是把采场当成自己生命的郭明义。

每天早晨4点多，郭明义就起床了，吃完妻子孙秀英做的早餐，5点整，他从家里准时出发，步行40分钟，来到采场。采场40余公里的道路，都是盘山道，一圈一圈地盘旋下去。从进入采场，到深入采场的底部，郭明义走出了一条属于自己的毛毛道，顺着毛毛道，他直接走到关键的路段，发现问题，找来值夜班的职工，马上抢修。

8点钟，白班职工到岗后，他集中指导全采场道路的整修。因为矿山生产常常躲峰限电，下午和夜里是生产的高峰期，他几乎每天都是和职工抢在下午1点钟之前，把道路修好后才能吃午饭。下午，他还要在采场主要道路上，再步行检查一遍，仔细观测每一处道路的平整度、坡度和宽度，然后赶回办公室制订下一步修路计划。然而，由于齐矿采场生产压力大，采场道路调整特别频繁，一有会战，他常常要在现场工作到天黑才能回机关办公室，回家就更晚了。

仅靠步行每天提前两小时到达采场，并始终如一地坚持15年，这一点，齐矿的职工没有一个不佩服的。大家谈起这件事时，都互相问，要是让你每天提前两个小时上班，能坚持多长时间？有的回答，能坚持三五天，有的说半个月，有的说一个月。没有谁敢说自己能坚持半年的。特别是大冬天里，连早起10分钟都不愿意。可郭明义硬是在这条孤独寂寞的路途上，连续走了15年。没有强烈的敬业精神和顽强的意志品质，是根本无法做到的。

很难想象，这5000多天他是怎样坚持下来的。况且，越是疾风暴雨，越是大雪漫天，修路的任务就越繁重，郭明义比平时来得还要早。同志们多次问过他，你是怎么做到的？他却轻描淡写地说："没什么，习惯了，不早点儿来看看采场道路的情况，我的心里不踏实。我来了，也能给现场的夜班职工们鼓鼓劲，让大家争取在交班前多抢点儿活儿。"

如果不到采场，别人很难理解郭明义在工作中的艰辛与付出。

露天采场里没有任何遮挡，由于矿山的作业平台都是边形成，边生产，边消失，不能建固定的休息室。因此，无论是突降暴雨暴雪，还是大风刮得人睁不开眼睛，想找个躲避的地方都没有，而且越是天气恶劣，采场道路维修就越不能停。

深凹下去的采场，形成了特殊的气候，冬天时比外面低5摄氏度，夏天时比外面高10摄氏度。修路的职工都驾驶各种车辆，驾驶室内有冷热风。而郭明义却每天在或寒风刺骨或热如桑拿的环境中，工作10个小时以上。每到夏天，脸上都要多次晒暴皮；冬天时，耳朵经常被冻伤。可这么多年来，谁也没有见他叫过一声苦，说过一句疼。

工友们心疼他，让他到车上来，冬天暖一暖，夏天凉一凉，可他说啥也不肯，他说，上面太高，没法看清路面的平整度。是呀，即使在路面上行走时，他也是经常蹲下身子，严格地审视着路面。

有一次，新华社记者在夏天到现场采访郭明义，不到10分钟，记者就中暑晕过去了。40多摄氏度的高温，空旷的采场里，太阳晒得人无处躲无处藏，常人谁能受得了？郭明义却在这样的环境里，每天坚守十几个小时。当然，他也不是铁打的人，身体再结实，也有受不了的时候，酷暑难耐的时候，汗水都被太阳烤干了，他也会承受不住。修路作业区推土机司机单锡纯回忆说，看到郭师傅中暑晕倒至少有3次。

齐矿的电动轮汽车都是庞然大物。最大的每台自重100多吨，载重量195吨，轮胎直径近4米，整车高度近6米。这些车都有15米左右的瞭望死角。别说是普通人，就是30吨的翻斗车，都没有它的车轱辘高。

在矿山企业，曾发生了电动轮碾轧面包车、小货车，造成群死群伤后电动轮司机却没有任何察觉的恶性事故。而郭明义身边，平路机、翻斗车、推土机等修路机具和大型矿用电动轮在他身边每天都要往来穿梭几百次，这还不包括隐藏着的山体滑坡，在这里工作，随时都面临意想不到的危险。

在这样艰苦的环境中，他从37岁开始干起，如今已奋战到52岁了。15年里，他从未有过离开这一艰苦岗位的念头。而且，当领导考虑到他年龄大了，想给他调换一个相对轻松的岗位时，他都谢绝了。他说："这些公路，是维系矿山生产的'血管'，我必须让它平整，干净，畅通。"

就这样，15年过去了，家里的事他推给妻子和亲属办，同事朋友亲戚办喜事儿，他钱到了人却不去，无论什么事儿，都无法阻挡他坚定而匆忙的步履。仅义务奉献的工作日，就达1900多个，15年相当于多干了5年的工作量。

郭明义把采场公路比成血管，那是再贴切不过的了。而这些公路，每年承载着5000多万吨采剥总量、1500多万吨铁矿石的转运和输出任务。一旦"血管"阻塞或断裂，不仅给矿山生产带来致命的影响，而且将造成严重的经济损失。即使"血管"中有杂质，他也绝对不允许，"杂质"会过多地消耗电动轮的能量，增加轮胎的磨损程度，减少电动轮的使用寿命，更会降低电动轮和电铲的作业效率。更换195电动轮的一个轮胎就要100万元，一辆电铲车的价值高达一亿元。庞然大物的现代化矿山设备，似乎对路面的要求不怎么苛刻，视岗位为生命的郭明义却苛刻得很，他像爱护自己的眼睛一样守护着采场公路。

多年来郭明义摸索出了一套科学管理的办法。通过对现场细致的观测、记录，借鉴国内外大型矿山企业公路管理的新理念、新技术和新工艺，对采场公路管理的技术、工艺等进行了大胆的实践和创新，制定出了《公路、支线、铲窝维护技术标准与考核办法》《采场星级公路达标标准与工作流程》等技术标准和工作制度，填补了矿业公司采场公路建设上的多项技术空白。齐矿的星级公路达10多公里，达标合格率为98%以上。

为擦亮眼睛，确保"血管"畅通，郭明义确实是豁出命来干。

修路车间公路管理员高森山永远也忘不了那一幕。2006年7月的一个夜晚，天降暴雨，一条白天刚刚铺好的坡道在暴雨的冲刷下出现险情。下半夜1点，正在值夜班的高森山接到电话后，立即赶到现场，等待从矿机关楼赶来的郭明义。他望着采场公路心想，以往郭明义都是走这条路，遇到急活，就会翻山坡抄近路过来，今天下这么大的雨，这个山坡没法翻。正想着，他忽然看到郭明义冒着摔伤、滚落的危险，从高差90多米、倾角45度的近路翻山过来，一下子心像被某种东西狠狠地撞了一下。他说："当时郭明义浑身是泥，雨顺着头发往嘴里淌，脚都磨破了，却还像没事儿似的冲我喊'抓紧时间修路'。我真是再也控制不住，当时就掉眼泪了……"在郭明义的感召下，现场的十余名同志干劲十足，一个小时后这条公路就修好了。

2007年3月4日，鞍山遭遇了50年一遇的暴风雪。望着漫天大雪，郭明义十分着急。下半夜2点钟，他就从家里出发往采场走。路上的积雪没过膝盖，走着走着就会掉进没腰深的积雪坑。他几乎是手脚并用着第一个赶到采场。从早晨4点半开始组织职工除雪，一直干到晚上6点多，采场主干线公路全部恢复生产后，他才下山。

2008年2月，被称为"亚洲第一移"的齐矿破碎站下移工程开始了，矿里要求12小时内修好皮带下面的路。很多同志不了解破碎站下移的难度，形象点儿说，就是将一座高20多米、宽15米、重900多吨的钢铁建筑物用特种车辆托起来，通过公路下移到另一个平台。如果路面稍有不平，就会造成破碎站侧翻，不仅没有任何机具能控制，而且会对周边的人员、设备构成严重威胁。

当时，采场雪花飞舞，寒风刺骨，皮带下面的矿石堆都冻住了，十分坚硬，路修得很慢。郭明义前一天患上了重感冒，但从早上5点一直到后半夜2点，他一直站在现场监督指导。同志们见他浑身颤抖，多次劝他下山，他却坚决不肯。路修好时，他累得连站都站不住了，是两名同志搀扶着将他送回家。早晨天没亮，他又准时出现在采场上，仅仅休息了3小时。

几年来，齐矿一直名列全国同行业电铲效率、生产汽车效率第一，创两项中国企业新纪录。仅2009年，齐矿就通过节能降耗创效3600多万元。这些成绩的取得，同郭明义的科学管理、全力付出以及他产生的示范作用密不可分。

人缘好，脾气暴，这是工友们对郭明义的评价。

这看似矛盾，怎么在郭明义身上融为了一体？人缘好是郭明义对工友们有感情的体现，脾气是郭明义对工作的态度，他把人情和工作分得一清二楚。感情再好，工作不到位，那就等着老郭劈头盖脸地收拾吧。

一次，一名老推土机司机，在平整电铲作业面时，施工质量没有达到标准，郭明义要他重新施工。这名老工人非常不服气，从设备上跳下来与郭明义理论，并在气头上说要打郭明义。郭明义说："你打我骂我都可以，但是工作质量差是大家都看到的，必须按照标准重新施工。"老工人见他如此较真儿，一副雷打不动的样子，也就服气了，回去返工了。这名老工人退休时，郭明义把自己省下的工作服、劳动鞋、雨靴等都送给了他，并说："您家在农村住，这些东西以后能用上。"多年以后，老工人遇到工友时还经常打听郭明义的情况，并通过工友向郭明义问好。

还有一次，平整道路施工结束时，已过了中午12点，郭明义经过测量发现路面的平整度只是接近合格，而未达标，就坚决不让收工、不予签证。修路作业区的一名现场负责人对此有些不满，郭明义来了犟脾气，坚决不同意，直至说服了大家返工重修达标。

凡涉及施工质量，郭明义就是黑脸包公，甚至连主管他的领导也敢顶。一次，生产厂长让他不要和施工队斤斤计较，他张嘴就让自己的顶头上司"闭嘴"，弄得人家好下不来台。

近年来，由于铁矿石价格大幅上涨，一些不法分子便把盗抢矿石作为生财之道。而齐矿采场又与鞍山、辽阳的多个村子接壤，守护任务非常艰巨。

2007年，矿业公司开展了声势浩大的矿产资源保卫战。齐矿成立两个护矿队，每天晚上在采场巡逻。郭明义主动报名参加。每次巡逻时发现异常情况，他都冲在最前面。即使是面对多名持刀歹徒的威胁，也从不退缩。

6月的一天早晨，5点多钟，来到采场的郭明义快走到沟底时，发现两个不法分子正在偷盗柴油。他大喝一声，一边喊一边往前冲，两个歹徒吓得想开车逃跑，他一个箭步冲上去挡住了去路，并大声说："要跑，除非从我的身上轧过去。"两个歹徒一看真是遇到了不怕死的人，丢下车辆和柴油慌忙逃跑。

第五章　献了一切还献什么

现在，我们用一组数据说话吧。

1990年以来，郭明义坚持20年无偿献血，累计献血6万毫升，相当于自身总血量的10倍。

1994年以来，郭明义为希望工程、身边工友和灾区群众捐款12万元，先后资助了180多名特困生，而自己的家一贫如洗。

2006年以来，郭明义8次发起捐献造血干细胞的倡议，有1700多名矿业职工参与。

2007年以来，郭明义7次发起无偿献血的倡议，共有600多名矿业职工参与，累计献血15万毫升。

2008年以来，郭明义发起的希望工程捐资助学活动，已有2800多名矿业职工参与，资助特困生1000多名，捐款近40万元。

2009年以来，郭明义发起成立的遗体（器官）捐献志愿者俱乐部，已有200多名矿业职工和社会人士参与，是国内目前参与人数最多的遗体（器官）捐献志愿者俱乐部。

有人总结，郭明义有四献：献血、献工、献钱物、献遗体。这四献，几乎是献出了一个人的一切。郭明义却说，其实我只献出了一个字，那就是爱。

在采场几个车间交叉作业，无论哪个车间的工友，都奉郭明义为不是领导的领导，不是工会主席的主席，大家有事找他商量，有困难找他帮助。同龄人称他郭师傅，比他年轻的称他郭大哥，青年人称他郭叔叔，所有的称呼都是那么亲切。他把大家聚起来的时候，是一团熊熊燃烧的火，大家离开采场，每个人都成了天宇间闪闪发光的星星。

郭明义有如此的凝聚力，是源于他人格的力量，源于那个最简单的字，爱。

如果你亲临他的工作场所，每一天都会被这个字感动。采场里，每一位工友，不论是在高高的电动轮汽车上驾驶，还是行走在地面，只要相逢，互相都会敬一个自然却又深沉的举手礼，那是向对方打招呼，也是向对方问好。这种相互尊重的习惯，就是郭明义带到采场来的，那是军人的习惯，却是工友们的朴素情感。

快乐工作，激情人生，是郭明义的一贯风格。每天清晨，郭明义赶到采场时，正是干了一夜的工友们最疲倦的时候，他一边工作，一边用对讲机给大家解闷。郭明义的嗓子亮，很多个早晨，采场的对讲机成了听众点播节目的传声筒，无论是点他的拿手歌《咱当兵的人》，还是点难度大的《青藏高原》，他都会有板有眼地给大家唱，有时还把采场当成大舞台，边唱边表演动作。

采场很空旷，每个作业面仅有一两个人，驾驶着庞大的矿山设备，伴随着轰鸣的机器声，人会感觉很枯燥，也很孤独。所以，他们特别渴望见到郭师傅，郭师傅能让他们高兴，能给他们解乏，能倾听他们的心里话，能让他们内心的寂寞得到释放。工友们心里有什么疙瘩解不开，都找郭明义倾诉，大到帮助大龄青年找媳妇，小到和老婆吵架，他们都需要郭明义解心宽。有时，郭明义也用他擅长的文学给大家解闷，背诵《再别康桥》这样的诗歌名篇，也会给工友们即兴创作几首诗。工友们有时没听够，在对讲机里喊："郭师傅，你再来一个，我就多拉一车。"

多拉一车，就是效益，就是贡献，这就是郭明义所要的回报。

郭明义对工友们的爱，超过了对自己的妻子女儿。妻子在医院做病案统计工作，也是个优秀工作者，不用他操心；女儿呢，学习优秀，自理能力很强，更不用他去管，甚至女儿到南京上大学，他仅仅送到鞍山火车站。

可对工友，郭明义却是从细节上去关心：大年初一，他不休息，依然早早地来到采场，给大家拜年，发糖果；工友们说累了，想抽支烟解解乏，他自己不抽烟，却马上去买；食堂送来的饭菜做得不好吃，他拿起工友的饭盒就去找矿领导；冬天里，谁的车辆挡风玻璃坏了，他立刻脱下自己的大衣，给工友披上；看到身边的工友生活有困难，他总是倾尽全力去帮助，少的一二百元，多的上千元，他先后资助过40多名工友；听说工友郭启涛家困难得电视都没有，回到家，他马上把电视抱过去，还说，女儿念书，我们不看电视；工友们工资、福利待遇、劳动保护出现了差错，只要他知道，就用不着工友们去到矿里跑；外面修桥，通勤车进不来采场，影响了工作，他立刻跑出去协调。

笔者跟随着郭明义深入采场时，工友们围上笔者，争先恐后地诉说郭师傅做过的好事，多得已经让笔者手忙脚乱了。

1997年，齐矿开展了一次创星级公路会战，可修路作业区只有20多人，任务非常紧，郭明义为了调动修路职工的积极性，向大家承诺，只要大家加班加点，超额完成每天的工作量，就天天请他们到饭店吃饭。十几天里，大家每天都干到八九点钟才收工，他每天都请大伙到饭店吃饭。大家认为，作为生产技术室的干部，老郭请吃饭，肯定能报销。可过了很久才知道，当时他的妻子正在上海进修，而已经开始捐资助学的他，根本拿不出这么多钱。十几天里，为了请大伙吃饭，他在饭店赊了2000多元的账。当时郭明义和妻子的月工资加在一起，还不足1000元。妻子学习回来后，把家中仅有的一点儿积蓄全都拿出来，替郭明义还了账。

鞍钢党委副书记闻宝满来慰问郭明义，看到他在采场里那么辛苦，立刻决定，专门给他配备一辆皮卡，作为工作用车。他当即就回绝了，他说："那么多工人都坐通勤车，我不能要，有了车，增加花销不算，离工友们就远了，还影响我对路面的脚感。"然而，通往采场的两次通勤车的调换，都与郭明义有关。20世纪90年代中期，鞍钢正是投资阶段，还很困难，通勤车是东拼西凑的解放大卡车，上面没有篷子，危险不说，还不能遮风挡雨，他建议给车做了篷子，可是，卡车运行没多久，居然把轮胎跑飞了。这一次，他火了，反对继续维修大卡车，找到了领导，直截了当地说，太容易发生群死群伤的事故了，这是违反劳动法的，出了意外，你们领导要负刑事责任的。听了郭明义的建议，领导马上把通勤车换成了大客车。大客车运行到了年限，上露天下露地，玻璃也没有了，车帮一扯就开，这一次，为了改善大家的通勤环境，又是郭明义找到领导，换上了几辆崭新的中巴。

工友印有仲说："郭师傅就是这样的人，看你衣服破了没法穿了，他宁愿光膀子，也要把衣服脱下来给你穿，他做的好事数都数不过来，我拣最近的说。8月5号下暴雨，高压电缆被水淹了，我戴着绝缘手套，用铁钩子捞电缆，没法打伞，郭师傅老远就跑来了，给我撑伞，他却浑身上下浇个精透。我很过意不去，他却说他身体好，不怕雨浇。"

接受媒体采访时，有记者问，是什么支撑你做了这么多好事？郭明义觉得这不应该是一个问题，他说："做好事是一种习惯，就像吃饭。"

从这里，我们终于找到了一个答案，为什么郭明义号召献血、献造血干细胞、献钱献物献爱心会一呼百应。人心都是肉长的，郭明义付出了这么多，铁打的人都会有感觉了。工友高森山调侃地说："我是铁公鸡，一毛不拔，可郭师傅让我献啥，我都献，命都不要了。"

工友张宏伟说，雷锋咱们没见过，郭师傅我们看到了。

工友徐万飞说，郭叔跟咱和哥们儿差不多。

工友王兆权说，人人都像郭大哥，我们的世界该多美好哇。

1990年，齐矿号召职工参加义务献血，郭明义第一个报了名。在血站里，他同很多初次献血的同志一样，非常紧张。第一针没抽出血来，第二针才完成了献血。

从此，他坚持每年献血，逐渐由每年献一次血，增加到每年献血最高限额的两次。在2004年之前，郭明义已经献血8000多毫升。

无偿献血分为两种，第一种是捐献全血，也就是我们常说的献血。每个人每年最多只能献两次，每次最多献400毫升。第二种是捐献血小板，每次可抽取800毫升或1600毫升的血液，提取一个或两个单位的血小板后再输回体内。血小板可每月捐献一次，每次均按无偿献血等量计算。

2005年，鞍山市中心血站引进血小板提取设备后。郭明义主动要求捐献血小板。除中间献过全血需等半年后才能再捐献外，5年来每个月捐献一次，从未间断过，仅2009年和2010年，他的献血量就相当于3万多毫升。现在，在他办公室的卷柜里，整整齐齐地摆着54本鲜红的无偿献血证。

54本无偿献血证的背后，是一条条被他挽救回来的鲜活生命。

2009年春节前的一天，郭明义正从采场下山准备吃午饭，突然接到血站的电话，问他能否提前捐献血小板。他知道血小板保存期特别短，一般都是按照每月预约的捐献时间采血，没有重症病人，血站不会打来这个电话。当时，天降暴雪，道路难行，出租车都怕出危险，不敢出车，郭明义跑出去很远，才拦到了出租车，迅速赶到血站。

到了医院才知道，一名临产的孕妇患有严重溶血病，急需输入血小板。那时，郭明义早上5点到下午2点水米未进，一般的情况下，不适宜献血。为了挽救生命，他向医生隐瞒了这一事实，毫不犹豫，立即上机采血。血站的同志让他献一个单位的血小板，他坚决不肯。他说，还有孩子呢，两条人命，宁可浪费点儿，也得保她们母子平安。当历时一小时四十分钟的血小板采集结束时，疲惫的他在采血床上睡着了。

第二天一早，他等来了医院的电话，告诉他母子平安，他那颗悬着的心总算落了下来。后来，病人家属找到他，要谢谢救命之恩，郭明义婉言推辞并再三说，这很平常，应该的。

一个体重75公斤的成年人，全身大约有6200毫升血液。20年来，郭明义累计无偿献血已达6万毫升，已经将10倍于自己的满腔热血全都献了出去。按抢救一个病人需要输血800毫升计算，至少挽救75名危重患者的生命。

郭明义血管里流出来的，不再是血了，而是温暖四方的人间大爱。

郭明义不仅自己献血，还向工友们宣传无偿献血的知识，带动身边的人加入无偿献血志愿者的行列。他拿着自己的各项指标均为健康的体检报告向大家证明，献血不但对身体无害，反而有益，能促进新陈代谢，能降低高血脂高血压的发生。

2007年2月，鞍山市临床用血告急，他在献血时听到后，就主动找到血站，要发起大规模无偿献血。他自己动手写倡议书，面对面向工友们宣读，在他的号召下，3月2日，齐矿和矿业设备检修协力中心等单位的100多名干部职工参加了这次无偿献血。他经常去给特困生汇款的齐大山邮局的全体职工和许多了解他事迹的社区居民，还有在他经常去复印特困孩子资料的复印社里打工的小女孩等30余人，受郭明义的感召也闻讯赶来捐献了自己的血液。中心血站的工作人员没想到一下子能来100多人，有些措手不及，体检表都差点儿没够，采血车就出动了3台。他们说，一个由个人自发组织的无偿献血活动能来那么多人，以前没见过，当时有很多职工是刚下夜班，干了一宿活赶来的，血站工作人员都很感动。这一次，血站采集血液2万多毫升。

郭明义的工友高森山说："以前给补助费，我都担心影响健康不愿意献血。现在没有补助，我却献好几次了，就是被郭明义这种精神所感动的。"在采场工作的一名农民工说："我这两年献了3次血，我就是冲着郭明义去的。"推土机司机马文昌已无偿献血6次，并成为捐献造血干细胞、遗体（器官）的志愿者，他说："我们的爱心，都是被郭明义激发出来的。"

2008年6月，为北京奥运会备血期间，郭明义又发动了30多名职工到鞍山市中心血站献血，并获得了鞍山市首批"奥运生命"奖章。

2008年11月，郭明义发起成立了鞍山市第一支无偿献血志愿者服务队，并被推选为队长。

2010年2月1日，郭明义得知市中心血站血源紧缺。2月2日，就向鞍钢集团矿业公司的广大职工发出献血倡议并得到迅速响应。短短三天，就有近500人报名。加上原有的100多名成员，郭明义无偿献血志愿者服务队的人数达到600多人。

因为血站补充血液库存不需要六百多人同时献血，服务队中的130多名志愿者在2010年2月9日这天上午参加了献血。此次血站共采集血液3.2万毫升，其中23名志愿者每人献血400毫升。

郭明义先后动员类似的大规模无偿献血7次，累计献血量达到15万毫升以上。

鲜血源源不断地汇聚在中心血站，爱的暖流昼夜不停地流淌在鞍山大地，扩散到祖国各地。

2002年，郭明义在献血的时候，得知鞍山市红十字会开始面向社会征集捐献造血干细胞志愿者，他马上报名采集了血液样本，加入中华骨髓库，成为鞍山市第一批捐献造血干细胞的志愿者之一。

他知道，一旦配型成功，他挽救的将是一个鲜活的生命。那么多可爱的白血病和再生障碍性贫血的患儿生命匆匆地凋零了，就是因为一时找不到准确的配型，如果我们的骨髓库有充足的血液样本做储备，我们将迎回来多少张笑脸哪。

2006年12月初，郭明义听说工友张国斌13岁的女儿患上了白血病，立即赶到医院看望，掏出了身上仅有的100元钱。毕竟是工薪阶层，张国斌没有能力承担高昂的医疗费。郭明义回去后，到处奔走呼号，在全矿发起了爱心捐款活动，自己又捐了700元。短短几天，就为张国斌一家募集捐款3万多元。

没多久，工友刘孝强15岁的儿子，患上了重度再生障碍性贫血。为了救孩子，郭明义又一次到处奔走，千方百计地帮助筹集费用。自己的积蓄捐光了，拿不出太多的捐款，他就顾不上违规，疏通关系，把自己医保账户上的3000多元钱，都划给了孩子。

看到两个工友整天愁眉不展，想着两个花季少年的生命正被无情的病魔所蚕食，郭明义心急如焚，却感到明显的力不从心，一个人的爱心不管有多广大，终究是有限的，纵使自己浑身是铁，能打几根钉？还是众人拾柴火焰高，他要动员大家一块儿献爱心。于是，他下定决心帮助两个家庭和孩子渡过难关。

要想挽救这两个孩子，最有效的办法是进行造血干细胞移植。可是，由于当时国内捐献样本的志愿者还不多，配型成功的概率也很低。于是，他萌发了一个想法，想在齐矿发起造血干细胞捐献活动。多一个捐献者，就增添一份希望。

于是，郭明义写了一封令人感动的倡议书，走遍齐矿的机关科室和70多个班组，声情并茂地宣读，呼吁大家为挽救工友子女的生命，参加造血干细胞捐献活动。

那段日子，郭明义简直是着了魔，逢人就讲造血干细胞，其实，他心里是急呀，早一刻找到成功的配型，就意味着两个孩子早一天脱离生命危险。甚至职工浴池都成了他的宣讲站，因为每天下班时，职工都要冲洗一下积累了一天的尘埃与汗液，解除掉一天的劳累，浴池是人流最集中的地方，他一边像往常一样给工友们搓澡，一边不厌其烦地介绍捐献造血干细胞知识，呼吁大家参加捐献。最多的时候，他在两个多小时里为20多人搓澡，即使累得筋疲力尽也不罢手，哪怕浴池里只剩下一个人了，他也是照讲不休，虽然造血干细胞配型的成功概率只有不到十万分之一，也许这一个人就是那十万分之一，他不想错过一丝一毫的机会。有时浴池里就剩他一个人了，他还是不肯走，还在等晚来的工友。

为扩大募集捐献造血干细胞志愿者的范围，郭明义联系了鞍山交通广播电台，带着张国斌以及刘孝强的妻子，走进了广播直播间，在介绍孩子病情的时候，郭明义哽咽了，铁一样的大男人哭出了声，主持人不得不让他休息一下再继续介绍。直播节目，令人肝肠寸断，无不为两个孩子扼腕，40余名听众立刻把电话打进直播间，表示一定去参加配型捐献，其中还有外市的听众。

郭明义的真心呼唤得到了迅速响应。

2006年12月27日，在他发起的第一次捐献活动中，400多名工友和社会爱心人士被采集了血液样本，成为捐献造血干细胞志愿者。在他的不懈努力下，更多的职工和社区居民陆续加入捐献志愿者行列，在随后的7次捐献活动中，又有1300多人参加。目前，鞍山市共有5000多名捐献造血干细胞志愿者，其中，由郭明义的动员和受他影响加入的志愿者将近三分之一。

3年多过去了，张国斌的女儿不仅病情稳定，而且已经与一名志愿者配型成功，可随时进行移植。由于对捐献者的信息严格保密，郭明义不清楚是不是他们这批志愿者中的一个。但孩子的生命，有了最坚实的保障。现在，只要讲到郭明义，张国斌每次都热泪盈眶，哽咽得说不出话来。

然而，刘孝强的孩子却没那么幸运了，没等找到成功的配型者，孩子的病情就恶化了。医生说，这个孩子一直对战胜病魔充满信心，意志非常顽强，让他们深受感动。刘孝强说，儿子是满怀着希望和梦想走的，在临走时进入高烧昏迷前，还安慰他说，爸爸，不用为我担心，郭伯伯一定能帮我找到配型成功的人。孩子走了之后，刘孝强哽咽着对工友们说，儿子虽然不在了，我还得好好地活着，替儿子多为社会、为别人做点儿贡献，来回报郭明义和那么多为他献爱心的人。儿子一定会在天堂里微笑的，一定会在梦中和我相见的。

孩子过世那天，郭明义哭成了泪人，他总认为自己能救孩子，可现实却总是那样无情。如果骨髓库中所有的配型都伸手可得，能挽救多少个孩子呀！

值得郭明义欣慰的是，受他影响的工友许平鑫与武汉一名白血病患者配型成功，并到位于沈阳的中国医大盛京医院顺利完成了捐献，成为全国第1066例造血干细胞成功捐献者。虽然捐献都与受献者有严格保密的规定，可通过不同渠道，许平鑫打听到了，那个濒临死亡的生命，已经完全康复了，重返了刑警队长的工作岗位，正用旺盛的精力维护着一方平安。

许平鑫十分激动，他一辈子都不会忘记做过这么一件特别有意义的事，感谢郭大哥。

如果说他贫穷，他确实贫穷，穷得几乎家徒四壁。

如果说他富裕，他确实富裕，富成全天下最富有的精神富翁。

他没有权力，没有金钱，可他振臂一挥，有成千上万人跟他一起去献血捐钱献爱心，这是他几十年来营造的一种价值观，得到了广泛的认可。

走进郭明义位于齐大山镇樱桃园村那个窄小得不能再小的家，虽然是不足40平方米的单室，虽然还是20世纪80年代的水泥地、白灰墙、木制门窗，虽然除了床没有其他的家具，却是那样的干净，整洁。最大的两面墙上，一边贴着中国地图，一边贴着世界地图，门楣上挂着一幅印刷的小油画：天使之爱。

不是他没有机会改善居住环境，有三次分房的机会，他都让给了别人，他说："好歹咱也是有房子，工友们还寄人篱下呢，让给他们吧。"

不是他的收入不足以让他买商品房，16年来，有据可查的140多张汇款单就高达12万元，这都是他的捐款。为了帮助更多灾区人民，帮助更多的困难孩子，他基本上倾其所有。

他说，房子虽小，我心非常大。

他说，房子小了，和爱人的距离更近了。

他说，我没有，但我啥都有。

妻子也想提高家里的生活质量，可每逢郭明义把别人遇到的难事说给她听，把电视里的灾情调给她看，她都会陪着丈夫掉眼泪，最终不得不向丈夫妥协，拿出最后的积蓄。妻子再难，节衣缩食也要把钱给他，妻子再累，也要追随他一同去捐款献血献爱心。过年了，妻子单位几家人一块儿聚会，郭明义居然穿着工作服去赴宴，他不觉得丢人，他认为，这就是本真的自己。爱美的妻子，身上没有一件饰品，唯一的"钻戒"是他花28元，从井冈山上买来的工艺品，妻子认为很有纪念意义，当成无价之宝，珍藏了起来。

对自己对家人，他很吝啬，对别人他很慷慨。他说，人的物欲是无止境的，我不想掉进那个深渊里，吃得饱，穿得暖，活得快乐，便足矣。

有一年的六一儿童节，电台里播出一个节目，询问孩子们的心愿，一个汤岗子小学的贫困学生，心愿是有一辆自行车，每天再也不用走很远的路去上学了。郭明义听到后，马上给电台打电话，说这件事交给我了。回到家就把自己的凤凰牌自行车擦得锃亮，专程给送去了。这是一辆妻子新买给他的自行车，前一辆自行车刚刚捐给了海城的一个孩子。

连郭明义自己都讲不清，这是第几次捐自行车了。从此之后，他就走着去采场。别人说他，你真傻。他说，这有什么不好吗，每天走40分钟，相当于晨练了，你们看，谁比我更结实？

杨斯雯，这个就读于四十二中学初三年级的女孩儿，出生不到三个月，父母离婚后就各自离家出走了，从此再也没见过她、管过她。体弱多病的奶奶一直靠低保金维持生活，把小斯雯养到一周岁时，奶奶实在力不从心，狠下心把她送给了别人收养。没有了小斯雯，奶奶睡不着，直到第三天，实在忍受不住内心的煎熬，跑到收养人家中，哀求着把孙女抱了回来。

小斯雯读到小学四年级时，奶奶供养她上学感到太吃力了，加上奶奶的身体每况愈下，甚至产生了轻生的念头。这时，郭明义从"希望办"了解到了她家的情况，及时向她们伸出了温暖的手，一直资助杨斯雯到现在。原来打算初中毕业就打工养家的杨斯雯说，是郭伯伯给了她新的力量，她一定继续好好学习，将来考上好的大学。

在郭明义的心中，帮助孩子就是帮助社会和国家，是他作为一名共产党员应尽的职责。

1994年，当郭明义看到鞍山团市委希望工程办公室号召向濒临失学的儿童捐资助学的电视短片后，心情非常沉重。孩子们渴望读书的目光，让他无法平静，他觉得自己应该做点儿什么，于是第二天，就去市希望办向一名岫岩山区的失学儿童捐助了200元钱。十几天后，他又给这个孩子邮寄了200元。

而当时，他和妻子每月的收入还不到600元，正是上有年迈的父母，下有上学的女儿，家庭负担最重的时候，自己的生活也不富裕。

郭明义不仅在物质上不遗余力地帮助这些孩子，更为这些孩子在精神上撑起了一片蓝天。

今年考上大学的鞍山市特困学生张丽，父母离异后已经五年多没有见到父亲了。她的母亲患有心脏病、类风湿、肾结石等多种疾病，既要靠每月当保洁员不到700元的工资治病，又要抚养刚刚考上高中的女儿，生活十分艰难。郭明义从报纸上看到她考上重点高中、面临辍学窘境需要资助的信息，当天就慷慨解囊，并一直资助她到高中毕业。

张丽收到辽宁工程技术大学的录取通知书后，听到消息的郭明义比自己的孩子考上大学还要高兴，当即表示要一直资助她到大学毕业。张丽说，是郭伯伯让她有了更高的奋斗目标和追求，自己一定要成为一名对社会有用的人。

十几年来，只要是工友们缺少、孩子需要的东西，郭明义都毫不犹豫地捐献了。

2002年4月，郭明义从电视新闻中看到，山东嘉祥县一对生下全国首例自然受孕五胞胎的农民夫妻家里条件差，急需经济上的帮助，就毫不犹豫地汇去了300元钱。七年过去了，郭明义一直给这一家经济上的帮助。每当看着五个孩子生龙活虎的照片时，他都乐得合不拢嘴。

郭明义不仅平时省吃俭用、节衣缩食，甚至连吃午饭的钱都舍不得花，宁可徒步回家里吃饭。一年四季就穿着工作服，一件旧棉衣一穿就是十年。

郭明义说，他家不困难，他和妻子、女儿喜欢过这样简单的生活，他们很满足。在南京师范大学读书的女儿来信说，一想起那不足40平方米的家就感到特别的温暖。

早在2002年，很多人都有了手机。但直到2007年，齐矿奖励郭明义一部手机并明确要求他是工作需要不能捐献后，他才有了手机。2008年，鞍山团市委听说他已捐出了3台电视，现在他自己家却舍不得再买时，就为他买了一台送去，并告诉他这是固定资产不能捐献，这时他家里才有了一件像样的家电。2009年12月30日，鞍钢集团公司党委书记、总经理张晓刚专程到郭明义家走访并高度评价他的事迹。看到郭明义家中的情况，张总非常牵挂，元旦过后奖励了他一台电脑，并嘱咐他，电脑是用来工作的，不能捐。

2008年春节，矿业公司领导到他家走访，特意为他办了超市购物卡。可不久，他就找身边同志换钱捐了；2009年春节，齐矿奖励他一台数码相机，他又换钱捐了；2010年，郭明义被评为鞍钢劳动模范，获得1万元嘉奖，可他又全部捐献了。

16年来，他不仅把生活费捐了，而且把各种补贴一分未留地全都捐了；他不仅把各级组织给他的奖金、慰问金捐了，而且把所有的奖品和慰问品也都捐了。

为帮助更多的孩子，他不仅自己全力付出，而且在鞍山团市委希望办的支持和帮助下，于2008年3月4日，发起成立了以参加希望工程捐资助学活动为目的的"郭明义爱心联队"。

　　2009年7月，鞍钢集团矿业公司召开向郭明义同志学习活动的动员大会后，许许多多的矿业职工在他的事迹感染下纷纷加入。"爱心联队"的成员由原来的30多人，迅速发展到年底的700多人。截至2010年7月底，已有2800多名矿业职工加入，累计捐资助学金额达40万元，共资助了1000多名特困学生。他们当中，既有一次资助十个孩子的领导干部，也有一个班组十几个人长期资助一个孩子的一线职工；既有家住远矿的职工，也有刚入厂不久，还在矿区租房子住的大学毕业生。

　　鞍山市希望办的同志们感慨地说，在一个企业里，能够凭一个人的带动，就有这么多职工参与希望工程，在全国都是十分罕见的！

　　2010年4月，从鞍钢集团矿业公司援疆干部刘芳的口中，郭明义得知在祖国的大西北、新疆喀什地区塔什库尔干县有一所城乡寄宿制小学，那里有许多少数民族孩子读书，其中塔吉克族的孩子占98%以上。

　　由于塔吉克族是游牧民族，他们四处漂泊、居无定所，哪里有草原就到哪里生活，没有稳定的生活来源。在广袤的草原戈壁上有的"家"就是在大树下用木棒围起的一个角落，有的就是用布支起的一个"帐篷"，没有门窗、没电、缺水，成年人直起身子头就能碰到"屋顶"，生活条件十分困难。许多孩子都是在政府部门工作人员翻山越岭地到家里去劝学后才到这所学校来读书的。由于离学校太远，仅有的等外公路大多只能季节性通毛驴车，小型机动车辆基本无法通行，孩子们就是能读上书，也要从自己的"家"翻过几座高山、蹚过许多河流，历尽千辛万苦才能来到学校。许多孩子几年都回不了一次家。虽然学校教育是免费的，但生活上总要有一定的花销，对于这100名孩子来说，这最起码的花销也无法保证。

郭明义了解到这个情况后，心情久久不能平静。他想，不管是汉族还是少数民族的孩子，都是国家的未来和希望啊！自己一定要帮帮他们。于是他马上决定拿出3000元捐助10个孩子，并号召爱心团队的志愿者们捐款来资助他们。在他的爱心感染下，短短半个月的时间，就有3个集体和70名个人总计110名志愿者报名捐助远在新疆的塔吉克族孩子。

　　5月下旬，受郭明义的委托，爱心团队的两名代表将志愿者捐献的3万元爱心款送到学校，交到100名塔吉克族孩子的手中，其中有56名孤儿。在捐赠仪式上，孩子们欢快地跳起了象征吉祥的鹰舞，那一双双纯真的眼睛里，流露的是渴望读书的热切目光，是感怀爱心后迸发的生活希望，是对美好未来的无限憧憬。

　　"好心的叔叔阿姨给了我300元钱，爸爸说，我们家可以买一袋子面粉了，剩下的钱让我买铅笔。爸爸让我要好好学习，将来也要像好心的叔叔阿姨一样去帮助那些上不起学的孩子。好心的叔叔阿姨，我会好好学习的，谢谢你们。""我失去了母亲，但是有叔叔阿姨的关爱，让我无比欣慰，有这么多的人关心我，爱护我，我还有什么理由不好好学习汉语和各门功课呢！我一定用实际行动来报答叔叔阿姨们的帮助。"这些稚嫩的语言里满含着对爱的感激，满含着传递爱的热望。郭明义和爱心团队的志愿者给这些孩子送去的不仅是物质上的帮助，更有精神上的鼓励。

　　前不久，郭明义从电视新闻中看到，鞍山市一个名叫吴一凡的11岁小女孩儿，一边学习一边照顾因病长期瘫痪在床母亲的故事，非常感动，于是当即和电视台联系，要到她家中看望。7月20日，他和部分爱心联队的成员走进了小一凡的家，当置身于这个家徒四壁的小屋时，郭明义含着眼泪向她们捐了款，然后紧紧地拉着小一凡母亲的手说："妹子，你安心养病，你们家的困难和孩子的事，我们一定会帮到底。"走出小一凡的家，郭明义马上和爱心联队的成员开会，确立了长期资助的方案。

当然，每逢国家遇到自然灾害时，郭明义总是第一个站出来捐款，虽说每一次捐款，他都不是最多，但都是倾其所有。由于捐款的次数过多，笔者只能抄录下国家几次重大自然灾害发生后他的捐款：

2008年，四川汶川"5·12"特大地震后，郭明义先后3次向灾区捐款，并交纳了1050元的"特殊党费"。

2010年4月16日，郭明义为青海玉树地震灾区交纳"特殊党费"1000元。

2010年8月9日，郭明义为甘肃舟曲遭遇特大泥石流灾害捐款1000元。

有人问他，你为什么这样热衷于捐款？

他用诗人艾青的话回答，为什么我的眼里常含泪水？因为我对这片土地爱得深沉。

有人问他，难道你不懂索取吗？

他说，事物都是对立统一的，奉献其实也是一种索取，索取精神上的升华，索取心灵的享受，索取人间的博爱。

还有人问他，你奉献了一切，还能奉献什么？

他说，我奉献了这一切还不够，我还要把奉献的精神奉献出去，让它成为民族之魂。

第六章　荣誉比生命更重要

笔者跟踪郭明义采访的这几天，时时刻刻被他的事迹所感染，时时刻刻被他的高尚所打动。别看他脸膛黑红，行走如风，说话直率，快言快语，和普通工人没有什么差别，可他的内心装载着一个世界，他的心灵洁白如雪，他的思想高远深邃，他在点点滴滴中追求着人类共有的精神家园。

他在"人类的梦想"这首诗里写道：

人类的心胸究竟有多宽　多大

难以想象

不仅容纳了太平洋　印度洋　大西洋

珠穆朗玛峰　马里亚纳海沟

还容纳了地球　月亮　宇宙空间

…………

人类的梦想有多大

人类的生存空间　探索空间

就有多大

人类的爱有多宽广　多博大

人类的幸福　温暖

就有多大

通过采访，我们深深地感悟到，郭明义是用自己的行动，营造着一个外在世界与内心世界同频共振的和谐。一个人健康，不仅来自身体，更重要的是来自心灵。一个健康的人，更要引领出一个集体、一个社会的健康。

郭明义有个观点，让笔者十分震惊，生命是有限的，荣誉是无限的，我希望，在我生命结束的时候，我荣誉的花朵依然在盛开。

对于出名，郭明义却突破了传统的观念，都说人怕出名猪怕壮，报纸上也经常鼓励做无名英雄。他觉得，这种观点值得商榷，他认为，出名没有什么不好，但出名也要看含金量，为自己利益出名的人，我不赞成，为实现最广大的社会效益，我愿意出名，还要出大名。名是来营造一种氛围的，我图名图的是公共利益，图的是向上的力量，图的是一种精神的发扬，我要让我的名字成为爱的品牌。无名，就是对弘扬一种精神的贪污，我就要光明磊落地树立自己的形象，我就是我，不为名所累，不为利所诱。

郭明义，从一个普通的名字，成长为一个爱的品牌，笔者深深地思考着：是什么造就了今天的郭明义？

现在，让我们重新思索一下郭明义的成长历程，梳理一下郭明义的成长环境吧。

家庭的熏陶，是郭明义成长的根基。郭明义的父亲是一名普通的矿工，20世纪60年代末因勇救落井青年，被评为辽宁省劳动模范，并作为"响山英雄集体"的代表到北京做过报告，受到过周总理的接见。母亲在综合厂工作，因会点儿医术，经常给人免费治病，深受邻里的赞誉。在这个家庭里，他幼小的心灵中，埋下了淳朴善良、助人为乐的种子。

部队的培养，是郭明义成长的动力。部队的磨炼，始终让郭明义保留着一名战士的顽强作风和优良传统。复员时，部队首长语重心长地对他说，小郭呀，你是党员，又是学雷锋标兵，到地方后可不能给部队丢脸。27年过去了，这句话始终回响在他的耳畔，也始终体现他的行动中。

鞍钢的鼓励，是郭明义成长的源泉。鞍钢这个中国钢铁工业的长子，有着造就英雄的土壤，有着培养模范的环境，从雷锋到老英雄孟泰，从"走在时间前边的人"王崇伦到今天的郭明义，这种企业的精神支柱和文化财富，经历了几十年的传承与弘扬，已经成为一种核心价值体系。很多荣誉，很多奖励，郭明义记得很含糊了，齐大山铁矿和矿业公司的党委却记录得一清二楚，并始终如一有意识地进行宣传，及时摒弃别人对他是傻子、疯子的评价，让他总能沐浴在荣誉的幸福中。

社会的支持，是郭明义成长的环境。不管遇到多大的困难，工友们坚定不移地跟着他一起走，是对他莫大的鼓励；邻里、社会、各级组织的广泛认同，促使他身上原有的中华民族的传统美德与优秀品质，得到极大的发扬。

　　文学的支撑，为郭明义的心灵搭设了崇高的桥梁。他自幼酷爱文学，阅读了大量文学名著，也创作了大量文学作品，文学让他的心灵干净，让他的思想崇高。但忙碌的工作和大量的社会公益活动占据了他的创作时间，在真实的生活中，他在用脚、用生命谱写内心的崇高。他把文学写在了大地。

　　现在，郭明义已经很有影响力了，经常被人请去做报告，可他舍不掉他的工作，舍不掉他的工友，舍不得他所钟爱的公益事业，能推辞的他尽量推辞。实在推辞不掉，他就会毫不客气地推销自己的人生理念，他说："有怎样的人生追求，就会选择怎样的人生道路；接触不同的社会群体，就会有不同的人生思考。我是普通群众的一员，我接触的工友都是一线产业工人，他们是国家建设的中坚，我为他们谋利益，就是代表着最广大人民的利益。"

　　随着年龄的增长，郭明义越来越感到时间的紧迫。因为，献血最高的年龄为55岁，他只能再献三年；距离退休，他也不到八年了。争分夺秒地为鞍钢和全社会多做一些事，是他现在最大的心愿。

　　他说："走下讲台，我还是原来的我。"

钱为谁而余

——记全国劳动模范、党的十八大代表钱学余

第一章

那是25年前的三九天，北风呼啸，寒风从四面漏风的门窗肆无忌惮地钻入屋内，村民们捂着大衣，坐在火炕上还冻得瑟瑟发抖。

院子的外边，还有些人陆陆续续走进来，空旷的6间房子，渐渐地有了人气儿。这些是村民代表，代表着全村456户，1600多口人商量着全村的大事儿，那就是谁来做村主任，挑起村里的大梁。这样的会，村里开了无数次，可商量来商量去，每一次都是无果而终，有本事的人不愿意干，想干的人没本事，大家也不认可。

离村委会换届选举的日子不到一年了，那些富裕的村子，早就为当村主任争得面红耳赤，可辽宁省建平县万寿乡小平房村，村主任空着，候选人还没有个模样。

村里太穷了，没有一点儿家底儿，村干部多年没发补助金，村部的6间平房，房顶长着茅草，房檐七扭八歪，窗不像窗，门不像门，破损的门窗上钉着塑料布，还没有平常人家平整干净。到了数九寒冬，村部的屋里和外边一样冷，除了一铺大炕，没有完整的办

公室。村部几乎成了摆设，没有人去，到村里办事儿，或者村民找村里办事儿，只好找到村干部家。

这个家不好当，在此之前，村主任走马灯似的换，干了一段日子，就知难而退，没人主事儿，人心就散了，村里的乱事儿就多了起来，打架闹事、超生违规、邻里纠纷等现象摁倒葫芦起来瓢，成了全乡有名的落后村。

乡里也想改变小平房村的状况，让乡政府的武装部长兼任村干部，可村里的积弊太多，农业税、特产税还有几项提留和统筹，收得参差不齐，一方面是村民穷交不起，另一方面是村民有抵触情绪，不愿意交。武装部长人生地不熟，村民不买账，强制往上收，更反感。

小平房村成了老大难，呈现半瘫痪状态。

找一个能人，改变小平房村面貌，成了乡政府、村委会，还有村民共同的愿望。谁能行呢？当时的村支书和乡领导都想到了一个人，钱学余。

生于1961年的钱学余，刚满30岁，已经是建平县小有名气的建筑工程队的队长，每年承包好几项工程，个人能挣四五万元。在万元户都让人羡慕的年代，年收入这么高，已经很丰厚了。回村当一名几乎连补助金都拿不到手的村主任，还要处理那么多棘手的难题，放到谁身上，谁不掂量掂量？这也是村主任难选的主要原因。

看见钱学余带领的工程队发展得这么好，村支书也抱着试试看的态度，找到了钱学余的家，和钱学余促膝长谈，吐出了肚里的想法，让钱学余回到村上，和他一起搭班子，改变村里贫穷落后的面貌。

钱学余满脑子都是工程队里的事儿，委婉地回绝了村支书的邀请。

虽说这事儿来得突然，但也是无风不起浪。谁做村主任最合适，大家已经谈论好一阵儿了，即使钱学余不反对，村里那些跟着钱学余出去干工程的人也不会同意,那些木工瓦工每个月四百五百地往家拿钱,即使最普通的力工,也比机关干部挣得多。况且,钱学余为人厚道仁义,不像其他包工头,一年一算账,到了年终还欠着。他不管工程款结没结下来,到月就给大家开工资,从不拖欠,大家跟着钱学余干,心里舒坦。一旦钱学余回了村里,谁还能带着他们干工程?工程队就得黄,还不是树倒猢狲散?所以,平素里,他们就向钱学余灌输,咱们村底儿太空了,拿出多少精力和钱财也填不满这个坑,要是回村当这个主任,不是丢了西瓜捡芝麻吗?

县二建公司的经理也不同意,钱学余的工程队给二建公司干了几项工程,成了公司里的标杆,经理特别欣赏他的施工技术和管理能力。那时,二建公司还是县集体企业,工人的社会地位远远高于农民。经理向钱学余承诺,给钱学余转为正式工人,拿红户口本,吃供应粮,还任命他当工长,不但不减少他的收入,还解决了他的后顾之忧,老了有退休金。

这些优厚条件,对于那个时候的年轻人来说,确实诱惑很大,是许多农村人梦寐以求的事情,可对钱学余来说,并没有吸引力。那时,正在鼓励个体经营,他只想把自己的工程队带好,做自己最喜欢做的事情。

每天骑着摩托从县城回家的钱学余,看到残破的村部,看到破落的山村,还有村子四周贫瘠的山沟沟,他心里也不好受,也想给村里多出点儿力,可是工程队已经拉了起来,在县城里也有了影响,回到村,这些年的努力就半途而废了。更何况这时候回村接手这个烂摊子,确实不好干。回村的念头只是想一想,也就放下了。

村支书谈不通,因为钱学余说得有道理,带着村里的年轻人在外务工,也是帮助村里人致富,不一定非得当村主任。于是,乡里的领导找他谈,毕竟他在外边闯荡了这么多年,懂市场经济,有新的经营理念,希望他回村里,带着大家共同探索发展的路子。

既然没答应村书记,同样他也没答应乡领导。村民们坐不住了，村里的长辈们和他唠，一些村民也到他家里，希望他回村任职，带领大家共同致富。

看着大家这么殷切地期盼着他，盼着他改变村里贫穷落后面貌，盼着他带着全村人脱贫致富，钱学余的心多少有些活络了，答应和家里人商量商量再说。

回家一商量，家人和亲戚都炸了锅，都反对他回村里任职，他们算了这样一笔账："干工程好赖不济，一年也收入个四五万，当村主任受累不讨好不说，还得罪人，跟你干的人也没地方打工了，得不偿失呀。"

本来性格很果断的钱学余，此时却犹豫了，这里的山这里的水，把他从小养大。他对家乡有着很深的感情，村里四周环山，土质瘠薄，村里人都是靠天吃饭，即使是包产到户了，也是勉强温饱。

小时候，钱学余的父母身体都不太好，生产队工分日值低，家里日子过得紧紧巴巴。他靠打短工，为自己挣点儿零钱，买衣服、交学费。贫穷落后的环境，吃不饱穿不暖的滋味，让他从很小的时候就产生与命运抗争、改变贫穷的想法。高中毕业后回村务农，拼命干一年，挣了5000多个工分，却只拿回100多元钱。为了摆脱困境，他决定进城打工。从在县城工程队当力工开始，凭着埋头苦干的劲头，很快学成六级瓦工，当上班组长、工程队长，在业余时间，他刻苦钻研建筑方面的各种业务，最后凭自己的努力，带起了70多人的建筑队，开始承包工程建楼房，成了当时让人们眼热的"万元户"，被看作村子里的"能人"。个人事业发展算得上春风得意，一帆风顺。

说实在的，让谁抛下刚刚风生水起的个人事业，带着一个落后集体去打拼，谁都会望而却步。

正当钱学余打定主意，准备继续在建筑市场上大干一番的时候，岳父把他找到了家。岳父和他是邻村，村里人议论纷纷的时候，老人家没有吱声，他在冷眼观察。他看得出女婿的心在纠结，也在权衡利弊。

毕竟是多年的老党员，岳父看着当时一直处在贫穷落后状态的小平房村，他也很着急，既然这么多人都看好他的女婿，他也相信女婿能改变这个村，他要做女婿的定盘星。腊月里，趁着女儿女婿回家，岳父语重心长地对女婿说："学余呀，你在外边跑了这么多年，钱也没少挣，够花就行了，回来吧，村里的人都指望着你呢。人过留名，雁过留声，活在这个村里，就得为家乡人做点儿事情。一人富了不算富，让全村人都富裕才算实现真正的人生价值，才是你真正的本事。你既然名字叫了钱学余，命里注定要挑起让大家共同富裕的担子，要不你的钱给谁余？"

岳父的一番话，让他顿开茅塞，他不再犹豫，决定舍小家，顾大家。既然从小就在心里滋长着改变家乡的梦想抱负，岳父的话也恰恰说出了他心底的愿望，有什么理由不把自己的理想谱写在小平房村呢？他不再考虑亲友们的反对，也说服了村里那些跟随他干工程的人，让大家和他一块儿回村，追求共同富裕。

没过几天，他就义无反顾地到村里任职，因为换届的日子没到，村民代表暂时推举他为村委会副主任。他不在乎名分，干的是实事。

下定决心容易，真的干起来，却难上加难，理想与现实有着天壤之别。

那时候，村民戏称村干部为"要钱要粮"。钱是农业税、特产税，还有三项提留款，平均每人每年70元。粮是交公粮，任务得完成。交公粮是国策，大家都懂，工作虽难，还说得通。最困难的是要钱，大多数人对此有意见，就是不交，还有一小部分人是因为家里穷，交不起。那时交公粮国税是硬指标，政策与这些年国家反哺农业恰恰相反。那时候的小平房村有6个村民组，456户，钱学余包

224

了3个村民组，223户，晚上一家一家地走，有的人家几年没交，一下子就交一两千元，舍不得。可想想自己的儿子，或者是亲人跟着钱学余干工程，没少赚钱，不好驳钱学余的面子，不再做钉子户。实在太穷，交不起的，钱学余就自己拿钱给垫上，啥时有啥时还，没有就算了。

钱是收上来了，任务也完成了，也不再拖乡里的后腿，可钱学余心里难受哇，他的理想是给村民发钱，而不是天天向村民要钱，村干部应该带着村民去赚钱，让每一户人家不再为吃穿用发愁，这才是当干部的本分。

春节到了，村干部大眼瞪小眼，都看着钱学余，村里没有一分钱收入，补助金还是开不上。怎么办？没办法，收上来的钱要上缴，不能留下发补助金。无工不富，他把眼光投向未来，研究发展工业，村支书与钱学余决定召开村班子会商量一下，大家坐在村委会里的土炕上，你一言我一语地研究，定下来先恢复原来乡里下马的砖厂。

可回村办工业的第一脚没有踢开，投资找不到，贷款办不下来，砖的销路也不看好，第一仗没打响就偃旗息鼓了。

有人劝他，别折腾了，多少个村办企业都黄了，还是现实点儿，辞掉副主任，还是干咱们的工程吧。钱学余是个有闷主意的人，没有人能动摇他办工业的念头。砖厂不行，改成开发铁矿资源。

那时候，村里已经发现了铁矿资源，几个村民认为能挣到钱，专挑矿品位高的地方，像采石头那样开采矿石，把山弄得乱七八糟，还有人因为不懂得安全常识，受了伤。

然而，现实却不像村民想的那样，有了矿石就能出钱。矿石堆在山上，贵贱没人要。钱学余觉得，村民的汗不能白流，想方设法地给他们换回钱，不仅能探探市场，更重要的是要把有矿石的山管理起来，按照规矩，有规划地开采，不能谁想采就采。

通过努力，钱学余联系了喀左的一家铁选厂，硬是把矿石送了进去。矿石销路问题是解决了，可是新的问题又出现了，送矿石的村民向钱学余反映说："铁选厂不仅压低矿石品位，还不按时给钱。"

没想到事情会是这样，喀左的铁选厂居然想白白占有矿石，钱学余很恼火，他和村班子商量，应该把个人行为改变为企业行为，村委会就是企业的主体，两家是企业之间的业务往来与互利互惠的合作伙伴。开采矿石的村民也同意钱学余的点子，他们也渴望有人给他们做主，有人给他们要钱。这样下来，开采矿石的村民自然而然地成了矿山的承包人，给村里提取一定的管理费，让村里协助矿石的销售与回款。

正是因为钱学余游刃有余的管理技巧，村里既顺其自然地收回了矿山的管理权，也保证了矿石的品位和价格。铁选厂呢，也及时交付了矿石款，一年下来，村里也从中获得了2万多元的收益。

对于别的村子，2万元钱不算什么，可对于小平房村村委会却是天文数字。

小平房村总算有了收入，年终村干部总算发了补助金，剩下的钱，把村部的6间房收拾一下，烟熏火燎的黑墙刷白了，钉着塑料布的门窗换成玻璃的，置办了几套新的办公桌，把村党支部和村委会的大牌子挂出去。村部得像个村部的样儿，这样全体村民才有了荣誉感和信心。这次换届选举，钱学余满票当选了村主任。

第二年，也就是1992年年底，村财政收入更是翻了一番，村里有了4万多元的积累。到了第三年，钱学余就又在合计了，矿石是咱们的，让别人选铁精粉，大头还不是让人家赚去？我们有资源，凭什么不自己干？

然而，投资铁选厂，光设备的钱就得100多万元，村里的钱就那么几万元，简直是骑毛驴惦记着开飞机。村干部说，见好就收吧，别不知足了。就连乡领导都说，这不是胡闹吗？几乎没有几个人支持，阻力是空前的。

村里连开了几次会，钱学余动员大家投资，预计的分红都抬到三分了，可没人动心，会白开了。不仅没筹到钱，甚至有的人私底下还在议论说，刚过起来的日子，现在又要瞎弄，以后还指不定要给咱们拉多少饥荒呢。就在这关键的时候，钱学余的妻子挺身而出，把家里的积累全拿出来了，还向亲友借了许多钱。如果铁选厂不成功，钱学余不但会一贫如洗、负债累累，更会受到老百姓的谴责，压力之大可想而知。

诚心打动了身边的人，其他村干部也把家里的积蓄拿出来，终于凑足了50多万元。可是这些钱对于100多万元的设备款来说还是不够，钱学余就找到了厂家，和人家软磨硬泡，钱学余全心全意为老百姓的赤诚情怀打动了设备厂家的领导，他们也是破天荒地把设备赊给了他。

选厂正式投产的一个月就生产了800吨铁精粉，实现产值10多万元，第二年生产铁精粉8000多吨，选矿厂轻装上阵，滚雪球一般，越做越大。村里第一次真正地有了钱，还减免了全村人上缴的部分税款和统筹提留款。用村里人的话来说，小平房村一步登天了。

1995年，钱学余又接任了村党支部书记。

第二章 不愿姓"私"愿姓"公"

1999年，企业改制成了热词，上级要求，无论乡企还是村企，一律改制成私企。

对于改制办法，钱学余有自己的看法，他承认这些运转多年的企业，在管理模式、用人体制、资源配给等方面积弊太多，造成严重的人为亏损，不改不行。可小平房的矿山企业"五统一分"的管理办法，真正使资源达到了有序开发，合理利用，运营成本最低，效益也是最好。尽管当时大多数铁矿效益不好，小平房的发展却是如日中天。

钱学余想不通，我们干得好好的，市里县里和镇里（那年万寿乡改为镇）为什么非得要改制？回答他的是，上边的精神，想不通也得做。

没有别的办法，钱学余只能实施拖延战术，心里早就打定了主意，不管风头怎么硬，坚持集体经济的方向不能变，小平房的矿山与选矿厂不能改姓，必须姓"公"。

谁都知道小平房的矿山企业有模有样，谁不想抓住千载难逢的机会一夜暴富，钱学余的拖延战术并没有挡住那些觊觎的眼睛。

守护着矿山的钱学余用了四五年的时间，闯过了三道难关，每一道难关几乎都是殊死的搏斗。好在有村民的支持，更有相关领导的支撑，他一道一道关地熬了过来。

第一道关，那是自己和自己的战斗。按照改制的相关政策，法定代表人优先，优先到了几乎可以半给半送的地步。假如改制改到了钱学余的手里，大家也都能理解，毕竟铁选厂是白手起家，启动资金钱学余拿出了一半，付出的心血也是最多，人家是功臣。

钱学余也是人，不是神仙，如果企业归了他个人，每年能有100万、200万元的收益，说不动心是假话。可是资源是全村人的财富，全村人的资产，他若据为己有，怎么抬头见乡亲？怎样活在村里？钱不常花人常在，不能认钱不认人。他提醒自己，踏实做人，不去想天上掉馅饼的事儿。

有许多亲朋好友一个劲儿地怂恿他，按照上边定下的价儿买下来。钱学余没有动摇，他打败了自己的私心，抵制住了诱惑，闯过了第一道关。

第二道关，就有些艰难了，那就是上级领导的关。有的领导和他商量，把小平房的矿山企业卖给××，有的领导跟他吹风，说卖给××人给的价儿更高。

这些领导，也是执行上级的精神，面对压力，钱学余始终不动声色。有的他耐心解释，说出不卖企业的理由；有的他据理力争，直言谁能想一想老百姓的利益？有的，他只能消极抵抗。要知道，每一次抵抗，都会伤害领导的自尊心，都是向权威的挑战，可能会因此与领导的关系弄僵，甚至丢掉他村支书的职务，但他没有选择明哲保身。

钱学余勇敢地顶住了压力，除了遇到了理解他的领导和自己的公正无私，他身后还站着1600多名村民，他有这个自信。

第三道关，就是社会关。那些发了财的，手里有些钱的社会各阶层人士，纷纷来找钱学余，劝钱学余不要死心眼儿，高价买小平房村的采矿权和铁选厂，"只要你同意，绝少不了你的好处"。钱学余笑着回答他们："好处再多，也没有改制给我的多，我自己都没那个想法，你就别惦记了。"

大家一听，也是那么一回事儿，人家钱学余都没动心，你想买，那不是白日做梦吗？可还有不甘心的人，在背后策划。

一大帮人闯进了钱学余的家，对钱学余是软硬兼施，张牙舞爪地要和钱学余"谈谈"。钱学余拿出了他沉稳的劲头，坐在沙发上，稳如泰山，一字一板地说："小平房村的矿产资源是属于全村百姓的，你们休想在我这拿到一分一毫的好处！"

惯用的伎俩没好使，他们真的遇到了茬子，一个把百姓利益看得高于一切的人，任何威胁，对他而言毫无用处。

到底是邪不压正，几轮较量过后，这帮人服了。

然而，不幸还是发生了，有个几番纠缠没达到目的的人，用极端的方式，对钱学余泄愤。那是腊月二十九的晚上，第二天就要过年了。钱学余模模糊糊地有一种预感，得罪了这么多人，有人放言不让你过好年，不完全是口头威胁和恐吓，也有可能有人玩真的。夜半时分，担心变成了事实。一声剧烈的爆炸骤然响起，家里四间房子的玻璃瞬间全部粉碎，满屋子玻璃碎片。那时，钱学余夫妇还没有睡，在后屋准备过年的东西，儿子躺在被窝里，厚厚的棉被隔住了尖锐的玻璃片，他们没有受伤。

钱学余追出去一看，家里的大门楼已经被炸塌，大铁门七扭八歪。

警察迅速来到现场，认定有人在门楼下塞进了炸药包。

寒风中，妻子和孩子吓得瑟瑟发抖。乡亲们闻听爆炸之声，都赶过来慰问他们，100多人自发地组织起来，冒着刺骨的寒风清理现场，帮助他们收拾被炸坏的家。等到大年三十太阳高高升起的时候，家里的窗玻璃重新装上了，大门楼重新砌上了，铁大门也重新焊好了，红对联贴上了，红灯笼挂上了。钱学余家依旧是喜气洋洋，一片过年的气氛，好像昨夜什么都没发生过。

十几年过去了，钱学余还在感谢乡亲们，那股亲情，温暖他一生，他觉得，对老百姓好，才是最值的。如果被吓住了，啥也干不了了。他向村民郑重承诺，不管别处咋租咋卖，小平房村就是认准了资源共享、走共同富裕的道路。

这些困难和威胁，他都不怕，他最难把的还是最后一道关，亲情关。

钱学余最警惕的是亲情，他总结一些领导干部出现的问题，就是过不去亲情关。干部腐败的很大原因是亲戚。无原则地为自己的亲戚谋取不当利益，而从中捞好处，走向犯罪。

看到了铁精矿的价格日日攀升，坐不稳屁股的是钱学余的亲人。他们总想绑架亲情，趁钱学余说了算，别亏待了自己的小家。可以说，钱学余和他的姐姐手足情深，小时候，吃不饱饭，他常常到出嫁的姐姐家混饭吃，也把姐姐的家当成了自己的家。姐姐受人之托，求钱学余，卖给矿山一批材料。钱学余很清楚，姐姐肯定能在里边吃回扣。又不是大事情，只要钱学余大笔一挥，这笔生意就成了。可是，就是这小小不言的事情，钱学余偏偏不肯答应。企业的管理有着自身的运作规律，材料从哪里买，哪怕是根铁钉，都经过市场论证，性价比挑最好的。如果帮姐姐办成了这件事儿，那就破坏了规矩。

他劝着姐姐，如果缺钱，弟弟给，不缺，这事儿就别管了。

可是姐姐已经答应了别人，觉得这点儿小事应该没问题，但是弟弟却这么不给面子，她也觉得没脸见朋友，气得直骂钱学余，忘恩负义。

就这样，小平房村集体经济越做越大。2005年又建成了北山铁选厂，当年实现产值4200万元，利税1850万元。

第三章　不恋职位恋村民

最波澜不惊的是钱学余的第三次选择，也可以说是最不像选择的选择，但也是钱学余付出心血最多的选择。

按照相关政策，优秀的村支书，可以转为公务员。2005年钱学余当选万寿镇党委副书记。村里人慌了神，公务员是国家工作人员，钱书记当了公务员，就是国家的人了，不会留村里。

各种传闻不胫而走，开始的时候，钱学余只当耳旁风。可公务员的事儿，不是捕风捉影，村民们担心他走，心神不定那是理所当然。钱学余想给村民们吃颗定心丸，找到相关领导，高低不当公务员，不改变农民的身份。他说出了自己的担忧，他的根深深地扎在小平房，血脉与村民融在了一起，公务员是国家的人，一纸调令，说走就走，离开了这片土地，就会水土不服。

相关领导解除了他的疑虑，转成公务员只是一种待遇，国家给工资，鼓励优秀村干部在基层干得更好。钱学余放心了，没人要把他从自己热恋的家乡拔走，他又开始规划小平房的未来，他要把小平房变成人间仙境，盛世花园。

毛泽东在谈到农村问题时曾经说过："严重的问题是教育农民。"

这句话在今天，依然适用。中国能否实现全面小康社会，关键在农村和农业。从传统乡村，到现代乡村的转变，让农民脱胎换骨地转变，钱学余探索出了一条独特的小平房发展模式。

钱学余深深地知道，美好的心灵源自美好环境。他用发展的眼光，改变了小平房村的自然环境。

20世纪90年代初，小平房和许多乡村一样脏乱差，道路两旁垃圾堆、猪圈、粪坑随处可见。刚刚上任的钱学余已经在心里绘制好了蓝图，从源头上治理这一切。脏乱差的根源在于垃圾、柴草、粪坑没有个去处，村民的传统生活习惯一时难以改变。

10年前，一场轰轰烈烈的"抓卫生、改环境，让农民活得有尊严"的新村建设开始了。钱学余多年的工程队经历派上了用场，村里有了钱，钱就得用在村民身上。小平房开始建设村民新区，新区建起了一幢幢连体别墅，还配套修建了自来水泵房、供暖锅炉房、秸秆气化站等基础工程，彻底解决了农民烧柴取暖、做饭、上旱厕所等问题。

然而，农民的传统习惯十分顽固，建成的别墅，最初的价格是600元1平方米，连建筑成本还不到。可是，村民却不愿意买，就是迷恋热炕头，村干部不得不一户一户地劝村民上楼，过社会主义新农村的幸福生活，还让一些在外边闯荡过的年轻人劝自己的父母，大讲住楼房的好处。

费了九牛二虎之力，总算动员上来了80多户，第一批别墅建成的时候，还是空闲了好几户，只好卖给了来自建平县城里的人。部分村民在装修别墅的时候，悄悄地在一楼搭起了火炕。后来证明，土炕成了摆设，只能夏天住一住，图得个凉快。

等到大家看明白了住楼房的好处时，第二批建起的别墅，村外的人就甭想进来了。四五年过去了，有465户村民住进了小洋楼，最大的面积300多平方米，最小的也有200平方米。

新村建好了，休闲广场、娱乐中心、健身场馆、读书场所应有尽有。管理马上跟进，垃圾有人收，花园有人种，不文明的行为有人制止。慢慢地，讲卫生、知礼貌、懂规矩、守诚信成了村里人新的行为习惯。

采矿废弃的毛石，选矿剩下的尾矿，历来是矿山最头痛的问题。钱学余就有这个本事，只要有土的地方，他都能盘活。当然，尾矿也不例外，他把它们当成了宝贝，特意成立一个运输队，把毛石砌在山里的沟沟岔岔，再填充进尾矿，施上农家肥，轧沟造地，修建了一道道高标准的果树梯田。

一举两得，就是用这种方法，小平房村多造出了1500亩耕地。村里通过"反租倒包"方式，以每亩地每年300元的价格从村民手里租回山坡上的耕地。之后，投资570万元，打水井，建蓄水池，铺设滴灌水管，还从沈阳农业大学、营口等地雇来全省最优秀的食品专家和果树专家，建起了4000亩集中连片的南果梨生产基地。果园里，还有一道观光长廊，不仅可以享受花果山的美景，还可以体验采摘的乐趣。村南的一大片山，再也找不到沟了，全是梯田。

单从投资回报上来看，南果梨基地前五六年只有投入，没有产出。村里要承受巨大的经济压力。如果算社会和生态效益的账，小平房村却是功在千秋。村民们不仅可以在矿山就业，也可以在果园上班，当农业工人。

南果梨开始产果了，有些村民看到即将来到的丰厚回报，不想被人"管"，愿意当"美猴王"，没关系，从集中果园中辟出几块区域，实行统一管理，分散承包。最多的承包了150亩，最少的承包了30亩，等挣到了钱之后，再交管理费。管理方式的双向选择，既提高了生产经营的自由度，也充分调动了大家的积极性。

小平房村属于半干旱地区，日照充足，昼夜温差大，改良后的土壤又特别适宜南果梨的生长，成熟后的南果梨酸甜适口，汁丰味浓，特别受人喜欢。2014年辽西大旱，水果全面歉收，而集约化管理的小平房南果梨基地却是大丰收，全村收获南果梨300万斤。

按通常的思维，这么高的产量，南果梨一定滞销，钱学余早就考虑好了这些问题，南果梨盛果期可达到50年至70年，4000亩南果梨全面进入盛产期，产量这么大，必须先解决储存和深加工问题，他事先建起了四座超大的冷库，还有南果梨深加工厂，解决了南果梨长期保鲜、保存以及一些低等果的销路问题。

冷库里，村民储藏水果，村里只收电费和少量的管理费。钱学余算的不是投资回报的账，而是村民收入的账。

除了南果梨基地，村里还有2000亩无公害小杂粮基地，320亩无公害裸地蔬菜保护地、花卉大棚基地，还有几座自然散养的鸡场。这些都是村里统一投资，廉价租给村民，从规划、品种、技术、供应到最后的收购，实现"五个统一"，生产经营全部实现"订单农业"，从根源上解决了农产品的品质问题。

至此，一种全新的产业经营模式在小平房村宣告形成：以工业经济形成的强大实力做后盾，用工业反哺农业，让村民从中获取了四项长久利益：一是把劳动力从土地上解放出来，转而从事其他创收；二是连续获得高效种植业收益的土地租金，旱涝保收十七年；三是承包果园或特色农业设施的农户，能直接获取十分稳定的经济收益；四是待这些集约经营的土地形成新的产业模式和发展后劲，再以分果树等灵活形式"还给"村民，让子子孙孙都享受利益，小平房村民过上了有保障的富裕生活。这就是小平房村的特点，高秀敏在小品中表演的做梦一夜中了180万，小平房村却把它变成了现实。

如今，小平房村可以叫成小楼房村了，他们走出了一条新的农村城镇化道路，不改变农业的根本属性，不改变农村的风土人情，不改变传统的亲情与邻里关系，改变的只是生活方式和精神世界。

在别人眼里，钱学余应该是功成名就了，全国劳动模范，中共十八大代表。可是，他依然低调如旧，村里所有事情的最后决策，都由村民代表表决，村规民约管的是全村的人，包括钱学余本人，也必须遵守。村里的管理模式是决策充分民主，管理高度透明，行动集中迅速。比如，村里包括所有企业的财务支出，即使花出一分钱，也要经过五个人的审批，通报给村民代表和党员大会。比如，别墅建得面积大，有村民代表提出有的家庭就剩下老两口，不想住大房子。建议合理，马上就改，村里再设计的别墅大小面积都有，供大家自主选择。比如，钱学余看着流经村里牦牛河边上的那片河滩地空闲着，心疼，想改造成麦田或者是蔬菜田，84名村民代表，就有一名代表不同意，说气候不适合，咱们又没有种小麦的经验。

一票否决。

十年前，上级决定小平房村与镇里最贫困的石灰窑子和愁水坑三个村合并。石灰窑子穷得连电费都交不起，相关部门把电掐了，村民靠点蜡烛过夜，进村的路在河滩里，自行车都不能骑。和石灰窑子相邻的愁水坑，村名就告诉了别人，喝水都成问题。三个村子合并，小平房村得增加多大的负担？村民代表讨论，多数人不同意。

钱学余看到的不是石灰窑子和愁水坑的穷困，那种穷困小平房村也曾经历过，他说出了自己的理由，小平房村的土地就这么多，再发展下去，就没有了空间，那两个贫困村地广人稀，正是小平房最缺少的资源，三村合并，优势互补。

正是钱学余宽广的胸襟和长远的眼光，说服了村民代表。

从此，小平房村扩充到了881户，3167口人，设立村党委，下辖八个支部。

并村之后，村里的人口翻了一番，后来，钱学余之所以能够游刃有余地搞土地"反租倒包"，之所以大刀阔斧地抓土地集约化，搞设施农业、原生态农业，都是石灰窑子的土地给他的发展空间。当然，石灰窑子也从中大获收益，路修好了，电通了，四五百名劳动力在村里就业，进不去的野山沟被改造成了天秀山森林公园，路边的人家都被改造成了农家乐饭庄，绿色食物吸引着县城里的人们。村子成了建平县的后花园，新兴的乡村旅游业成了村子的另一经济增长点，每年吸引游客20万人。

如果有人找风景如画的村庄，小平房就是不错的选择，一路走过去，一路的风景，村里是花园，村上是果园，进入村子的深处，是公园。你呼吸的是大自然纯净的空气，喝到的是矿泉水。再看这里的人们，老人们怡然自得，孩子们笑声爽朗，青壮年在自己喜爱的岗位上，愉快地劳动。

有人问，小平房村有没有穷人？没有，这里生老病死都有人管，家有一辆轿车，几十万元的存款，平平常常。有人问，小平房村有没有富人？回答也是没有，最有钱的人也就是几百万元，村里的收入没有太大的差距。过年村里发米面油，上学养老有补贴，人人都享受养老和医疗保险。

文墨精度

——记大国工匠、"中国青年五四奖章"获得者方文墨

毫无疑问，方文墨就是沈飞的孩子，从他出生那天起，就注定了他与沈飞血浓于水的渊源。因为他姥爷、姥姥、父亲、母亲都是沈飞人，全家每个人的每一个细胞，都盛满了沈飞的基因。

1984年9月14日，这个承载着祖父辈希冀的孩子，降生在了这个沈飞之家。姥爷姓文，又喜欢舞文弄墨，整个家族都是书画之家，他渴望外孙子也是个精通文墨之人。于是父姓母姓各取一字，取名方文墨。

褓褓中的方文墨，没有像姥爷期待的那样，抓笔看画。反倒对飞机的轰鸣声格外敏感，他们家就住在沈飞家属区，距离飞机跑道不远。震耳欲聋的引擎声一响，别的婴儿不是恐惧，就是大哭。方文墨恰恰相反，哪怕是正在哭，巨大的声音一传过来，他立刻来了精神，不哭不闹了，眼睛寻找着飞机。

等到他能抓笔，乱涂鸦了，第一个有模有样地画出的就是飞机。他经常远远地看着飞机翱翔在蓝天，恨不得插上翅膀，与天上的飞机共舞。

没办法，遗传的基因就这么强大。

姥姥是沈飞的技术专家，姥爷当着沈飞十四厂的党支部书记，

他们是国产战机歼-6、歼-7的生产者。父亲、母亲呢，是姥爷姥姥的接班人，成为国产歼-8的技术工人。幼年时，方文墨对飞机的兴趣，远远地超过了对书画的喜爱。

五六岁时，小方文墨就显现了机械方面的天分，刚会算术，就能和妈妈比测量的精度，妈妈文晓芳是精密检验员，虽说比不过妈妈，可精度也达到了一根头发的四分之一。父母都上班了，把他自己丢在家里时，他的一双小手也不闲着，父亲会木匠，家里的锤子、刨子、锉刀，什么工具都有，别人的玩具是爸妈给买，他的玩具却是自己做。

父母是孩子最好的老师，父亲方恒星看到儿子的手这么巧，帮助儿子把玩具做得更精巧，更好玩儿。回忆起自己的动手能力这么强，方文墨说，天赋是一方面，兴趣与能力，是父母熏陶出来的。

从小学到初中，文墨的学习成绩一直很好，直到学得眼睛近视了，他开始异常的痛苦，小时候的第一愿望是开上父母造的战机，飞上祖国的蓝天。眼睛近视了，考飞行员的基本条件就丧失了，退而求其次，他只能实现第二个愿望，和父母一样制造飞机。

于是，他就瞄准自己所要报考的学校——沈飞技校。正因为有了这个目标，所以，在学习的时候，他就忽略了一门课程——英语。沈飞技校招生不考外语。他其他各科成绩都好，唯有英语是瘸腿，老师和同学都替他着急，他却不急，因为他心里早就有谱了，英语成绩差一点儿也无妨，生来就该是沈飞的人，直接报考沈飞的技校就可以了。

许多年后，方文墨后悔了当年的幼稚，即使是到沈飞当工人，也要和世界接轨，读不懂外文资料怎么行？尽管后来他已经很努力了，总不如年少时打下扎实的基本功好，看外文资料，还得靠手机查单词。

2000 年这个新千年的开始，对于方文墨的人生，挺有纪念意义，他幸运地成为准沈飞人，考上了沈飞技校。"一个人可以一无所有，但不能没有梦想"，他的梦想就是制造翱翔蓝天的飞机，进入技校，就是进入了梦想的摇篮。

在沈飞技校，方文墨学的是钳工专业，正好符合他的爱好。既然行行出状元，他就立志当全国钳工的状元。所以，三年的时间，他着了魔似的，学理论，练操作。每天完成六小时功课后，他还要拿出六小时自学苦练，他要把自己塑造成一个手脑并用、全新的自己。

家里的阳台，被他这个独生子独占了，会做木工的父亲，给他打了个一米见方的工作案子，上面安装了老虎钳。从此，这个大"玩具"从上技校到工作，一直陪了他十整年。每逢放学或者下班后，他都围在案子前，至少磨炼三个小时的手艺。

三年的技校学习，方文墨有一种特别的优越感，一方面，他是沈飞的孩子，教理论和操作的老师，和他们家关系都很密切，把他看成了自己的孩子；另一方面，他的学习成绩特别突出，好多同学都围在他身边，取经讨教。再加上他的性格开朗活泼，是一个典型的阳光大男孩儿。

就是这个阳光大男孩儿，在毕业的时候，脸上却是阴云密布，从小就没受过委屈的方文墨，在毕业分配时，躲在没人处，哭成了泪人。

原因很简单，2003 年以前，沈飞的各分厂到技校挑人，都是最重要的岗位优先。可这一年，沈飞的民品公司提出抗议，好人都被挑走了，民品公司缺少好的年轻技工，这回无论如何也得让民品公司先挑人。

命运有时就会这么折磨人，方文墨以第一名的成绩毕业，却被民品公司挑走，成了别人眼中的"半个沈飞人"，而平时学习不如他的，却一个个走进了制造车间，他心里不平衡，饭也吃不香，觉也睡不实，感觉到自己的航空梦破碎了。

父亲不但不安慰他，反倒批评他，人生不会总是一帆风顺的，有顺境必然也会有逆境，年轻时多受些磨难，也是财富。他说什么也不理解这是"财富"，哭得更伤心了。

沈飞人有一种军人的基因，奉献与服从是他们的天性。痛快淋漓地大哭之后，心里的委屈和憋闷都释放了，背上跟了他三年的白色帆布大工具袋，前往民品公司十六厂报到时，未满19岁的方文墨又变回了阳光大男孩儿。

拿上锉刀，站到机台前，像见到了亲人般，方文墨的抱怨和委屈立刻丢了。委屈是一种感觉，你越感觉委屈，委屈就越会让你加倍地偿还，你越拿它不当回事儿，它就越渺小，小到视而不见。

十六厂把方文墨当成了宝贝疙瘩，把他安排给了水平最高的钳工傅红安和杨四新当徒弟。师傅得到方文墨也是如获至宝，当成自家的孩子，劝他说，只要好好学技能，在哪儿都一样。上台一操作，师傅笑了，对徒弟说，锉刀、钻孔我就不教你了，你已经很好了。

这些都是基本功，别的徒弟十年八年都不一定过关，方文墨在技校里就游刃有余了。

那么，师傅教他什么呢？平时磨钻头，备角刀，磨刀不误砍柴工。上了机床，师傅做什么，他就跟着做什么，师傅演示一番过后，他做得和师傅相差无几了。三个月之后，师傅就让他"放单飞"，让他大胆地干，出了废品，师傅负责。

话是这么说，方文墨的压力却更大了，干得更加谨慎，居然没出现过废品，手艺赶上了干了几十年的老工人。师傅很高兴，方文墨既然活儿干得这么好，就去参加沈飞集团的职工技能大赛吧。

毕竟进厂没几个月，他不敢去，一位同学约他，让他陪着去，顺便比一比高低。就这样他被同学硬拽着报了名。

比赛如期进行，未满20周岁的方文墨，心无旁骛地进行了理论答题和实际操作，结果公布，出乎他的意料，钳工青年组的冠军居然是他这个进厂才半年多的大男孩儿。

从此，方文墨信心大增，他的师傅却信心大减，总是感慨地说，我教不了你了。

虽然获得了大赛冠军，他却从大赛中发现了自己的许多缺陷和不足。冠军不代表手艺的成熟与完美，觉得自己储备不足，心里不托底，便去找更高的师傅——书籍。他扑到书店里，买了许多理论力学、结构力学、钳工工艺学等专业理论和工艺方法方面的书。毕竟十六厂的效益不理想，工资水平不高，有的书虽然喜欢，却买不起，他就拿起笔，从中摘抄自己最需要的部分。加上从自己买来的书中摘抄的部分，几年间，他整理出了20余万字的钳工资料，他从资料中总结出了最合适的操作方式，磨砺出了自己独特的经验。还通过成人高考的方式，攻读下了机械电子工程专业的专科和本科文凭。

渐渐地，他就找到了自己的差距，虽说这个差距只是一字之差，却是差之毫厘，谬以千里，那就是工人和工匠的差距。工人是按部就班的劳动者，工匠却是发现、发明和发展。比如说一个工件送过来了，工人的概念是按图纸干出来就行。而工匠呢，是把每一个工步都看好，不光把自己的活儿干好，还要弥足上一道工序的不足，考虑给下一步工序带来便捷。其实就跟下棋一样，不仅知道下一步怎么走，还要想到十几步甚至上百步怎么走都要想好。

所以，方文墨养成一个习惯，图纸拿过来，先是熟读，知道图纸的关键点在什么地方，然后做减法，去除材料，活儿越干越轻，最后把没用的东西全去掉。干活的时候，他会把自己的灵魂和零件融汇在一起。于是，原本冷冰冰的金属零件，经过他手，变成了有血有肉有生命力了。

不管怎么说，钳工靠的是一双手，书本再高明，头脑武装得再充实，没有灵巧的双手，没有闭着眼睛都捕捉得到的手感，也无法完成精美绝伦的工件。

一山更比一山高，既然师傅教不了他了，他就自己出去找老师。

2005年，方文墨去了辽宁金杯技师学院，找全国职工高技能竞赛钳工的冠军曲骊，拜曲骊为师。曲骊说，我不是随便收徒弟的，你得达到一定程度。说罢，曲骊把工件夹在老虎钳上，让方文墨去操作。

方文墨觉得自己还可以，拿起锉刀就加工，几个动作过后，就被曲骊叫停了。哪儿有缺欠，哪动作不规范，哪儿需要纠正，句句点中要害之处，说得他脸红心跳。末了，一句回去练去，就把他打发走了。

钳工主要是加工小件儿，火柴盒大小的工件上，按表面的加工精度要求起码要锉30次，才能达到标准，一天下来，重复枯燥的锉修动作要做上8000次。看起来，他像个机器人，可每锉一下，他都当成提高技艺的台阶，把自己的血脉一次次融入重复的劳动中。境界追求越高，他越觉得自己差，越感到从前用心不够，只图速度是个大毛病，他虚心向师傅傅红安学经验，向工友请教问题。渐渐地，他的加工精度从0.005毫米达到了0.003毫米。每逢节假日或者深夜，车间里只剩下他一个人，苦行僧般守在老虎钳旁修炼自己。

钳工的手，与钢琴师的手同样重要，身高体壮的方文墨，最大的爱好是打篮球，因为怕手受伤，他硬是把自己的爱好戒了。

钳工俗称机械工人中的万能工，当好钳工光靠体力不行，需要动脑筋琢磨，"手巧不如家什妙"，方文墨对钳工工具的喜爱超过了一切，每逢有装备制造业博览会，他总会赶过去，以低廉的价格，买回适合的工具。在使用新工具时，他还和车间里的旧工具对比。通过对比，结合他们的生产实际，亲自动手，研究改制出得心应手的工具。再分发给各位工友，仅制作工具一项，方文墨每年给十六厂节约四五十万元。

就这样，5年过去了，方文墨的基本功已经修炼得很扎实了，当然，5年间，他也没少往曲骊老师那儿跑，让曲骊看一看有多大的进步，有多大的差距。虽说曲骊每一次都夸奖他，却仍不肯收徒。直到这一年的全省职工技能大赛方文墨拿到了钳工第一名，作为总裁判长的曲骊脸上才露出了笑容，答应收他为徒，成为曲骊屈指可数的四个徒弟之一。

随后，方文墨参加了第三届全国职工技能大赛，仅仅拿到第53名。在高手如云的比赛中，他又一次找到了自己差距。第二年，在"振兴杯"全国青年技工大赛上，他如愿以偿地拿到了全国钳工冠军。

2009年，经过三次破格，方文墨成为沈飞公司历史上最年轻的高级技师，同时还拥有钳工、机械钳工、装配钳工高级技师的职业资格。

这么年轻，手艺如此精湛了，南方的猎头公司早就瞄上了全国技能大赛的获奖者。给出不算奖金，每年40万元的高薪，聘请方文墨。如果说不动心，那是假话，十六厂月薪才1500元。到南方一年的收入等于留在沈飞20年的工资。

有人嘲笑他，还高级技师呢，上街卖菜都比你挣得多。自尊心受伤害了，那时，他已经恋爱了，正准备结婚，别人结婚都有新房，他却没有，他深感对不起未婚妻。他回家和父母商量，说想离开沈飞，到南方发展。

父母听到孩子提出离开沈飞，当即就流下了眼泪。孩子承载着两代人的希冀，生下来就是沈飞的孩子，无论如何也不能产生离开沈飞的想法。是的，父母都退休了，他们最好的年华都奉献给了沈飞，家庭经济状况不算太好。凭父母的手艺，当年出去多挣些钱，也不难，但他们有深深的沈飞情结，舍不得离开岗位。

父母谆谆教导着孩子，虽说工资不高，可培养你一个高级技师，沈飞耗费了多少心血，工资不高，培养的费用却不低呀。还有你师傅，那么有本事，想走，随时就有人高薪聘，他的工资也不高，你见到他动了走的心思吗？

确实，沈飞人都是长在这片土地的大树，不管外边有多大的诱惑，很难把他们连根拔走，否则，不可能有一代又一代战机腾空而起，直追世界战机的最前沿。

方文墨自己也在做思想斗争，都说自己是沈飞的孩子，成长的路上，叔叔阿姨们一路扶持，不能翅膀硬了，心里就长草。操作台虽然才三尺，可承载的却是一个国家的飞翔梦。也许就因为自己走了，飞机上的一个小部件，精度不够，影响了飞机飞上蓝天，自己不就成了沈飞的罪人吗？

未婚妻隋艳新也在沈飞工作，她爱的是方文墨这个人，爱这个成天乐呵呵的阳光大男孩儿，爱这个读书如痴、干活如醉、与众不同的好小伙。她不要婚房，不提彩礼，只求他安心留在沈飞。

方文墨的担心，在他决定安心留下不久，果然发生。

公司有一个上千万元的订单，由于质量没达到要求，被客户亮了黄牌，如果三个月内解决不了问题，不仅订单告吹，甚至影响中国航空工业在整个欧洲市场的形象。公司上下憋着一口气，一定要啃下这块硬骨头。而攻克这个难关，通常要建一个恒温恒湿的车间，投资上百万不说，工期根本来不及了。

接到这个任务，方文墨与工友们绞尽脑汁，最后他们想出一个保温箱加防潮沙营建一个符合加工要求的小环境，使难题迎刃而解，为中国航空企业挽回了损失。

还有一次，厂里接到一个紧急任务。一个部件由8个面嵌合而成，表面的精度高达0.003毫米，也就是说达到一根头发直径1/25的精度，否则直接影响产品的性能。要求虽然苛刻，但这恰恰是方文墨的绝活儿，他一个人仅用手工，便独立完成了部件，让大家佩服得不得了。

　　既然前文提到了方文墨的未婚妻隋艳新，在此不妨多说几句。两个人第一次约会，方文墨不选咖啡厅，也不选电影院，选择的地点居然是书店，介绍人想要介绍两人时，两人却哈哈大笑起来，原来他们是沈飞技校的校友，隋艳新早就知道大名鼎鼎的方文墨，方文墨也一口叫出了隋艳新的名字。怪就怪介绍人没提两个人的名字，只说介绍个男朋友、女朋友，否则用不着大老远地跑到书店。

　　因为是熟人，两个人也不拘束，方文墨居然为了节省时间，谈恋爱都不忘了买书。虽说隋艳新有些不悦，可方文墨根本没留意，递给隋艳新一瓶水之后，就钻进了书海里。

　　第二次约会，居然又选择了书店，方文墨一点儿不懂浪漫情调。好在"近墨者黑"，日子久了隋艳新也养成了逛书店、爱读书的好习惯。

　　获得"振兴杯"全国冠军返回沈阳那天，家里为他准备了丰盛的晚宴，父母和未婚妻为方文墨庆祝洗尘。酒杯尚未举起，他抑制不住地开怀大笑，转瞬间又低下头，泪落如雨。这是喜极而泣，也是用泪水为七年间付出的汗水做出的总结。一个名不见经传的技校毕业生，能在高手如云的比赛中脱颖而出，有多少技术工人穷极一生，也无法攀登上这个高峰，才25岁的方文墨创造了一个奇迹。

　　方文墨第二次流泪，是因为一本红色的证书。他把证书作为结婚礼物交给隋艳新时，热泪又禁不住流下来。这本比结婚证还重要的证书是中华人民共和国国家发明专利证书。在此之前，他已经有了200多项发明，刀不好用改刀，夹不好用改夹具，工艺图纸不完善，他就找工艺员商量，怎么才能把图纸改得更合理。他把所有的发明都分享给大家，因为，只有一个人好，飞机飞不上天，只有大家都好，才能让飞机顺利上天。

　　2011年，两个人结婚了，多才多艺的方文墨给自己设计了一场别开生面的婚礼，夫妻没有租借昂贵的婚庆服务，方文墨自己编写主持词，夫妻俩共同当主持人。本该献给新娘新郎的鲜花，他们俩却捧着献给了恩师傅红安、曲骊，以及众多其他老师。

他们活脱脱地把婚礼变成了谢师礼。

是呀，他们知道感恩，正是因为有这些老师，不停地敲打方文墨，才使他结结实实地打牢了基础，也是因为他们，给他的职业生涯规划出了明晰的线路，老师们把一生的经验和精华，毫不保留地教给了他，才使他踩在巨人的肩膀上，收获了最明亮的星星。

正是因为方文墨特殊的贡献，2013 年公司将他调入十四厂。这是沈飞总经理罗阳生前的夙愿，在他牺牲之后不久，便成了现实。

方文墨是带着祖孙两代人的光环，从十六厂来到十四厂。他小时候，姥爷就是十四厂党支部书记，后来因突发脑溢血殉职在岗位上。现在，他来到了十四厂，就要完成姥爷未竟的事业，航空报国，为祖国的战鹰增添动力。

沈飞特别关爱劳动模范，立即命名"方文墨班"，除"王刚班"外，这是沈飞第二个以个人名字命名的班组，接下来继王刚之后，又成立方文墨劳模工作室。即使现在名誉满身，哪怕成了全国五一劳动奖章、中国青年五四奖章获得者，当选全国青代会代表，方文墨这个阳光大男孩儿依然以王刚为榜样，一口一个"刚哥"地叫着。

班里新一代的工人，已经是 90 后了，他们在学校里就听老师讲方文墨有多么了不起，他们做梦都没想到，一入厂就会成为方文墨的徒弟。

有些人认为 90 后这代人，家庭条件好，娇生惯养，父母也没有强迫他们干什么，学技能的动力减少了，不好带，可方文墨却不这么认为，因为他们之间年龄相差不大，最小的和他相差不到 10 岁，没有代沟。

阳光大男孩儿用最阳光的方式，解决了这个问题，他问着90后的孩子，你们想不想跟我一样？大家的回答自然是想，只要有上进的想法，那就好办，那就学着他们班长的样子，撸起袖子加油干。

　　随着对孩子们的了解，方文墨因人而异，给每个人制订了成长计划书，适合什么，就让做什么，不足的地方给补短板，干得好的给加强，让每个人的成长都系统化。说来也奇怪，这群孩子，不听父母的，却听师傅的，因为师傅用快乐的方式带着大家，鼓励大家，不像父母板着脸，说一堆他们的不是。

　　90后的孩子，就是聪明，即使没有考大学，考进了沈飞的技校，却不妨碍他们的聪明，他们接受能力和动手能力更强。更何况，他们一入厂就遇到了一生难以遇到的好师傅，以师傅为榜样。

　　他们班干的都是小件儿，细活儿，一人一个操作台，像个小作坊，都是以手工操作为主。不是他们现代化程度低，飞机的制造，就是这个特点，不像汽车，能够生产线生产，每一架飞机的构件都有些许变化，世界最高端的飞机，也离不开技术工人的一双手。

　　所以，方文墨要把每一个人都培养成祖国的螺丝钉，提高每一个人的手艺和技能，让90后的孩子们追上自己，甚至超过自己。中国梦强军梦的实现，需要每一个人的能量最大化。他正在把"方文墨班"打造成人才的摇篮。

　　随着劳模精神、工匠精神的发酵，方文墨、王刚、孙飞等新一代劳模和高技能人才在沈飞的十里飞机城已经产生了强烈的蝴蝶效应，"航空报国，强军富民"的沈飞精神深入每一个沈飞人的骨髓里。正是沈飞培养了这么一批高技能人才，为祖国营建了更安全的家园。

最后的战场

——罗阳在辽宁舰的日子

第一章

2012年11月17日晚8时，从珠海到沈阳桃仙国际机场的班机降落了。沈阳飞机工业（集团）有限公司董事长、总经理、歼-15飞机现场研制总指挥罗阳，有些疲倦地走下飞机，走出候机大楼。

强烈的气温反差，令罗阳一时难以适应。刚才，他的身体依然沉浸在南国的温暖中，劈头盖脸袭来的寒风，立刻打透了他的身体。突然的变温，他的身体怎能吃得消？不打冷战才怪了呢，好在来接他的同志及时给他披上了大衣。

到了沈阳，就是到了家，在内心深处，罗阳也想回家看看，添几件衣服，感受一会儿家庭的温暖。尽管妻子王希利和他从单位到家，车程都不会超过半小时，这么多年了，他们过着聚少离多的生活。主要是因为罗阳太忙了，忙得回趟近在咫尺的家，都是一件奢侈的事儿，就连女儿考上了大学，第一次出门远行，家长都没有陪，让孩子自己单飞到上海。

从桃仙机场到北陵以北的家，是由南到北穿越整个市区，即使是不堵车，回一趟家往返也需要三个小时。有这个时间，差不多能赶到此时执行任务的海军某基地了。上飞机之前，他已经盘算好了，让司机和秘书把该带的东西都带上，根本没给自己预留出回家的时间。

与神舟飞船上天，蛟龙潜艇下海同样，歼-15的首次着舰训练飞行，也是可以载入共和国史册的大事。作为歼-15研制现场的总指挥，他的心怎能放得下？所以，他把参加珠海国际航展的行程安排得满当当的，没等航展结束就提前返回。

要知道，歼-15陆上成功，并不代表真正的成功，舰载机不在航母上成功着舰，他的一颗心总是悬着。

罗阳一刻钟也等不得，他只是给妻子打了个平安返回的电话，又告诉妻子，还要执行任务，月底才能回来，就让司机沿着高速公路，直奔海军某基地。妻子王希利知道，只要丈夫说的是任务，就是涉密，不能问去哪儿，也不能问干什么去，更不可以打电话，只有默默地等待。

然而，这次却是他们夫妻最残酷的等待，与妻子的擦肩而过，居然成了永诀。

轿车里，暖风强劲地吹着，司机把空调调到了最舒适的温度，好让罗总的身子暖过来。罗阳又感受到了如春温暖，他闭上疲惫的眼睛，稍作休息。轿车沿着高速公路，向着海军某基地疾速而行。

权威医学专家道出了导致心源性心脏病的四大原因，其中之一便是由暖到冷急速的温差，心血管会骤然收缩，直接伤害到心脏。

大约在深夜12点半，罗阳赶到了海军某基地，这是他为歼-15第五次来到这个基地。中航工业在沈飞挂职的欧阳润根迎了出来，把罗阳接进基地的宾馆。不等坐稳，罗阳便迫不及待地询问相关数据。欧阳润根在沈飞集团兼任副总经理，负责歼-15项目，一些技术层面上的事情他最清楚，何况这些天，欧阳润根始终在基地的一线，监测着歼-15触舰复飞后的一些数据。

用不着问，欧阳润根已经感觉到了罗阳的焦虑，因为他看到了罗阳的嘴唇因口角炎而形成的一片结痂。心里没有火，嘴唇怎能起泡？

自从5年前罗阳成为沈飞集团的掌门人，他的心就没有轻松过，一种国家责任，让他寝食难安。高科技时代，世界战机的发展突飞猛进，作战半径、火控系统、巡航本领、雷达预警、反导能力等一系列的战机性能，日益更新。创新像只猛兽，把全世界战机研发领域的精尖人才，撵得喘不上气来。飞机代次的更迭速度，已经由从前的三四十年一代战机，缩短到不足10年。

冷战结束，世界格局正在发生新的变化，亚太地区面临二战结束以来最为深刻的调整，而中国的安全环境不确定性日益增大，面对大国的战略博弈，激烈的海洋竞争和频繁的局部动荡，我国安全环境的复杂性、敏感性、不确定性增大，战略压力处于冷战结束以来的第二个显著上升期。各国都是从战略高度谋划海洋问题，而且海权竞争在加剧，尤其是美国谋求西太平洋绝对海权，加强了在海洋方向对崛起的大国的战略防范，导致地区海军军备竞赛的势头有所增强。

对于我们来说，这既是压力，又是挑战，再不抢占机会，拥有制空权、制海权，我们将失去国防能力。而国防能力，一个重要方面就是建立在拥有世界最先进战机的基础之上的。本来我们的航空基础就薄弱，不奋起直追，今后何谈国家的安全？

罗阳恨不得一年干出十年的事儿。

进入2012年9月，罗阳承受的压力更大了。新研制的飞机，一万多个部件，一切都是新的，还没有经历过飞行的考验，确保每一个部件都万无一失，那是何等的艰难，一个螺丝钉的失误，后果就不堪设想。

何况他还是五个型号飞机的研制现场总指挥。

就在几个月前，只是因为一名工人把螺杆装错了，罗阳差一点儿遭到处分。军工航空企业的特殊性，苛刻得不允许有瑕疵，哪怕打磨外表用的耗材——砂纸，都不允许有一星半点儿差池，必须拿出鸡蛋里挑骨头的劲头儿。

即使是总装下线，检测合格，还要进行低速滑行和高速滑行试验，测试飞机各种性能，再进行调试，最终才能放飞蓝天。

想一想，多少次提心吊胆，才能换来一次完美的飞行？

每一架战机，都是一手托着国家的巨额财产，一手托着战友的生命。

罗阳不图奖励，只求无错。若不是两款新战机首飞成功，一颗悬着的心总算落下来，罗阳也许就参加不成珠海国际航展了。当然，11月9日去参加航展，也不是件轻松的事情，更不是去缓解紧张的压力。沈飞的歼-31出口版与直-10、直-19一道，重彩亮相，他这个总经理不能缺席。更重要的是，这是学习世界先进技术的机会，还能洽谈相关业务，参加外事活动。在此之前，他还先去沈飞集团在深圳的分公司，处理一堆业务上的麻烦事儿。

短短几天，处理了一堆事情，虽说心弦没有绷得那么紧，却也是紧锣密鼓，马不停蹄。

毕竟年过半百，他还把自己当成年轻人，每天都把睡眠挤得所剩无几。他把自己生命的发条拧得太紧了，紧得为了飞机，哪怕错过一分钟，都觉得是自己的罪过。

医学家还说，导致心源性心脏病的最主要的原因，就是长期过度疲劳，得不到有效休息，加重心脏的负荷。

然而，罗阳最后一次疲劳，仅仅是刚刚开始。

不着舰的舰载机，不过是空中楼阁，形成不了作战能力，陆上的试飞，永远也体会不到在漂泊的大海上那种变幻莫测。歼-15首次着舰试飞是"刀尖上的舞蹈"，毫厘之差，就会谬以千里。自然，生产它的现场总指挥罗阳，心也滚在了刀尖上。

已经是后半夜了，罗阳劝别人早一点儿休息，他却从欧阳润根手里要过歼-15的各种飞行数据，还要认真地看下去，不把所有的事情弄清楚，他怎能睡得安心？

罗阳继续挑灯夜读。

日积月累的过度用眼，已经让他感到眼睛的疲劳。他揉了揉惺忪的眼睛，不得不放下厚厚的数据，眼光投向了窗外。

基地的航母训练平台，灯火辉煌，几架橘色的歼-15，安静地停着。地勤保障人员，围绕着战机，片刻不停地忙碌，他们在为战机上舰做最后的检测。这些身影，让罗阳感动，也让罗阳自信。虽说歼-15是沈飞打造的心肝宝贝，可是，从孕育它，到将它抚养成才，却是祖国成千上万的好儿女，为它废寝忘食，为它殚精竭虑的成果。

这是一个国家的骄傲，国家的梦想。

是，歼-15从研制到诞生，我们用了不到十年的时间，追赶上了舰载机整整一百年的历史。我们打破了技术引进的壁垒，历经吸纳、借鉴、提升，一次次的试验失败，一项项的技术攻关，我们就这样，摸索、探索、研究，终于逾越了重重障碍，几十万中国航空人，披星戴月，终于参悟天机，用血水、汗水哺育出了我们自己的舰载机——歼-15。

从研制到生产，从组装到试飞，几千道工序，数万个零件，罗阳早已烂熟于心。望着窗外昂首挺立，整装待发的歼-15，此刻，他的心情，像是父亲牵挂着出嫁的姑娘，既幸福又担心。

因为，毕竟是他的心肝宝贝第一次着舰。

第二章

2012年11月18日早6时，天刚亮，休息还不足4个小时的罗阳，早早起来，不停地打电话，那种急切的口气，连与他相邻房间的欧阳润根都能隐约地听到，电话的内容都是为准备上航母辽宁舰协调各种问题。

本来，一些事情可以由其他工作人员来做，可歼-15首次着舰起降训练，成为大家的关注焦点，大家都想上舰亲眼见证这一历史的时刻，舰上突然增加了70多人，有总装和海军的首长，还有记者，无法容纳更多的人，只给沈飞集团一个上舰指标。罗阳不可能带上其他工作人员。与歼-15飞行所有的相关数据，相关问题，只能由他一个人来现场解决。

作为歼-15研制现场的总指挥，罗阳深感责任之大，责任之重。

用过早餐，罗阳又一次向欧阳润根询问了歼-15飞机的状态和保障情况，进一步理清了头绪。随后，他立刻去沈飞集团的上级部门领导、中航工业林左鸣董事长、李玉海副总经理的房间，汇报工作，协调事务。上午9时，三人从驻地一同乘车出发，15分钟后，登上了等候他们的直升机，经过五分钟的准备，直升机腾空而起，飞向他日夜牵挂的辽宁舰。

即使如此的忙碌，细心和善于关心别人的罗阳，没有空手赶赴辽宁舰，除了他应带的行李，他还捎上了90斤水果。舰上不同于陆地，补给有严格的限制，不是想吃什么就有什么，尤其是水果。他要捎去一片心意，慰问那些把心血都浇灌给歼-15的功臣。

茫茫的大海上，直升机大约飞行了40分钟，罗阳终于看到了令他魂牵梦萦的辽宁舰。从高空往下俯视，巨大的航母，是那样的渺小，小得像儿童手里的玩具。尽管罗阳是个遇事从容不迫的人，内心也会泛起波澜。动能强劲的歼-15，在这么狭窄的空间起降，即使有牢固的拦阻索，瞬间停稳，也是危机四伏。虽然理论上已经没有任何问题，在基地的反复试飞中，性能已经得到了确认，算得上万无一失了，可是从高空看下去，眼睛的误差，依然让他涌出了担忧。小如邮票的舰船，容得下呼啸而下的战机吗？

这位天天和歼-15打交道的研制现场总指挥，也感到了心惊肉跳。他无法想象，歼-15飞行员，会以怎样的心态精准着舰。

直升机缓缓地降下，辽宁舰由渺小变得庞大了。走下直升机，罗阳见到了沈飞集团党委书记、副总经理，他的老搭档谢根华。谢书记作为沈飞的代表，已经在舰上工作10天了。这次，罗阳提前结束珠海航展，就是来接替谢书记。这次歼-15着舰试验，会有许多数据和预案，需要记录和处理，关键时刻，不允许研制现场的总指挥不在现场。

两个人交接不到一个小时，交接内容包括飞行的情况、相关要求和任务、舰上的房间等等。怕罗阳对舰上的环境不熟悉，谢书记把何时何地召开航空例会和指挥部例会，从舰上如何拨打地方固定电话，舰上参试领导和同事的房间号和电话号等以及开水房、餐厅、卫生间、洗澡间的位置，统统都告诉了罗阳，自然也包括舰上的医院，在第六甲板上的601414舱，有15名医生，负责舰上人员的医疗保健，谁身体不舒服了，可以去找医生。

没想到，这些琐碎的告知，竟成为他们这对搭档最后的交谈。

除了工作，罗阳对其他琐事都没怎么在意，他一向认为自己身体健康状况良好，自然也没在意舰上的医院。只有一件事，罗阳与平时表现大不一样，那就是对谢书记拍摄一些照片的提议，却出乎意料地答应下来。

罗阳向来低调，虽然他是摄影爱好者，拍过许多照片，也创作了许多让人交口称赞的优秀摄影作品，可是，他却不喜欢别人把他装进镜头里。一方面保密的工作性质，决定了他的行为习惯；另一方面也是他沉静安稳、不图名利的性格使然。沈飞开重要的工作会议，还有庆功、表彰、走访等活动，他总是躲着宣传部的镜头，把画面让给功臣，让给专家，让给生产一线的工作人员。所以，在沈飞找罗阳的照片，不是一件轻松的事情。

不知为什么，这一次，罗阳居然同意了拍照。谢书记把飞机的设计单位，沈阳六〇一所的摄影师请了过来。罗阳和舰上所有与歼-15

相关的同志合了影，自己也在辽宁舰上留下了好几张珍贵的照片。

谁也没有想到，这是罗阳留给这个世界最后的影像。也许是冥冥之中命运的安排，故意让他把最后的光彩留给人间。

交代过这一切，谢书记搭乘刚才降落的直升机，返回海军某基地。

考验歼-15的关键时刻就要到了，罗阳立刻投入紧张的工作中。

11月19日至11月22日，这几天，罗阳满负荷地忙碌，舰上的人有目共睹。

然而，自从接受了生产歼-15的任务，罗阳哪一天不是这样忙？从发图到研制，从生产到组装，从下线到成功试飞，不到3年，走完了同等机型发达国家18年也走不完的路，那是用生命拼搏出来的。

虽然我们的歼-15的战机性能，作战半径，雷达与火控系统，已经接近和达到世界上先进舰载机的水平，可是，从1912年5月2日，英国人查尔斯·萨姆森第一个驾驶着飞机从航行中的战舰上起飞到现在，我们的舰载机的发展史，整整晚了一个世纪。第二次世界大战中，美日太平洋岛屿争夺战，无论是日本偷袭珍珠港，还是美军四个月后的反击、中途岛海战，舰载机的作用，直接决定着战场上的胜负。而我们那时，只能当世界格局变化的看客。

虽然我们争取到了难得的和平发展的机会，但和平不会赐予弱者。这一点，我们可以清楚地看到，从20世纪80年代的英阿马岛战争，到1991年之后的海湾战争、科索沃战争、伊拉克战争，还有阿富汗战争、利比亚战争，美国可以利用舰载机，肆无忌惮地攻击。

全世界航母上的舰载机共有1250架，美国拥有的数量就超过了1000架，其次才是俄罗斯、英国和法国，而我们才刚刚填补了一项空白。

当我国航母辽宁舰首次试航时，美国媒体断言，中国的舰载机至少两年后才能上舰，没有舰载机的航母，不过是个靶子。如今，我们的歼-15马上就要着舰了，用不着任何语言，事实说明了一切。美国有F-1（大黄蜂），俄罗斯有苏-33，英国有"鹞式"，法国有

"阵风"，我们有同样为四代机的歼–15。

这就是中国速度。

可这个速度，需要的是和生命赛跑。

时间对于每一个人来说，都是恒定的，罗阳只能从自己的身体里，从他带领的歼–15"飞鲨"团队中获取更多的时间。

从某种意义上来说，罗阳，这位驰骋在第二战场上，没有军衔的将军，正在用时间打一场看不见的战争，他的敌人是时间，他的战友也是时间，只有跑赢了时间，才能打胜他内心的战争。

作为研制现场的总指挥，无论从企业几近于军事化管理的模式上来说，还是从单纯的管理人数上来说，罗阳就是个将军，整个沈飞集团，还有部分沈阳六〇一飞机设计所的员工，加在一起，两路大军，万余人的队伍，都在他麾下听命。那么，歼–15"飞鲨"研制团队，是他的参谋部和智囊团，甚至是冲锋队。

然而，登上了航母辽宁舰，罗阳身后的千军万马都没有了用武之地。辽宁舰即使再大，也是有限的空间。受条件的制约，这些团队成员不可能出现在他身边，从某种程度上讲，此时的罗阳，几乎是"孤军作战"了。

航母孤独地漂泊在大海上，所有的问题都靠他一个人解决，所有的数据，都靠他一个人提供，所有的疑问都需要他一个人解答。歼–15首次着舰试飞前，所有的问题都要清理成零。他深知，航空领域发展在和平年代也是要付出鲜血和生命的代价，宁可自己扒掉一层皮，也不能出任何纰漏。

千根针，万条线，都压到罗阳一个人身上，不知他是怎样承受的。

罗阳已经殉职，至于那几天他是怎样的忙，怎样的累，承受着怎样的压力，我们无法破解，也无从知晓了。我们所面对的，只有罗阳遗像上那谦和而永恒的微笑。

那四天，只有零零散散的碎片，永恒地定格在人们的记忆里。

碎片一：海风在刮，海浪在涌。一架架歼-15从天空掠过，俯冲向辽宁舰，触舰复飞，触舰复飞。罗阳站在舰岛上，仔细观看每架飞机在触舰那一瞬间的飞行状态。要知道，行进中的航母，飞行甲板在浪涌的作用下，会上下起伏，左右摇摆，前后漂移。许多数据和参数都要随之变化。

罗阳左手掐着记录本，右手握着笔，一笔一笔地记录着。

冬天的海上，比岸上还要湿冷，凛冽的海风吹僵了他的手，他还在坚守。

歼-15在罗阳的身旁，呼啸而来，呼啸而去，排山倒海般的气流，吹得他弓紧身子才能站得住。劲风狂吹之下，头上的棉帽子没法戴了，除非他再生出两只胳膊，才能捂得住帽子。即使是系严了扣子，帽子也会被劲风掠下，吹进海里。更何况，他手里还拿着笔和小本子，无暇顾及帽子。

罗阳索性把棉帽子揣在了衣兜里。

他的头发在凌乱地飞舞，寒风无孔不入地灌进他的身体。他冻得打着哆嗦，却还挺立在那里。因为，训练还没有结束，他必须在最前沿掌握第一手资料。他手里拿着的小本子，记满了只有他自己才能看得懂的数字与符号，像看宝贝一样，开会时带着，吃饭时也揣在兜里。

碎片二：谢根华书记无意中提到，舰上留给沈飞集团的030207工作舱，紧临着下锚的舱位。训练中的航母，经常起锚抛锚。想一想吧，能把巨大的航母固定住的锚，该有多么大。谢书记和舰上的官兵闲谈时得知，一个班的战士，居然拉不动舰上的一根锚。每一次起锚落锚，卷扬机巨大的轰鸣，震耳欲聋。

白天，在歼-15旁，罗阳承受着飞机的轰鸣；晚上，他在休息的舱里还要承受锚起锚落的震颤。罗阳那颗疲劳的心脏，也反反复复地震颤。

谢书记亲身感受过巨大噪音带来的煎熬，他能想象得出罗阳所经历的痛苦。

可是，罗阳又是个不肯给别人添麻烦的人，不可能因此而到别人的舱房，更不可能提出更换舱房。

碎片三：罗阳太专注于歼-15的触舰复飞训练，只要训练不停，哪怕是午饭时间，他也不会离开舰岛。即使是歼-15飞走了，他还要和舰上的相关人员交流，思索如何改进飞机性能。

舰上食堂，有一种特殊的规定，只要错过饭时，就不再提供伙食，除非提出申请，才可以再加小灶。而飞行训练，往往选择在中午，加上罗阳还有许多问题要问，要交流，因此他总是错过午餐。

不想麻烦人的罗阳，不可能去食堂打扰已经休息了的炊事员。好在，有一些凉的猪蹄、咸菜、面包、糕点在他的舱里，才不至于让他挨饿。有时，饿久了，难免多吃点儿。

然而，就是这些凉的食物，给罗阳羸弱的心脏，增加了新的负担。

医学专家说，暴饮暴食，或者冬季吃生冷食物，亦是诱发心源性心脏病的一项原因。

碎片四：11月22日晚7时许，北风凛冽，涛声阵阵，雪花在灯光中飞舞。人们纷纷走上甲板，仰望着夜空，蹙起了眉头。他们担忧着天气，因为第二天就是着舰飞行的日子，没有好的天气怎能行？临战前夜，大家都有些紧张。

罗阳对此却不担心，一方面，他相信天气预报；另一方面，他经历过陆上多种气候条件的试飞，他有自信心。他没有上甲板，一个人走到航母中部的机库里，脚步匆匆地行走着。机库有几个篮球场那么大，他绕着四周，一圈一圈数着脚步。他在丈量着机库的大小，思考着怎么才能在有限的空间里，装纳更多的战机。

机库的钢铁墙壁上，印有几行大字：满负荷运转，超极限爆发，忘我式拼搏。罗阳很喜欢这几句标语，因为，这也是他内心的写照，每逢走到这里，他不由自主地慢下来，品味着简单话语中，深藏着的内涵。

军事装备的更新，快得容不得你停顿一下，落后就要挨打，这是一句真理，时不我待，不拼命，怎么能行？

第三章

2012年11月23日，天遂人意，雪住了，一抹红霞印在东方，没过多久，一轮红日跃出渤海。

这是非同平常的一天，考验歼-15"飞鲨"团队的时刻就要到了。

海风在刮，海浪在涌，飞行甲板在浪涌的作用下，会上下起伏，左右摇摆，前后漂移。在茫茫大海上，飞行员从高空看航母，仅像一枚漂浮的树叶，这疾风电闪的着舰瞬间，所蕴含的风险、难度，无法用任何语言描述。所以，选拔舰载机飞行员，堪比选拔航天员，需要他们技术过硬。所以，制造歼-15战机，每一朵焊花，都不能有丝毫的误差。

差之毫厘，谬以千里。没有完美的飞机，哪有完美的飞行？就像自己的孩子第一次走路。罗阳比别人更渴望，更期盼，甚至更焦虑。

早晨6点钟，天还没亮，罗阳便早早地起床，观察气象与海况，与大家一起为歼-15首次着舰做准备。

上午8时30分，罗阳登上舰岛三层。在这里，他将迎来他的掌上明珠，歼-15战机。

9时03分，罗阳最牵挂的时刻终于来了。这一次，歼-15战机不再做蜻蜓点水式的触舰复飞，而是首次真实的着舰。

辽宁舰上的人们屏住呼吸，紧张地等待着着舰的那一刻。

蔚蓝的天空，一架编号"522"米黄色歼-15战机飞临辽宁舰上空。罗阳擦净了眼镜片，让自己更加清晰地看它的孩子，怎样扑进母亲的怀抱。他仰着头，紧盯着战机，眼睛都舍不得眨，嘴里默默地念叨着：大转弯！放起落架！放尾钩！

500米，300米，200米，飞机越飞越低。歼-15在飞行员的操控下，降低高度，调整姿态，瞄准航母，以260千米的时速俯冲下来，电闪雷鸣般的呼啸而落，发动机的轰鸣声，撕破了周围的空气，一股强大的冲击波，撞击着每一个人的身体。

起落架轻触甲板，嘭的一声，战机的尾钩精确地咬住第二道拦阻索，第一道着陆胎痕深深地刻在了"辽宁舰"的飞行甲板上。历经惊心动魄的两秒钟，滑行不足50米，战机戛然而止。

从歼-15出现在辽宁舰的上空，到完美地着舰，仅仅经历五分钟，几十吨的战机，从一只出山的猛虎变成了乖巧的孩子。

拦阻索在颤动，罗阳的心弦也跟随着颤动。尽管早已经胸有成竹，尽管模拟着舰试验毫无悬念。可是，那种期待，那种紧张，那种担心，仍然一起挤压向他的心脏。

舰载机的发展史，是用飞行员的鲜血写就的，这是世界公认的。

身处波谲云诡的大海上，舰载机对起飞着舰的条件和环境要求十分苛刻和复杂。从使用航母至今，美国舰载机飞行员已死亡千余人。因此，美国人认为，航母舰载机飞行员比航天员更难培养。

我们国家不允许牺牲飞行员的生命，不允许让失败成为成功之母，我们只许成功，不许失败，我们毕竟是发展中国家，没有多余的研发费用，我们必须在刀尖上完成最完美的舞蹈。

毕竟我们是踩着他们的脚印，走出了一条属于我们自己的路。

失败与成功，有时只差一步。罗阳的使命，就是消灭这一步。

罗阳和他的"飞鲨"团队一手托着国家财产，一手托着飞行员的生命，再沉也要挺住。

首次着舰的成败，关乎着国家的荣誉、海疆的安危和大国的担当，罗阳的肩上承载的是国家的责任。着舰成功的一刻，就是在明确地告诉全世界，这就是实力，维护世界和平的实力。

虽说罗阳有强健的体魄，这么多的责任和压力叠加在一起，他的心脏还剩下多少空间？

"522"号米黄色歼-15战机，干净利索地着舰了，停歇片刻，又优美潇洒地滑行着，折叠起鸟儿一般的翅膀。

整个辽宁舰沸腾了，对于我国航空工业来说，这一刻意义非凡，对我国航母形成战斗力来说，这是个标志性的重大事件，大家怎能不高兴？怎能不狂欢？人们都沉浸在了欢乐的海洋中。互相击掌，相互拥抱，尽情地释放着内心的焦虑，内心的煎熬。

罗阳虽然高兴，却很沉静，他眼里都是问题，他需要的是数据，需要的是这一次的飞行状态，需要的是飞行员对操控的感觉。这些对于完善歼-15至关重要，务实的罗阳，永远不会选择狂欢，他需要的是理性的思考。

这一刻，他最想知道的是飞行员的感觉。因为舰载机在钩住拦阻索的瞬间，飞行员会承受巨大的载荷，对颈椎、腰椎和胸椎都会产生影响。由于惯性，血液还会加速向头部涌去，飞行员眼前会出现"红视"现象……毕竟，歼-15是由人来驾驶，飞行员的感觉是最需要关注的。

他必须第一时间和飞行员、机务人员交流。直至飞行员把感觉良好的信息传递出来，罗阳总算是松了口气。

"522"号歼-15飞机，在舰上引导员的接力引导下，滑行至起飞位。止动轮挡、喷气偏流板升起，飞行员将油门推至加力状态，淡蓝色的尾焰呼呼作响，整个甲板都随之颤起。罗阳的心房又一次震颤起来，又一次忍受着巨大的轰鸣，睁大眼睛，搜寻着起飞那一刻的所有细节。

随着起飞命令的下达，只听砰的一声，止动轮板释放，飞机全速冲向舰艏滑跃甲板，转瞬间再次腾空而起。

战机优美地翱翔在蓝天上。

50分钟后，第二架歼-15呼啸着俯冲而下，又是一次完美着舰。

2012年11月24日，歼-15和辽宁舰默契地配合着，又有三名飞行员相继从容着舰，随后又滑跃起飞，一次又一次完美地联合演练。

这场震撼人心的钢铁大戏，作为"飞鲨之父"的罗阳才是真正的幕后总导演。是他将两者紧紧融合在一起。这美丽而雄健的一跃，实现了中国航空工业从陆地到海洋的跨越。

整个辽宁舰完全沉浸在亢奋的状态。

没人再敢说辽宁舰是纸老虎，歼-15的成功着舰，已经宣示了中国航母具备形成作战能力的条件。中国有能力走向海洋，维护世界和平。

只有罗阳，在欢乐中保持着冷静与质疑，他五次来到舰载机的机舱，详细研究今后歼-15到航母上服役后，维修、拖动等各方面的实际问题。他的眼光，始终凝视未来，凝视忧患，他在思考未来的预案。

几秒钟，歼-15完美着舰，拦阻钩天衣无缝地挂住拦阻索，战机戛然而止，随后，机翼像鸟儿优美地收回了飞翔的翅膀。拦阻，折翼，这两个看似简单的动作，却体现着舰载机最重要的性能。拦阻，能用最短的距离，让战机停稳。折翼，能用最小的空间，容纳更多的战机。

能让两种技术完美无缺，淋漓尽致发挥作用，付出的心血，只有走过来的人，才知道其中的甘苦。研制航母舰载战斗机，我们是一张白纸，从零起步，核心技术只掌握在少数国家手中，关键技术外国人根本不卖给我们。罗阳在攻坚动员会上说，外国人能干成的事，我们中国人同样能干成，我们能突破这个技术壁垒，而且还能干得更好！

拦阻钩，一个平平实实、其貌不扬的铁家伙，却是舰载机拦阻系统的关键部位，也是生产过程中最难攻克的技术。装在战机上，它不动声色地贴在战机的下腹，只有用时，才瞬间垂下，死死地抓住拦阻索，一举定乾坤。貌似简单的一抓一停，却暗藏着许多玄机，差之毫厘，谬以千里。一百年来，无论是苏联还是美国，在航母着舰时，冲出短短的跑道，成了不可逾越的技术瓶颈，数千架战机为此折戟沉沙，数以千计的飞行员殒命大海。

我们国家研究基础弱，经不起失败，我们的舰载机必须一举成功。

拦阻钩对部件性能要求非常高，由于拦阻钩焊缝比较多，焊接之后，变形量比较大，就不是那么好钩拦阻索，"飞鲨"团队的设计一度无法用传统飞机制造的焊接工艺来实现。

为让拦阻钩达到设计要求，罗阳可谓煞费苦心。这个拦阻钩，曾拦阻了沈飞好几个月。想一想，我们一个月要追人家一年呢，可这一个部件，就是几个月，罗阳怎能熬得起？他很着急，嘴上起了水疱。我们的生产设备，没有那么先进，把误差消灭在1微米范围内，难度极大，可就这么一点儿的误差，也许就会耗费国家巨大的财富，失去飞行员宝贵的生命。

罗阳从改变工作人员的思维习惯入手，不断地宣传必须改变我们传统文化中的允许模糊的概念，丁是丁卯是卯，找准自己的位置，找出自己的责任，我们都是国家这部大机器的一个零件，国家能不能展开腾飞的翅膀自由翱翔，我们是匹夫有责。他告诉大家欧洲一些国家的人对待工作严谨、仔细、负责任，别人有优点，我们就应该学习，世上无难事，只怕有心人。

罗阳开始一道一道地把关，一个一个地攻克难题，从设计、材料、制造、使用、维护等各个环节，一个一个地追问，哪怕最细微的环节，也绝不放过，追得大家都快崩溃了，可他依旧不依不饶。他拿美国的挑战者航天飞机为例，不过是忽视了"O圈"的橡胶带，最终殒梦天空。

大家知道，罗阳虽然少言寡语，但在工作上却有一股鸡蛋里挑骨头的劲头儿，拿那次"砂纸事件"为例，他总是在质量问题上不依不饶。那次，他询问一起质量问题查处的进展情况。这个问题比较复杂，涉及23个直接影响因素。当时，上级调查组已形成了调查结论。可是，他对结论依然不放心，仍然耐心地从产品制造的全过程逐个细节询问，直至询问到完全可以忽略的环节——"砂纸"。

罗阳详细询问了使用的砂纸规格牌号在设计技术规范、工艺施工规范中是否有明确规定，砂纸的采购、收发、保管执行情况如何，工人的领取、使用是否符合规范等一系列问题。砂纸的作用是在产品加工后对表面进行轻微打磨，属于消耗性器材，更主要的是，在前期的调查分析过程中已经排除了砂纸的影响，所以，在材料管理这一部分关注了装机器材，忽略了砂纸。

罗阳是一个谦逊的人，不愿意严厉地批评人，总是和风细雨地说，每一起质量问题既是教训，也是财富，航空工业的发展、技术的进步有很多是从一次一次的失败和问题中吸取教训。所以出现质量问题后一定要对产品实现的全流程进行梳理，找出全部的影响因素，包括直接原因、间接原因和可能的原因，这样才能彻底解决问题。

在这个问题上，罗阳让相关的处室领导写检查，分析一下出问题的原因。大家以为，写检查不过是走过场，交卷便完事大吉了，谁能认真看？结果，罗阳不仅看了，还发现有三个处长写的检查一模一样。他把三个处长找来，追问是谁抄了谁。结果，两个处长受到了降级处分。罗阳说，航空的每一个细节，都有生命的责任，处分是表明对生命的态度，态度不端正，麻痹的思想就不会克服。

砂纸虽小，可管理问题事大，细节决定成败，只要叫<u>纰漏</u>，<u>丝毫</u>也不行。

罗阳以砂纸的事情，举一反三，对所有消耗性器材进行清查整改，强调要在完善规章制度、明确职责和工作要求的基础上，对员工进行培训，强化对执行过程的检查考核。

以"砂纸事件"为由，罗阳还在公司开展提高全员岗位履职能力专项活动，对每一个岗位都有严格规定，必须回答清四个问题：

一是干什么，二是依据什么干，三是干到什么程度，四是承担什么责任。问题清楚了，工作的思路才会清晰。

砂纸是一件小事，罗阳都不肯放松，何况拦阻钩是件大事呢，大家都感觉到了"压力山大"。

罗阳紧锁着眉头，反复强调，不就是个钩子吗？人家有办法解决，我就不信，就难住我们了。他和大家一起，把可能影响产品达到设计要求的所有因素一项一项地列出，精度、尺度、配合关系等等，不放过任何细节，不断调整思路和主攻方向。

功夫不负有心人，难关没有难住"飞鲨"团队，设计人员和制造人员一同攻关，最终将设计与生产企业的焊接技术进行了巨大改进和提升，而歼-15的这项关键技术得以突破。至于如何克难攻关，涉及技术机密，笔者无从得知。

难题解决了，大家终于松了一口气，卸下了沉重的负担。罗阳指着拦阻钩，拍拍项目负责人的肩膀说，这个小东西没问题了吧，只要我们摸准了它的脾气，它就会听我们的。

折叠翼，顾名思义，就是战机把翅膀叠起米。许多年前，我们认为，只有空中翱翔的大鸟才能做到。然而，仿生学让智慧的人类得到更多的灵感，作为第四代战机的舰载机，不仅具备鸟的自由度，还具备鸟翼折叠的本事。

战机，最占用空间的地方，就是翅膀。一艘航母，多容纳一架战机，就是多一份战斗力，突破折叠机翼这道技术难关，就是增添了我们国防的力量。

可是，折叠的机翼，不仅是表面上的折叠，燃油、液压、操控各个系统都要通过折叠部分，无论机翼怎么折叠，折叠多少次，这些系统都要正常工作，都要毫发无损。因此，内部的结构特别复杂，技术难度非常大。

罗阳亲自点将，组建了折叠机翼研制攻关团队，进行技术突破和项目推进。他每天都要到工作现场，手里总是拿着两个本子，一个是所有攻坚项目进度表；另一个是密密麻麻的计算数据和他对技术难题的解决设想。大家说：罗总是一手拿着催账单，一手拿着锦囊妙计。

罗阳常把大家叫到他那儿研究技术问题。只要听到"罗总请你到他办公室去"，大家总是又紧张又兴奋。紧张的是罗阳每次肯定会提出大家意想不到、答不上来的问题，兴奋的是罗总每次都能给大家打开思路。

在罗总带领下，折叠翼研制方案改了一遍又一遍，零部件做了一套又一套，一次次地从头做起，拔掉一颗颗技术"钉子"。中国人终于为自己的舰载机插上了收放自如的灵活翅膀！

罗阳总是这样，把"真抓实干"当成座右铭，把"超前谋划、精心准备、靠前指挥"当成行动纲领，奉行"亲自抓、亲手干"的原则，身先士卒，率先垂范，带头履责。

清晨起床后，罗阳总是先来到施工现场，再去办公室。当他沉浸在工作状态时，办公楼里打扫卫生的工勤人员才刚刚上班，总是对他带进楼里的泥脚印疑惑不已，直至故意提前早来，才发现了他的身影。

罗阳把沈飞的400多个处室、分厂、车间，甚至每个班组都装在了心中，员工们经常莫名其妙地获得不寻常的待遇，那便是生产津贴，他总是在幕后悄悄地考核，哪怕深夜，他也愿意亲临现场看一下。他说，无论是部长还是职员、无论是厂长还是班长，他们不仅承担着生产任务的压力，安全、保密、管理等方面的压力也很大，我们不能只是在出问题时进行处罚，更应该给他们相应的待遇激励他们做好工作，谁的责任大、谁的压力大，就应该多劳多得，必须体现"责、权、利"对等的原则。

有时，部件未达到合格测试指标，制约了装配时间节点，罗阳总是亲临现场，认真核查测试参数，时而蹙眉深思、时而悄声询问、时而侧耳聆听，共同分析解决问题的方法。那种亲和、低调与商量的语气，经常让员工误以为来的是位专业设计人员，并非他们的老总，直至陪他来的厂长介绍出他的身份。

罗阳经常让一线的员工感到尴尬，员工没有认出他，他却道出了员工的姓名，还有获得的奖励。也难怪，上万人的大公司，知道老总的名字，没见过老总的人多着呢，加上罗阳反对在沈飞的内部电视台上露面，经常躲着摄像机，没人认出他，也属于正常。更重要的原因，大家想不到，老总能亲自下到生产的第一线。因为，他轻车简行，带着问题到生产一线时，从来没有前呼后拥，从来没有摆过架子，他把自己当成普通一员，谁能想到总经理，是他们身边经常走过的人。

对于那些为技术攻关做出贡献的一线员工，罗阳总是念念不忘，亲手把奖牌挂到他们的脖子上，贡献再大一些的，授予功勋员工。奖罚分明，功过清晰，成为罗阳鲜明的工作特点。

也正是因为罗阳这种精神激励了团队，成就了歼-15在我国首艘航母上的优异表现。

罗阳，你和你的"飞鲨"团队，终于把梦想印在了祖国的蓝天。一架架中国自主设计、拥有自主知识产权的歼-15舰载多用途战斗机，自由地翱翔在祖国的海空。

中国航空工业实现了从陆地到海洋的跨越！

第四章

医学家说，噪音与震颤，是导致心源性猝死的重要诱因。

舰上的七天，飞机的轰鸣，就是召唤罗阳的号角，就算是上刀山下火海，也无法止住他的步伐，许多次，他离轰鸣的飞机仅仅十几米。

责任，让罗阳完全忽略了自己，忽略了背部的疼痛，忽略了呼吸的困难，心思完全放在了歼-15上。

24日下午1时，着舰试飞全部结束，所有起落，十分完美。终于有机会与战机与飞行员密切接触了，舰上的人蜂拥而上，与飞行员握手、拥抱。人们争先恐后地问，感觉怎么样？飞机怎么样？飞行员一遍又一遍地竖起大拇指，一遍又一遍地说，很好，很好。

一个小时后，首长们乘坐直升机返回海军某基地，按照指挥部的要求，罗阳也可以随机飞往基地，那样的话，罗阳就有可能不会出事儿了。

可是，罗阳还是觉得许多事情没有做，他不会放过各个部门的技术专家全在现场这个机会，与他们充分地交流，讨教，拜师，更加完善歼-15。何况，辽宁舰航行的方向是大连港，明天的庆功会也在大连举行，他觉得，没必要麻烦司机和秘书大老远地赶来接他。

下午4时许，罗阳才有时间返回自己的居住舱。从沈阳桃仙机场下飞机，到歼-15着舰成功，7天过去了，他忙得还没来得及和妻子通过一次电话呢。抄起舰上的电话，他给妻子打了个电话，兴奋地告诉妻子，试验成功了，所有的任务都完成了。

无论从丈夫的电话里，还是在刚刚听到的新闻中，妻子王希利都知道，丈夫刚刚做完了一件可以载入史册的事情。可是，不知为什么，丈夫那种难以抑制的高兴却没有传染给她，一种莫名的忧虑在她心头挥之不去。

那天晚上，罗阳一位同学的孩子准备第二天的婚礼，这位同学提前把散在全国各地的同学请到沈阳。在辽宁舰上执行公务的罗阳无法出席，王希利便替代丈夫与大家聚会。大家都对老同学罗阳成为国家的栋梁，赞佩不已，也知道老同学肩负着国家的使命，无法和大家相聚，只能举杯遥祝。

或许是冥冥之中的一种感应，她特别难受，总有一种想哭的感觉。大家都沉浸在国事和家事双喜临门的兴奋中，只有王希利，悄悄地去了洗手间，毫无缘由地流出了两行热泪。

　　整理过一番笔记，晚8时，匆匆吃过晚饭的罗阳拿过小本子，又开始逐门拜访：推开试飞部门的房间，询问飞行员的感受，查看飞行员的体征数据有哪些变化；找到雷达系统的工作人员，咨询雷达的工作状态，导航与陆上试验区有什么不同……

　　直至所有的问题都问到了，罗阳那绷紧的心弦终于放松下来，紧张的身体也随之松弛下来。捆绑他心脏的那无形的拦阻索，却猛然跳起，趁机兴风作浪。

　　可是，庆功会明天就要在航母靠岸的大连举行，而沈飞恰恰要代表中航集团在大连主办这次活动，宴请着舰成功的相关人员，尤其是冒着生命危险试飞的飞行员。

　　身体再不舒服，罗阳也要把庆功会安排好。

　　夜深了，疲惫至极的罗阳，终于扛不住了，把自己的身体丢在舱里的床上。可能在他的潜意识中，睡一觉就好了。这么多年来，睡觉就是罗阳的奢侈品，711工作制（每周工作7天，每天工作11小时），已经是常态，724的工作方式（一周24小时吃住在岗位），每个月至少要拼上这么一回。艰难的日子都挺过来了，这点儿疼算什么。

　　晚上，辽宁号起锚，带着全舰的欢声笑语，胜利返航。

　　卷扬机巨大的轰鸣，就在罗阳的身旁，尽管噪音巨大，他也不想动弹了，就想好好歇一歇，只能忍受着声音的刺激。

　　疼痛在半夜时分加剧了，一直疼到了耳后。从来不给别人添麻烦的罗阳，更不想在三更半夜打扰别人，便独自一人在舱里挺着。

　　不依不饶的疼痛，实质上是在催促罗阳，马上就医，马上就医。可是，罗阳除了工作之外，不愿意麻烦别人，尤其是夜半三更，谁不想睡个好觉。电话就在他的床头，他伸手就能拨打120（舰上的急救电话也是120）。哪怕舰上不具备抢救设施，乘坐舰上直升机，40分钟就能抵达陆上的大医院。

然而，这一切，罗阳都没有做。在他的内心深处，一直等待着上岸。上了岸，好好地睡上一觉，身体就恢复过来了，至死他都不会想到，这根绷得太紧的弦，松下去，就永远不会回来了。

　　又是一夜未眠。

　　天刚蒙蒙亮，大连港的轮廓便呈现了。每天早上6点，是罗阳起床的时间，可这个早晨，别说是起床，就连去吃早餐，他都没有体力走过去。

　　潮水还没有涨上来，一时难以入港，辽宁舰只好抛锚。卷扬机的声音又起，最后的刺激，便成了压倒罗阳的最后一棵稻草。

　　早上8点多，潮水涨上来，辽宁舰开始靠岸，到了8:50才靠稳码头。

　　带着成功的喜悦，人们纷纷走上甲板，走下舷梯，与岸边欢迎他们的人群招手欢呼，表达着内心的喜悦。按惯例，应该是司令员先下舰，然后大家依次下舰。司令员说，全体人员都有功，大家先下，我后下。

　　按照司令员的说法，罗阳应该是最早下舰的。可是，罗阳的身影却迟迟没有出现，沈飞集团党委书记谢根华带着相关工作人员和歼-15的团队，很早就守候在岸上，他们的眼睛在人群中苦苦搜寻，却迟迟不见他们的老总罗阳，大家有些着急了。

　　9:04，舰上的人差不多都下来了，罗阳才出现在大家的视野。他的脚步很滞重，连拎随身行李的力气都没有，是中航工业黎明公司的董事长孟军替他拎下的。一脸疲倦的罗阳，面对着喜气洋洋来接他的谢书记一行人，努力地微笑着。当摄像镜头对准他们的时候，大家多么期待罗总和他们热烈地拥抱，庆祝他们熬尽了心血取得的成功。摄像师不断地劝说，让谢书记和罗阳拥抱一下。

　　罗阳只是伸出手，和大家一一握了下。谢书记感到有些意外，询问着，到底怎么啦？罗阳不想多说话，淡淡地说了句，有点儿累。

　　坐进了接他的3号车，罗阳让身边的工作人员，项目办的李杰打电话给坐在11号车的谢书记，说自己不舒服，下午4点庆功会不参加了，让谢书记替他坐在1号桌上。谢书记感觉这不符合常理，这是庆功宴，作为承办方的一把手，不能喝酒，可以不喝，不参加宴会，在情理上说不通的，怎能用一个"累"字推托掉？联想到刚才见到罗阳时，那张苍白憔悴的脸，迟缓疲惫的脚步，还有嘴角并未痊愈的口疮，便觉得不对劲儿，催促司机快点儿开，进了他们居住的大连日航酒店，他一路小跑，终于在电梯口追上了罗阳。

谢书记没有回自己的房间，与罗阳一块儿乘坐电梯，跟随罗阳进了28楼的1号房间。

罗阳一进门，就仰在床上，捂着胸口。这时，才向谢书记道出实话，昨晚疼了一宿。那个时候，谢书记也没有意识到罗阳的身体已经不行了。只是认为，从来不说累的罗阳，连续说了两次累，必须到医院调理一下，吩咐办公室主任和司机，马上送罗总上医院，该吃药吃药，该治疗治疗，快点儿调整好身体。

罗阳叮嘱着谢书记，把帽子给六〇一所所长1顶。这次上舰，舰长给了歼-15的研发团队3顶标属为"辽宁舰"的特殊帽子。这个帽子在舰上风靡一时，上舰的首长中有的中将都没抢到手。舰长不忘歼-15的功臣，悄悄地留下3顶。

即使到了生命的最后关头，罗阳依然没忘了歼-15是个团队，因为舰上舱位有限，六〇一所所长没有获得上舰的机会，他嘱咐谢书记，一定要把这份象征着荣誉的纪念品，送给与他同甘共苦的人。

9:33，罗阳下楼，赶赴离宾馆最近的大连友谊医院。

车辆飞驰在路上，罗阳望着窗外，说出了他生命中的最后一句话，大连的路真好，不堵车。

9:40，罗阳的心脏，大面积堵塞，呼吸急促起来，头歪向了一旁，任凭身边的人怎样喊，就是无动于衷。

眼前就是医院，500米，300米，200米，司机加大油门往前冲。

距医院不到100米远的地方，罗阳已经喘不过气来了。

医院已经接到电话，在走廊里组织抢救，边抢救边往急救室送。

然而，晚了，一切都晚了。尽管医生用力地按压着罗阳的胸脯，罗阳只有呼出的气，没有吸入的气了。实际上，他的呼吸已经停止了，即使使用了心脏起搏器，也是无能为力。

海军首长闻讯来了。

总后勤部的首长来了。

中航工业的董事长林左鸣、副总李玉海来了。

参加歼-15首次着舰试验的一批师职干部，还有参研单位的相关人员，闻讯急匆匆地赶到大连友谊医院。

刚才，他们的脸上还挂满成功的喜悦，现在他们却是无比凝重。他们只有一个目的，抢救，抢救，把罗阳抢救回来。

看到这个架势，医院压力巨大，院长也加入了抢救队伍。然而，心波测试仪上，那道微弱的曲线，渐渐拉直，再也没有波动起来，罗阳的生命已经无法挽回。按常理，抢救30分钟无效，可以宣布死亡。可是，海军首长和中航工业的领导，不允许罗阳离开他们，他们太需要罗阳了，哪怕只有百分之一的希望，也要做百分之二百的努力。为此，医院又在抢救室里延长了两个多小时的抢救，甚至连喉管都切开了。

所有的方法用尽，医院再也无力回天。

2012年11月25日12时48分，罗阳的生命永远地定格了。病因：急性心肌梗死，心源性猝死。

我们的英雄，罗阳，就这样，卸下重负，安静地离开了人间。没有豪言壮语，不计个人得失，只有脚踏实地，用智慧，用汗水，用生命去实干兴邦。

罗阳走了，谁也没有能力把他从那个世界拉回来，即使是他身为医学博士的妻子，还有外科主任医师姐姐。

可是，罗阳，谁能忍心让你这样走，请你在天堂打开顺风耳，听一听，歼-15的成功着舰，已经引起了全世界的轰动。有了这把利剑，我们无须在别人咄咄逼人的军事威胁面前唯唯诺诺，也不需要在别人的军事封锁面前而委曲求全。

日本《外交学者》分析，一旦歼-15和对手卷入近距离缠斗，其大推重比和翼载荷低的优势将得到发挥，绝对是"危险的对手"。

俄罗斯媒体承认，尽管在外形上与苏-33相似，但歼-15装备了更为完善的航电设备、着陆尾钩、尺寸较小的垂尾和更为强固的起落架。

英国广播公司用"史无前例"这个词，强调舰载机对于中国的意义。作为中国首款舰载多用途战斗机，歼-15可根据不同作战任务携带多型反舰导弹、空空导弹、空地导弹以及精确制导炸弹等精确打击武器，具有全海域、全空域打击能力。

德国《柏林日报》称，中国首艘航母，就像中国的"浮动军事大学"。歼-15的成功，说明中国的舰母开始形成了战斗力。

《法兰西西部报》称，这真令人震惊，视频清晰地展示在公众面前，由不得人不相信，这是中国首次掌握了这一技术，或许意味着法国的"阵风"战机也能在"辽宁舰"上起落。

美联社虽然调子很低，仍然称，中国对罗阳的认可表明，中国政府对航母项目给予了高度重视，这个项目被视为中国在过去30年里从穷国走向政治经济大国的标志。

在此之前，国外许多媒体断言，中国舰载机成功应用，至少需要一年半时间。可是，由罗阳领军的"飞鲨"团队，仅用两个多月的时间，就完成了最为关键的起降试验。

我们都知道，罗阳是个低调的人，一生不喜欢张扬。他生前多次说过，航空报国是使命，而不是荣誉。他很想默默无闻地度过一生，可是，他的突然殉职，一下子便把这位"特殊的幕后英雄"推到前台来，各种媒体连篇累牍地报道他，各界人士边扼腕叹息，边赞佩不已。

从此，全国刮起一股狂热的航母风，以"航母style"为代表的中国航母地勤指挥起飞姿势更成为广大军事迷争相模仿的经典动作。

罗阳，虽然你已经离开了我们，可是英雄自古不寂寞。

所有的名誉，都是你不需要的。

你只是想造世界上最好的飞机，只盼祖国的蓝天碧海万里无虞。

罗阳，我们知道，你生前最害怕看的节目，就是央视的《防务新观察》，主持人和嘉宾关于第一岛链、第二岛链的论述，像两道绳索，紧紧地捆绑着你的心房，你感觉无地自容，你每天都在承受着共和国航空人的压力。

从前，我们没有航母，没有舰载机，我们的海军拿什么面向海洋，面向世界？拿什么冲出"C形包围圈"？这是我们鸦片战争以来的痛，也是甲午海战以来的耻。百年来中国人的强国梦一直没有停歇。在并不太平的今日世界，战争并不是遥不可及，国家利益随时会遭遇挑战。我们凭什么捍卫国家，靠什么拿回属于我们的国家尊严。国际话语权靠的是实力。没有实力，我们无法突出重围。

这是国之痛，亦是你的心之痛。

尽管我们的国力增强了，尽管我们的国防力量不断加强，可是我们依然经常遭受人家的嘲笑。我们历经磨难从乌克兰购买的"瓦良格"号航母，是被卖方拆除了发动机、武器装备和导航系统的"空壳"。外国军事专家曾笑话我们，说它是个吓唬人的摆设。是我们的科学家，克服了巨大的技术障碍，也承受了难以想象的压力，才使我们这艘更名为"辽宁舰"的航母具备适航性。

现在，我们用歼-15，给那些嘲笑以有力的反击，就连美国海军战争学院研究亚太问题的教授吉原俊井也不得不承认：歼-15的第一次起降可能是一座里程碑。

虽然，外媒也有杂音，或者是鄙视，称离真正作战相去甚远；或者是夸大其词，炒作"中国威胁论"。但其实这就像毛泽东说过的"小小寰球，有几个苍蝇碰壁，嗡嗡叫"。

我们必须拥有航母，那是国人的主心骨。而舰载机，是航母的灵魂。我们罗阳以及他的团队，为国家买来了一张保险单。

你知道吗？罗阳，你的员工，不再叫你的名字，也不称你为罗总，他们给你起了新的名字，叫"飞鲨之父"。

第五章

罗阳就这样走了，带着他未竟的事业，带着对歼-15的依恋，带着对尚未研发出更多新型战机的遗憾，遽然离去。

从不麻烦别人的罗阳，想不麻烦别人也不成了，他失去了拒绝的能力。大家围着罗阳的遗体，擦拭着抢救时遗留下来的痕迹，整理着他的遗容，为他穿上人生最后一套新装，让他一如生前。

他们的手轻轻地触摸着罗阳，似乎觉得他们的罗总刚刚熟睡，罗总太累了，应该好好歇歇了，他们害怕打扰罗总的梦境。自打罗总执掌沈飞集团，从没睡过安稳觉，好不容易休息了，大家怎么忍心将他唤醒。可这又是怎样的一个妄想啊，罗总一睡不起了，他们的手又有一种重重捶打罗总的欲望，希望能把他打醒，让他猛然坐起，执掌帅印，重新指挥他们用心血研发新型战机。

当他们的手触碰到罗阳冰冷的身体时，理智回答了他们，罗总真的睡去了，永远。可是，理智却控制不了情感的大门。他们边抚摸着罗阳，边以泪洗面。模糊的视线里，浮现的全都是罗总生前那一幕幕感人的情景。若不是不断地有人提醒，人走了，泪水不许滴在身上，罗阳的脸将无法被擦干。

沉睡的罗阳，无动于衷，脸上没有痛苦，一如生前的从容与平静。生命的最后一刻，他知道，他身后的中国航空工业，还有千千万万个罗阳，他们都是国家的栋梁。

从沈阳匆匆赶来的妻子王希利，看着对她不理不睬的丈夫，撕心裂肺地喊着，我把一个活生生的人送出去的，你们就把一个躺着的人还给了我？

事实就这样残酷，残酷得让人无法接受，超负荷的透支，让罗阳一辈子干了两辈子的事儿，苍天让他休息去了。

大家除了泪水，无言以对。

庆功宴在晚上四点钟举行，主办方履行了庆功宴应有的程序。半个小时后，中航工业集团以及沈飞的决策层便悄然离席。长期的保密训练，使大家养成了守口如瓶的习惯，即使遇到了如此大的变故，他们依然平静如故。

按殡葬管理的相关规定，罗阳的遗体应该在大连火化。然而，听到噩耗的1.6万名沈飞员工，坚决不答应，一定让罗总回家，一定要见一眼罗总，送罗阳最后一程。

大连友谊医院的院长被感动了，也被说服了，并协调了相关部门。于是，他们派车，护送罗阳的遗体返回沈阳。

听到这个消息，谢根华书记一行人禁不住潸然泪下。后来，他在回忆罗阳的文章中写道：回家吧，罗阳。你的夫人、姐姐、姐夫到大连来接你来了，海军首长和战友们来医院为你送行了。大连造船厂的领导和朋友，与你结下了深厚的友谊，他们抢着将你抬上担架抬上车，高声喊着，大哥！回家吧。

回家，罗阳。

你终于有时间和亲人在一起，你的妻子、姐姐、姐夫陪护在你身边。悲痛欲绝的妻子，一路上挥泪如雨，盯着你的面庞，不停地说着，我舍不得你呀，你太累了，睡吧。你的医学博士妻子，是辽宁中医药大学附属医院的副院长，曾经挽回过无数生命，面对你，她却无能为力。

从大连友谊医院出发时，跟随救护车的仅有七辆车。低调的沈飞人，不想惊动沉浸在庆功氛围中的人们，也不想把罗阳殉职的消息扩散，只想沿着高速公路悄然返回。可是，庆功宴上，中航工业几位重要人物集体离席，庆功的氛围过于庄重，这些十分反常的情况，让央视记者敏感地捕捉到了，穷追之下，再也无法保密。

于是，参加庆功宴的东北航空界的弟兄们一路追赶，一定要陪罗阳回家。

沈大高速公路上，第一次出现了"护灵"的队伍。

2012年11月25日晚，沈阳青年大街与沈大高速公路的交会口，暮雪皑皑，寒风瑟瑟。离寒冬腊月还远着呢，按常理，不该有这么冷，是罗阳的殉职感天动地，让漫天飞舞的雪花，为罗阳披上孝装。

高速路口，接灵的车已经排了很远，都是开着私家车。灵车刚刚驶离高速公路，中航工业沈阳六〇一所一位与罗阳一块儿从事过科研的老院士，号啕大哭，不停地拍着车门，一定要看一眼罗阳。

谁都清楚，一旦车门打开，就会人潮如涌，谁都想看一眼罗阳，他们憋了一肚子话，都想和罗阳说。那样的话，局面就会失控，高速公路的出口就会拥堵。于是，临时组建的治丧小组下令，不论是谁，想见罗阳，29日去追悼会现场。

治丧小组体会到了大家的心情，让所有车返回沈飞集团的厂区，集合在放飞共和国一代代战鹰的跑道旁，在那里，一起为罗总送行。作为歼-15等多种型号战机研制现场的总指挥，那里也是罗阳放飞希望的地方。

车队默默地行驶着，沿着青年大街、北陵大街一路北上。从扎根到中国航空工业，到以身殉职，整整三十年，沈阳是罗阳唯一工作过的城市，这里到处都见证着他洒过的心血和汗水。让他在城市里最后走一遭吧，让家乡的土地留下他最后的足迹。

车队默默地行驶着，绕过北陵，沿着罗阳的生命轨迹，缓缓地走着，似乎在回忆着罗阳短暂、平凡却又非凡的一生。到了罗阳母亲居住的干休所，车队的速度缓了下来。这位经历过解放战争、抗美援朝战争的离休老干部，还不知道已经失去了心爱的儿子。车队在老母亲的窗外，缓缓地走，缓缓地走，仿佛刻意让罗阳和母亲打个招呼。每一次罗阳回家，母亲总是站在三楼的阳台上，向着儿子招手，直至儿子消失在视野中。老人家的招手，成了干休所的招牌动作，几乎无人不知。这一次，母亲阳台上的窗户却是紧闭着，大家清楚，这是罗阳最后一次回到母亲身边，可是，却没人去打扰英雄的母亲，更没人敢跟母亲打一声招呼，让老人家下来，看一眼儿子，白发人送黑发人，这种生离死别的场景，谁能承受得了？于是浩浩荡荡的车队，熄灭大灯，蹑手蹑脚绕了过去。老人家，您可知道，您的儿子，此时正最后一次从您身边走过，再也无法向您招手……

车队默默地行驶着，这里是他工作近二十年的中航工业沈阳六〇一所，从一名技术员，到专家，到所领导，这里留下了罗阳一生中最多的汗水。在歼-8Ⅱ型飞机208雷达舱温控制系统、坐舱盖的可靠性及优化设计方法等科研体系的研究过程中，罗阳带领他的团队，用独特的处理方式，解决了复杂问题。他对舱盖结构可靠性研究的论文《用外场数据进行系统可靠性评估》编入北京航空航天大学的教材。那一年，他年仅26岁。年轻的罗阳，为我国歼-8，歼-11的成功研制，曾立下汗马功劳。六〇一所，这个培养中国航空工业技术与管理双料人才的地方，在20世纪90年代，诞生过名噪一时的"七匹狼"，七位航空工业的精英，用狼一样的团队精神，狼一样坚忍不拔的毅力，创造了中国航空工业的一个又一个奇迹。如今"七匹狼"全部成为中国航空工业的台柱子，遗憾的是，重担在肩的罗阳却英年早逝，怎不令人痛心？好几名白发苍苍的老院士和战友在等着他，他们多想让罗阳睁开眼睛，再看一眼他们。

车队默默地行驶着，路过了他居住过的地方。这里是六〇一所的职工住宅，从离开六〇一所，升任沈飞集团总经理，十年间，有多少次调整新房的机会，罗阳始终没有动心，依然如故地住在20世纪90年代中期的老楼里。他说，他喜欢这个地方，楼下是他的老同学老朋友，互相有个关照，左右邻居都是从事航空工业研究的人，研究一些问题也方便。本来，分楼的时候，他已经是所领导了，应该分得楼层低一点儿的。但他考虑的是老同志上下楼不方便，把自己的房子选择在了顶层。至今，他的家里依然保留着20世纪90年代初的简单装修，客厅的8个莲花灯3盏从来没亮过，卫生间依然保留着过去的蹲便。简朴和节约成了他的生活准则。家属楼里，人们看到载着罗阳遗体的灵车驶来了，他们不顾天寒地冻，打开窗子，默默地注视着灵车，目送灵车缓缓地驶离。他们似乎感觉得到，罗阳正在和他亲如兄弟的邻居和朋友打着招呼，好像是又一次出门远行。

车队默默地行驶着，终于驶入了沈飞集团的厂区。沉默再也无法持续下去了，无论车队走入哪个工区，正在加班的员工们，释放着如潮的哭声。"罗阳""罗总"的喊声、哭声，春雷一般响彻厂区。

晚9时，当车队行驶入试飞的跑道，等候已久的千余辆私家车，早已士兵一般，列好了整齐的队伍。灵车刚刚驶入，车主们再也按捺不住对罗阳的思念，他们端坐在方向盘前，饱含热泪，同时按响喇叭。一千多辆车，就是一千多倾诉的声音，悲鸣之声顿时震天动地。

与此同时，他们向着灵车行驶的方向，齐刷刷地打亮了远光灯。他们知道罗总很累，他们即使喊破嗓子，罗阳也无法听到。他们只能用这种办法，为罗阳送行，让罗阳走得更好。

刹那，天地同明，亮如白昼。灵车在哀鸣声中，缓缓走远。

车灯沿着飞机起飞的方向，射向远方，耀亮夜空。那里是战机自由翱翔的地方，更是罗阳梦想的天空。

放心吧，罗阳，你虽然行走在另一个世界，可你脚下的路，没有黑夜。

放心吧，罗阳，你虽然不会再下达新型战机起飞的口令，可你的战友会接替你，让战机翱翔得更完美。他们和你一样，都有一颗赤子之心，时刻准备着用热血和生命，捍卫国家的安全。

追悼会的前几天，沈阳的天气出奇地寒冷，冷得半个多世纪都没见过。铅灰色的天空，时常飘荡着雪片儿，大家的心情也像这天空，非常糟糕。

没有人组织，也没有人发起，人们不由自主地拿起手机，电信、移动、联通的信号在沈阳的天空中交织着，传递着一个共同的消息，追悼会那天，一块儿送一送我们的英雄罗阳。

于是，追悼会那天早晨，在沈飞集团的周围，在回龙岗公墓周围，马路的两旁，站满了来自沈城各区的人们，近十万群众胸戴白花，站在瑟瑟寒风中，站在自制的白底黑字布幔前，用标语表达他们那颗悲伤的心：罗阳，一路走好！罗阳，我们永远怀念你！罗阳，你是沈阳人的灵魂！罗阳，永远不死……

整整一个白天，悲伤的气氛萦绕在整个城市的上空。所有的出租车，后挡风玻璃电子屏幕也没有广告，反复滚动着罗阳的名字：罗阳，你是沈阳人的骄傲！罗阳，永远活在我们心中！学习罗阳，报效祖国……

沈阳街头所有的银行、宾馆、商店，只要有电子显示屏的地方，全停止了商务公告，滚动着播放：英雄罗阳，一路走好！罗阳，家乡人民永远铭记你……

2012年11月29日，又一轮寒流侵袭沈阳，这是几十年未见的寒冷，零下20摄氏度，滴水成冰，堪比数九寒天。即使到了上午10时，阳光依然无法驱散寒冷。

此时，回龙岗革命公墓，最大的告别厅——回龙厅，哀乐低回，正中的巨型幕布上是罗阳微笑着的巨幅遗像。罗阳安详地躺在遗像下，他的身上覆盖着中国共产党党旗，身旁环绕着鲜花，4名礼兵笔挺地守护在他的身旁。党和国家、军队的领导人都敬献了花圈，并致电家属，表示慰问，习近平总书记做出了学习罗阳优秀品质的批示，中央电视台现场直播罗阳的追悼会。

回龙岗，可容纳3000人的告别厅，与几十万想最后送罗阳一程的人相比，显得何其狭小，小得只能容纳各界人士的代表。

从四面八方赶来的社会各界人士，顶着瑟瑟的寒风，整齐地聚集在殡仪馆前。他们胸佩白花，手举"罗阳，我们怀念您""罗阳一路走好"等横幅，遥望着告别厅，泣送罗阳。

沈阳的大街上，商店里，沈飞集团和六〇一所车间、会议室，所有的电视屏幕，都锁定现场直播追悼会。数万沈阳市民伫立街头，他们在屏幕前与直播现场同步为罗阳肃立默哀。

那一天，中航工业分布在全国的各企业，全都下半旗为罗阳志哀。

罗阳不仅是罗阳自己，而是中航工业"航空报国"的化身。

哀乐低回，泣声不止，人们依次来到罗阳的遗体前，鞠躬致敬，表达着无限的不舍和无尽的哀思。

才见虹霓君已去，英雄谢幕海天间。

祖国永远不会忘记你。

罗阳，一路走好。